U0069852

PANGOLIN
NO.
67

第六十七隻穿山甲

陳思宏

KEVIN
CHEN

I love to walk but I can’t.
我喜歡散步但我無法。

—Andy Warhol, *The Philosophy of Andy Warhol*

I must have a walk once in a way.
If I don't take this walk now, I shall never take it.
我必須立即去散步。
如果我現在不去散步的話，我就走不了了。

—E.M. Forster, *Howards End*

You must go on. I can’t go on. I’ll go on.
你必須往前走。我不能往前走。我必須往前走。

—Samuel Beckett, *The Unnamable*

「散步太快樂了，這麼快樂，也許有一天散成神仙，永遠不再回家了，你說好不好？」

——三毛〈黃昏的故事〉

目次

第一部　散步

第一部

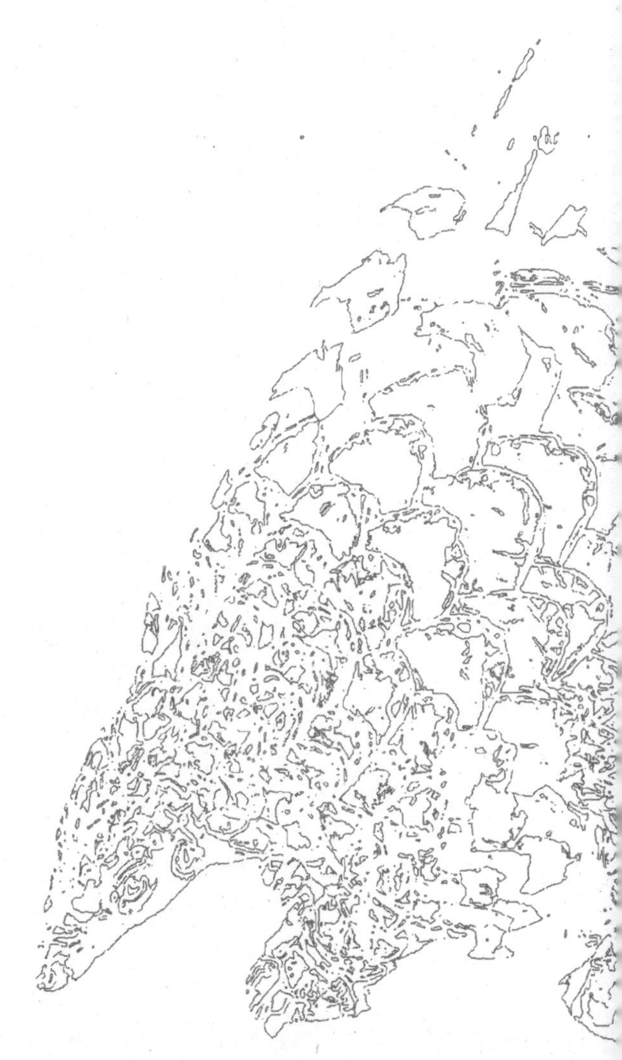

散步

手機對話一

「是我。沒忘記我吧？」

「哈囉。」

「天哪，這是真的嗎？不可能吧，我找到你了。竟然讓我找到你了。不可能吧，我一定走不開吧？不管了，巴黎我來了！看到你我一定會尖叫。」

「好。」

「我真的該去嗎？你希望我來嗎？你想不想看到我？」

「？」

「拜託你可不可以。那個。拜託你多說幾句好不好。而且回答速度這麼慢。我整天都在等你回答，一直看手機，等等等，只等到一個問號。你多打幾個字好不好啦？」

「抱歉。」

「沒有啦，不要理我。沒事。你慢慢來。不想說話沒關係。但我拜託你讓我說。拜託你聽我說。我最近心情不好。煩。拜託，帶我去一些奇怪的地方。你會去的地方。你工作的地方。帶我去散步。我好想走路，散步。一直走一直走。就是走路。你生活的地方。什麼觀光景點我都沒興趣。我們好久沒見了。」

「好。」

「去巴黎，第一件事，就是好好睡覺。」

1. 睡覺

她和他，在巴黎夏天結束那天，終於又睡在一起。

有多久沒睡在一起了？他完全不記得，她記得。他依然是離開的那個，她知道自己是留下的那個，等著，繼續等著，沒有離開，無法離開，等自己睡著，裝睡，等失眠離開。等久了，她不太確定自己是否就是在等他，還是在等自己放棄。真的等太久了，分秒成世紀，她的等待擴張成雨林，生態物種氣候繁複，地表腐葉爛枝等真菌分解，失眠的豹等睡意，蜘蛛網上的蚊等死，貘等走失的孩子回巢，樹葉上的雨滴等墜落，蟒等脫皮，鷹等風，樹冠等日出，穿山甲等蟻。別無他法，只能繼續等，等消失的那個人爬回床上，與她一起在雨林裡沉沉睡去。就算那個人終於現身，等待就結束了嗎？或許等待就是她活下去的驅動，再等一下子，再等下一個，等待不是被動，是主動，身體備戰姿態。為了好好睡覺，她一定要等到他。

終於又在同一張床上，好久好久沒睡的她，頑石意識終於鬆動，下雨了，溪暴漲，頑石甘心離開乾涸河床，隨溪水漂流，沖刷到很遠很遠的陌生境地，不痛了，身體深處不明痛源消失了。他是大雨，他是洪水，只有他能搬運她的睡眠，把堅硬乾枯搬移到茂盛溼潤。在這張窄小的巴黎床上躺下，她清楚，這一覺始於洪荒，鼾聲喚醒文明，口水甘霖大地，醒來窗外將是銀光金光噴濺的嶄新未來。

他卻睡不著。

窗敞開，窗外巴黎也無眠，月明，鄰居鬧，街上酒鬼叫囂。

風送來雨味。他知道這味道叫做Pétrichor，查了字典，潮土油。J教他的。J和他在公園長椅上等訂單闖進手機，盛夏燥熱，午後時光滯留，只有雨，與風勾結的雨，才能修補龜裂的時間。他不介意那樣的等待時光，萬物遲到，巴黎暫停。公園樹下長椅只剩他跟J，只要陽光再囂張一點點，就差一點點，樹木摩擦就會著火，公園灰燼，這次他終於澈底消失。他每次刻意消失都好怕。但這次完全不怕消失，身旁有J。

J說什麼他都聽不太懂。口音濃重的法語。反正他也無意聽懂。聽不懂，卻懂。他寡言，就聽J說。無關文法句構發音，就是明白。他從來不知道什麼叫做「懂」。詞彙片語標點符號都理解了，就「懂」了嗎？真正想說的話是龍蝦，有硬殼有螯有觸角會夾人，趕緊沸騰一大鍋熱水，龍蝦入鍋，鍋蓋阻生路，殺死真心話就不傷人了，謊言鮮美可口。J語言熱烈，聲腔不隱匿，舌齒直白，想什麼說什麼，想親吻伸舌頭，想哭泣扯喉嚨，想尖叫身體演十集恐怖影集，不曖昧，迎面對撞，口紅只選最豔紅，假睫毛長如章魚觸手，愛到底，恨到死。所以就算聽不懂字詞，他總是懂J。

某種熟悉的味道忽然飄進公園，鼻腔裡黏稠，近似霉味。J站立深呼吸，歡呼，豔紅雙唇不斷說Pétrichor，他搖頭，不懂不懂，J在他手心拼字，Pétrichor。他在手機輸入，拼錯好幾次，終於找到，潮土油，這三個中文字他也沒聽過。植物遇旱所分泌出的油滴入泥土岩石裡，雨水撞擊乾燥大地，雨水混雜這種油所產生的氣味就是Pétrichor。他其實也聞到了，從小他就很怕這種霉味，聞到會立即想到母親，想到離別，眼睛會下雨，原來有正式科學名稱。潮土油攻城，從公園四面的街道奔騰而來，整個夏天不斷喊渴的土壤張嘴迎接。皮膚還沒攔截到雨滴，雷先擊中艾菲爾鐵塔，街上行人急奔躲雨，花裙瑪麗蓮夢露，雨聲潑猴，強風撕爛露天咖啡座的陽傘，咖啡杯蛋糕盤酒杯煙灰缸在人行道上摔成一首鏗鏘德布西，繽紛商店招牌掙脫螺釘，誰按下了時間快轉鍵，巴黎加速，暴雨即將占領這個小公園。J和他手牽手閉眼深呼吸，Pétrichor灌滿身體，雨下一秒才抵達，兩人緊貼的手心已經先下了猛烈的熱帶雨。熱雨來襲，在頭皮上鑽孔，J舌頭是土撥鼠，伸過來在他臉上打洞。

這個巴黎夏天沒有雨，也沒有J。乾旱高溫，連續好幾天高溫衝破四十度。今天她來巴黎了，就躺在他身邊。這麼久沒見了，同睡一張床，整夜枕生疏。但還能睡哪裡？睡沙發？這巴黎小公寓不到八平方公尺，沒有空間容納沙發。他們一起躺在床上，烏雲沾溼窗外月，涼風起，他清楚聞到Pétrichor，快下雨了，雨聲未到，潮土油先抵達。原本以為這巴黎夏天無止盡，是她吧，把秋天帶來巴黎了。

不是跟自己約好，夏天結束之後，他就要離開巴黎了。怎麼此刻身旁躺了她？怎麼還困在這八平方公尺的籠？

J被救護車吞掉之後，他又想消失。窄小空間沒多少衣鞋，說走就走，整個巴黎不會有人挽留他，塞納河不記得他，羅丹沉思者沒見過他，凡仙森林的草木忘了他。問題是，能去哪裡？不知道。專長是消失，缺憾是不懂找目標，總是想逃，卻從來不知道能去哪裡。當初怎麼會來巴黎？想不起來了，反正又要離開了。忽然邀請函塞入信箱，好久好久沒見的經紀人找到他，滿身爆汗走上頂樓小公寓，大聲咒罵夏天，你真的很難找，你這什麼爛地方竟然沒有電梯，樓梯髒死了，你到底在巴黎搬了幾次家？你知道我問了多少人才找到你新地址？樓下那些妓女好吵，天哪，你家是鳥籠啊。比我家浴室還小。

鳥籠比喻並不讓他覺得困頓。經紀人圓滿肚子撞上門框，進門後旋身撞倒水杯，席地坐下吁吁抱怨，汗雨橫流，肚臍幾乎貼上天花板，他才覺得這籠真是窘迫，無法待客。

經紀人說，臺北的她爽快答應了，電話上說非常開心能飛來法國。4K修復上映特別邀請你們兩個演員，導演已經過世了，很多演員都找不到，就靠你們了，另外，同一天還會播放你當年得男主角獎那部，一次兩部喔，算是個人小小回顧展。

經紀人說的是法文還是中文還是英文？似懂非懂，聽覺淤積多年，滔滔人語都是細長牙籤，從耳朵戳入腦子。經紀人嘴巴持續砍木刨木噴出銳利牙籤：「我們現在沒合約了，我這是幫你，我看你身材狀況保持不錯，有持續運動喔？我看一下手臂，很好很好，肚子呢？很好很好，要不要就利用這次機會復出？我這個人重情面，立刻幫你安排試鏡好不好？考慮一下啦，人家主辦單位很有誠意，主席很喜歡你的電影，一說到你啊，眼睛冒出星星。」

千萬牙籤塞滿他腦子，他想像人眼冒出星星的畫面。那眼睛飛出的星光是夏夜螢火蟲嗎？還是電影院忽然停電，整個大銀幕瞬間墨黑，但剛剛電影裡的爆破場面還遺留在銀幕上，視覺裡殘留的那些晶瑩光點？還是巴黎入冬第一場雪？低溫吸走城市所有聲響，忽然一切都靜默，灰暗天空飄來點點白光，抬頭迎雪，睫毛攔截初雪，在視線裡晶鑽發光？或者是流星雨？身體深處大爆炸，宇宙塵埃衝向雙瞳，燒出晶亮的箭矢光跡。他看過這樣的奇觀，母親向他道別之後，眼睛立即燒出斑斕的火流星。再見。再見。再也不見。

透過經紀人，失聯許久的他和她連上線，加了彼此通訊軟體帳號。他其實從來沒點頭，沉默不語，經紀人就當他答應了，幾套名牌西裝快遞到他的住處，出席影展戰袍。公寓真的太小了，西裝皮鞋襯衫配件擺地上掛牆上，無容身之地，他想開窗跳出去，不是尋死，只是需要呼吸，昂貴華服太漂亮太華麗太貪婪了，吸光小公寓裡的氧氣，小桌小椅都窒息變形了。開窗，他半個身體往外探，張口把整個巴黎瑪黑區全吸進胸腔。大力吐氣，把瑪黑區吐還給巴黎。身體只要再往外幾公分，手鬆開，下墜，他也可以把身體還給巴黎。樓下窗戶忽然吐出蒼白手臂，手指夾菸，不見頭顱，窗戶噴出一大口煙霧，樓下的法國阿嬤戒菸又失敗了，菸燃盡，菸屁股朝街道扔，滿是皺紋的手心朝上，等待下一根菸從天而降。街上妓女抬頭看到他，飛吻燦笑。那飛吻力道強悍，把他推進窗戶。搬來這裡第一晚，他睡不著，到街上人行道坐著看人，醉鬼，潮人，觀光客，扒手，妓女。紅髮妓女走過來在他身旁坐下，朱紅指甲點點手機上一張電影劇照，再指他。他點頭，紅髮女說了一串他聽不懂的話，紅脣貼上他的右臉頰左臉頰，食指貼脣，噓，意思是我不會跟別人說。他想，妳可以盡量說沒關係，真的沒有幾個人認出我。後來J就完全沒認出他。他想跟J說，我以前是演員。還沒說出口，還沒來得及一起看他演的電影，J就消失了。

他和她擠窄床，從小共眠的神奇默契，翻身，反側，蜷縮，兩體完全不碰觸。並不會不舒適，氣味，鼾聲，睡姿，都是熟悉。卻也不至於安恬，畢竟這麼久沒見，有這麼多話沒說出口。J消失之前幾乎每晚都睡在這裡。J睡姿紊亂，無法靜躺，輾轉囁嚅。J把被子踢掉，說不需要被子，我就是你的被子，纖瘦人肉被子趴上他身體，如剛離水的蝦抖動。這顫抖的被子總是要哭一下才能入睡，嚎啕或者低泣，一定有淚。他緊緊抱著這被子，下體整晚堅硬，真的好想進出J的身體，但不能吵醒J，忍一下，J好不容易睡著了。

雨滴終於來敲窗，潮土油更濃郁，溫度驟降，天色銀亮，睡意釣竿終於朝他揮過來，雨聲是誘餌，他張嘴上鉤。睡眠接力賽，他終於接到她的棒子。

她醒之前最後一個夢是白色的。

她清楚夢境是什麼地方。她搖頭想甩掉那白色。為什麼一定是白色的。白牆白床白枕白地板白衣。白色根本不靜謐，死亡顏色，看了就煩。她好想干預自己的夢境，駕駛載滿油漆的卡車衝撞，紅黃綠紫，隨便，蓋掉白色就好。但一直等不到那輛卡車。白色不斷入夢。

身旁的他安靜睡著。醒著的時候不說話，睡著也無聲無鼾，全身平躺靜止，從小就這樣，完全沒變。這張床根本太小了，他粗壯的身體怎麼可能有辦法安穩入睡，膝蓋彎曲，頭腳依然抵牆。

粗。對，凝視身旁的他，她腦中就想到這個字。短髮粗，鬍子粗，嘴唇紋路粗，眼角皺紋粗，眉毛粗，脖子粗，手臂粗，手指粗，指紋粗，大腿粗，腳趾粗，雞雞粗，手肘那塊皮膚粗。她好想用手指捏那塊手肘粗皮。她的凝視停駐在他的褲擋，堅硬的粗壯下體撐開棉質寬鬆睡褲，巍峨大山，粗粗的烏黑陰毛迤邐至肚臍，像是誰用毛筆蘸墨，在這個粗粗的身體上潑墨山水。

她想走進那幅山水，卻從來找不到路徑。

好渴。

好小。

體內的湖見底，張口一定可以盈怒溪納百川。起身走兩小步就抵達廚房，喝掉一整罐水壺。這公寓真小，裝兩個人真是太擠。公寓門開太用力會撞上淋浴設備，她的大行李是肥碩大象，一窗一桌一椅一床一壺一小冰箱一洗手臺，牆上掛著新西裝，無衣櫃，兩瓷盤兩水杯，不成對的刀叉筷，小小的電爐，兩小鍋，幾件摺好的衣褲，一雙球鞋，全新亮漆皮鞋，兩個啞鈴。就這樣，清簡無塵，無裝飾，太窄太小了，連灰塵也找不到棲身之地。昨晚睡前想洗澡，他說出門買牛奶，她感激他的體貼，脫衣服總不能叫他面壁吧。淋浴設備是牆角兩片塑膠門，牆上伸出蓮蓬頭，一塊肥皂，沒地方掛毛巾。水量不能調大，蓮蓬頭不能舉高，否則牆面天花板地板雨露均霑。馬桶緊貼淋浴門，無門無隔間，她把行李放在馬桶旁，大象充當廁所門。整間公寓，比她在臺北住處的更衣室還小。

你怎麼有辦法住這麼小的地方？

她坐在地板上看窗外雨，靜靜喝水，看他的粗大下體，怎麼一直都不疲軟，他夢裡是誰支撐這粗壯？反正一定不是她。一陣涼風嬉鬧入窗，引發她體內閃電。

痛。

趕緊吞服止痛藥。

才幾個小時前，機長廣播降落，絮語艙壓在她耳裡築精緻鳥巢，雛鳥啁啾。機翼削切雲朵，機身微顫，香檳生波濤。巴黎快到了，終於。香檳配止痛藥，痛源不明，無以形容。高空亂流魚刺，在她身體裡這裡戳那裡扎，平躺痛，坐起痛，吃餐點痛，喝酒痛。十幾個小時航程痛楚堆積，喉嚨欲洪鐘，不可以，絕不能敲鐘，不能讓旁人發現。止痛藥有效，心理作用吧？藥丸一刷進身體就覺得制伏痛楚了。或許痛根本不存在。或許巴黎不存在。她根本沒搭上這班飛機。都是荒誕妄想。要是能睡著就好了。睡了，醒來一切如初。無血。無樹。無子。無語。無女。無母。無雨。回到童年那張床墊。我們一起好好睡個覺。睡醒一切歸位，重新再來。

巴黎啊巴黎，我來了，終於好好睡了一覺。

她知道，一見到他，她一定可以入睡。一定可以的。

他到底是誰？叫什麼名字？有沒有改名字？幾年沒見了？變老變胖變瘦了？有沒有伴？還拍電影嗎？記得她嗎？還願意跟她睡覺嗎？

他是從小的床伴。第一次見面就上床。第一次見面就睡了個甜蜜好覺。第一次見面她就愛上了他。那初次見面的床鋪回憶太甜蜜，在腦海裡種植一大片甘蔗田，痛的時候砍根甘蔗，狠咬一口，微笑嘴角流淌糖汁。每次睡不著，她都需要他，好想好想他。她無法解釋，只有在他身邊，她才能墜入睡眠深淵，至少八小時，深睡不醒。

在臺北，她多久沒睡了？幾天？幾個禮拜？幾個月？說完全沒睡也不對，身體過分疲累，搭捷運坐下來就睡，上計程車絕對睡，做美甲睡，按摩睡，坐在公共廁所馬桶上睡，在家前面的大安森林公園睡，在精品店試衣間睡，等電視通告睡，拍宣傳照睡，整個臺北隨處皆可睡，就是家裡不能睡。她是枯樹，禿枝乾椏，睡覺就是長葉子，荒地死樹遇雨逢春，繼續睡，只要能在公園椅子上睡滿八小時，她就會睡成一棵公園裡的百年魁梧。但身旁沒有他，無法熟睡，加上總是有很多陌生的手搖晃她肩膀，輕聲呼喚擊破她的睡眠，太太太太，或者，阿姨阿姨，好不容易長出的綠葉瞬間離枝乾黃。那些手粗暴，斧斷她的睡眠，搖醒就是砍樹。拜託大家可不可以饒了這棵老樹？

枯樹憤怒，你們知不知道我多久沒睡了？我自己都不知道多久沒睡了，讓我睡一下你們是會死嗎？叫我太太？阿姨？什麼意思，是不會叫小姐喔。幸好沒人叫她夫人，她最痛恨夫人這兩字。

但她擅長假裝。墨鏡藏怒，一秒把睡容拉提成優雅假笑，絕不對陌生人露慍色，枯樹拔根，快步走開。

真的很會裝，躺在家裡昂貴手工訂製瑞典床鋪，身旁的丈夫根本沒發現她整夜醒著。總是凌晨三點，丈夫會起身去尿尿，她會趁機演出熟睡狀態被枕邊人干擾的虛假翻身。鬧鐘吶喊六點，她持續發揮演技，身體微抖，眼睛開闔避光，瞇眼攬迷霧，國家劇院沒邀她上臺演戲沒關係，臥室床墊就是她的莎士比亞環球劇院。不得不演，丈夫總是在鬧鐘尖叫之前醒來，坐在床上凝視著她，等她醒，道早安。她極厭惡丈夫這樣看著她，但她從來沒有說出口。到底看什麼看。看這麼多年還看什麼看。拜託不要看好不好。為什麼這麼愛看她睡覺。她最近真的希望自己就在睡夢中猝死，變鬼，成灰，透明，風吹瓦解飄散，這樣丈夫就看不到她了。如果能透明就好了，就不用費力假裝。假睡一整夜還要接續演假醒，演出飽睡身體姿態，這樣丈夫才不會察覺。察覺什麼？察覺變化。有什麼悄悄變了。人不見了。不說話。電話不通。找不到。不理她。不回訊息。離開了。腐壞了。脫落了。封鎖了。還沒有人知道。無人知曉。她壓下來了。她一定可以解決。再給她幾天的時間。一切一定會回到正軌。去巴黎就可以找到了。她可以把剝落的塞回原址。她有能力讓秩序回歸。到時她就不用再演了。反正她是爛演員。過氣的爛演員。不演了。一切都安好。到時候她一定就可以睡覺了。丈夫什麼都不知道。好好睡一覺就好了。醒來一切皆忘。

你怎麼去巴黎了？你知道我一直在找你嗎？沒有你，我怎麼睡呢？

丈夫問：「怎麼突然要去巴黎？」

「就我小時候的作品啊，我拍的第一部電影，你一定沒看過吧？不可能有看過吧？那麼老的電影了，哎喲，多少年了，我自己都不敢算，我真是老了。以前都膠卷啊，導演都走那麼多年了，不知道哪來的經費，好像是電影資料館的修復計畫，竟然花錢數位修復這部老電影，4K哩，拜託，好可怕，我最怕4K，4K大賤人，臉上缺點全部一清二楚，想想真可怕。反正南特影展說要辦個大首映，慶祝這部電影修復成功，我是貴賓喔，厲害吧。」

「南特?」

「沒聽過喔?哈，其實我也想了一下，在地圖上看半天才找到。我也沒聽過啊。我們這部老電影，當初就是在這個法國影展得了獎。我真的都忘光了，實在是沒記憶，連片名都想不太起來，當初我根本不知道自己在拍電影啊，就是一直睡，大人叫我們做什麼我們就做什麼，我自己好像都沒看過這部電影，還是有看過?反正忘了啦。天啊，好可怕，觀眾看到裡面的我，對照我現在這個模樣，會瘋掉吧。不，我看瘋掉的是我。」

「妳小時候有跟著去參加影展嗎?」

「本來要去的!很多事情我都忘了，但這件事我可是沒忘。本來我們要跟著去啊，我超興奮，想說竟然可以出國去玩。但後來……哎喲，這個我忘了啦，反正後來就，就大概，大人覺得小孩子去不太好吧，就沒讓我們去了。」

她沒忘。當初機票買好了，行李打包完畢，還去攝影棚拍宣傳照。剛剛拍完宣傳照，他的母親出現在攝影棚，說要帶他們出去玩，一起去抓動物。為了抓動物，他們沒搭上隔天飛往南特的飛機。誰會料到，這麼多年後，終於要去南特了。

「我可以請假，我們也很久沒度假了。」

不可以。你不可以來。這是老天爺給我的機會。你跟來，我就不能睡了。我就找不到人了。我一定會把人找到。你不會察覺有任何改變。

「不行啦，我要先去巴黎跟其他演員會合，然後才去南特，你來我很麻煩啦，還有你最近不是很忙？拜託，年底選舉，你有多少場子要跑，不要開玩笑。」

「助理一起去？」

「拜託，那隻豬。我問她是要跟我去南特出差，還是留在臺北睡覺，她這個年輕人立刻說要留在臺北睡八天。我就想，算了啦，我是好老闆，給她放大假。」

丈夫沒那麼笨，一定有察覺她在說謊吧？

「我看是妳自己想去巴黎玩吧，買名牌包。」

「哎喲，孩子都大了，你說啊，家裡是不是打理得很好？在外面有給你丟過臉嗎？我這個老婆你有什麼不滿意的，直接說啊。」

「哎喲，夫人生氣了喔。沒事啦，就是最近幾場造勢活動，需要妳上臺揮揮手。沒關係，等妳回來。」

可不可以拜託不要叫我夫人。

總不能老實說，腹腔焦慮華爾滋，她是要去找人，她是要去睡覺。不能說真話。沒人需要真話，死要真相的都是騙子。她的精巧人生以謊言鑿刻，些許名氣，黨團大老夫人，住公園美景大宅，眾人羨，不愁無憂。謊成癮，戒真話，最難的是騙過自己。連自己都信了，就是完美騙局。

小時候他們就是靠睡覺，睡成全臺名人。

在他身旁睡覺，她就不用裝了。她想像他住的巴黎公寓，百年老屋三房兩衛浴，雕花陽臺，提花窗簾，花香鬆枕，窗外的艾菲爾鐵塔剛醒，他出門買新鮮出爐的Pain au chocolat，百年老店棍子麵包，杏桃果醬，玫瑰蜂蜜，法式濾壓壺咖啡，一嘴甜配濃咖啡，還想賴床，來巴黎不去羅浮宮不登鐵塔不遊塞納，她是來睡覺的。小時那些讓他們成名的睡覺畫面，都不是演戲，都是真睡。他自小沉靜，大眼清澄，麥克風閃光燈無法從他喉嚨掘出話語，總是傻笑抓頭，說話就交給女生，麥克風一撞上她的喉嚨等於鑽到油井，提問點火，回答烈焰。她在他身邊滔滔，說著說著，口腔綻放呵欠，忽然想睡了。

睡不著怎麼辦？安眠藥沒用，瑜伽去死，按摩開啟身體太多痛楚只想求救。不能求救。求救就會揭露真相。睡覺就是掩埋。埋自己，埋意識，埋真相。

不敢去看醫生啊。萬一被記者發現，去拿處方箋安眠藥，一定會被寫成什麼過氣女明星憂鬱症失眠鬼。

想不到現實掐死她的想像，竟是如此簡樸微小的巴黎公寓，的確位於熱鬧的繁華區沒錯，但樓梯間的油漆剝落，門口有衣著鮮豔暴露的阻街女郎，街上沒有咖啡可頌味，尿味濃重。現在幾點？明明一大早啊，樓下在鬧什麼？夫妻吵架？吵得也太誇張了吧，牆壁地板都在抖動。誰在抽菸？那菸霧有手臂，從樓下攀爬上來，索討勒脖姿態。窗外對街住戶長髮鬍子男剛醒，穿睡袍在陽臺上淋雨抽菸呵欠，啤酒罐樂高堆疊，花盆命案，植栽乾屍。

完全不是她想像的巴黎。至少，他依然是他，當然老了，躲不了皺紋追殺，髮色黑白駁雜，小冰箱上一副眼鏡，跟她一樣，也老花了吧？

昨天計程車開進巴黎，晚餐時刻，附近街巷鼎盛，遠遠就看到他在街邊跟紅髮女子聊天。不，不是聊天，聊天這事要成立，通常雙方都得貢獻話語，難道他變了？嘴巴不再緊閉？變成多話的人？計程車一靠近，沒變，確定是同一人。紅髮女子嘴巴不斷開闔，音量誇大，他微笑聽，那是傾聽，他不太說話，但總是專注聽人說話，耳朵微微抖動，收集對方語句氣息，眼睛鼻子嘴巴也在聆聽，耳朵漏接的，眼睛收情緒，鼻子收氣味，嘴巴發出細微聲響，清楚傳達訊息：你說，我聽。他嘴巴深海，要撈出回話漁獲太艱難。但是那海會接住你所有的話語，默默盛裝，守住你所有的祕密。

那部讓他在大影展得到最佳男主角的電影，他完全無臺詞，就一直哭，從頭哭到尾。這部電影恐怕真的只能找他演，說不出口的話，交給那雙悲傷的眼。她猜導演一定在他耳邊說了很多悲傷的故事，他閉眼認真聽，故事磨成粉，倒進他耳朵，在他身體裡擴散，鏡頭對準他，張眼，眼淚就掉出來。最後一場戲在海裡，眼淚入海，一個大浪打過來，他消失了，電影結束，鏡頭慢慢拉遠，灰海浩瀚，工作人員字幕緩緩上升。她身體衝向大銀幕。她一定瘋了。電影院觀眾也覺得她瘋了。她管不了這麼多，她覺得可以跳進電影裡的海，手在海浪裡翻找，一定可以找到他。

感謝4K修復，讓他們再度見面。消失在海裡的他，此刻安穩在她面前睡覺，身體偶而抽動，雨入窗，潑溼睡衣，眼睛緊閉藏著大海，些許小浪被眼角擠出。

地圖上的南特，羅亞爾河畔，近海，似乎幾步路，就是大西洋。哈囉，早安，你會跟我一起去看海嗎？影展幫我們訂的飯店，可以看到海嗎？在飯店要是睡不著，我可以去敲你的房門嗎？你願意跟我一起睡覺嗎？還是你會跟我一起，裹著被子，到沙灘上一起睡覺？你會跟我說，我想找的人，在哪裡嗎？我知道你不喜歡說話，但，你可以跟我坦白嗎？說實話，好不好？

尿意大浪襲來。她坐在馬桶上，猶豫是否該按下沖水。水聲一定會吵醒他。其實她也怕吵醒自己。這巴黎鳥籠公寓會不會是一場夢，一按下沖水，她和他，大象行李，對街陽臺上不斷跟她招手的睡袍男，一切都會跟著尿，沖進巴黎下水道。醒來，人在臺北公寓，丈夫盯著她。

沖水聲果然吵醒了他。

他眼睛睜開，大海傾瀉而出。那張哭臉跟那部電影的結尾是同一張臉。怎麼一醒就哭了。眼淚從夢啟程，抵達巴黎秋天的第一個早晨。窗外雨不甘心輸給他的淚，雨勢增大。淅瀝聲響清楚預告，一整天都是雨天。

兩人對望，熟悉又陌生，想說話卻無語。

她心裡想，你家真的好小啊。我完全不用手翻找，進門眼睛掃一遍，就知道我要找的人不在這裡。你也看著我。你看穿了嗎？知不知道，我身體裡，一定有一顆腫瘤，日夜壯大，我覺得我就快要死了，好痛好痛。死掉之前，我一定要找到人。好久不見。我真的來巴黎了。我完全不知道你在巴黎。想不到你在巴黎。這麼久不見的床伴，只有你知道，不，其實你不知道，我是連續殺人犯。

他當然沒猜到。他根本不知道她的來意。不知道她好痛。他不知道自己為什麼哭。他不知道為何答應一起去南特。他其實沒有答應吧。他該不該跟她說。不，絕對不能說。答應了絕對不能跟她說。睡衣貪婪吸吮闖進來的豆大雨滴，此刻幾點？睡了多久？他在哪裡？她為什麼在這裡？她到底知不知道？不可能不知道。或許知道卻不說。

救護車刷進街道，沿途尖叫，企圖吵醒巴黎。他好怕這樣的聲音。他不知道以後要去哪裡，但他想去一個聽不到救護車尖叫的地方。

雨太大了，他起身關窗。潮土油被鎖在室內，擊窗哭喊自由。

太擠了，兩人呼吸窘迫。很明顯，公寓裡不只他們兩個。牆壁朝他們身體擠壓。樓下男女越吵越大聲。救護車聽起來像是飛上天，朝這扇窗戶衝過來。沒錯，這棟老建築的頂樓小公寓，有兩個病患，即將成為乾屍。

對街陽臺上的鬍子男，脫掉睡袍，朝她揮手，對她露出詭異的笑。

她蹲下來，語氣懇求：「拜託，你開窗好不好。我快不能呼吸了。」

他也有話想對她說，但怎麼可能開得了口。

他想說，去南特，不是只為了去看他們小時候拍的那部電影。他當然想看電影。但他最想看的，不是電影。

去南特，他最想看穿山甲。

妳記不記得？陪我們睡覺的穿山甲？

我們一起去南特看穿山甲好不好？不是電影院大銀幕上的穿山甲。真的，活的。

實話說不出口。沒睡飽無力開窗。

他眼睛持續分泌大海。竟然說了一句話。超過兩個字的一句話，有動詞，疑問句，發音咬字清晰。兩人都好驚訝。怎麼了，為什麼說出這麼完整的一句話。

「要不要，去散步？」

手機對話二

「跟你聊天真的很累。你都不說話。一直傻笑，不然就是根本沒表情，一張臉，不知道是嚴肅，還是悲傷，或者生氣。有時候我懷疑，你到底是不是。但不是啊！你又不是啞巴。」

「抱歉。」

「再說抱歉我就要瘋了。你明明人在我面前哩，我竟然要用手機打字傳訊息，你才會回我。好累。算了。早餐吃什麼？」

「餓？」

「我好喜歡看你睡覺。你睡覺好好看。你那部電影好難懂，難怪不是賣座片，你怎麼不去好萊塢拍片啦。但是我跟你說喔，在電影院裡面看到你最後沉入海裡，我好難過，大哭。真的哭喔。不敢相信吧？」

「謝謝。」

「謝什麼啦。接下來我要說的，我其實也說不出口，所以只能在手機上打字。跟你說喔，你睡覺好好看，比電影好看多了。真可惜你睡覺的時候，看不到自己睡覺的樣子。哈，我忘了，你可以看自己的電影啊，就可以看到自己睡覺了。巴黎有沒有電影院，放老電影的電影院？還看得到你的電影嗎？跟你說，我有ＤＶＤ喔，那部你演的電影。你家這麼空，你一定沒有收藏吧？」

2.

倒立

長髮瑜伽男多久沒動了？這樣一直倒立不會死嗎？會腦溢血吧？這裡是哪裡？來巴黎不是該去看鐵塔嗎？來這裡做什麼？

她洋裝勾搭雨絲，印花布料吸黏皮膚，地上汙泥碎石在鞋面畢卡索，又冷又熱，穿上外套，腋下酸雨，脫掉外套，噴嚏間歇泉，地上水窪明鏡，狼狽老女人。不是，這完全不是她腦中勾勒的巴黎散步。她腦中畫筆沾粉彩，戴貝雷帽，河岸腳步輕盈，右手一串氣球，左手長棍麵包，吐舌迎甘甜雨絲，一切都輕如羽甜如蜜。出門前解剖大象，撈出一件連身碎花洋裝，配粉紅新鞋，不行，外面下雨穿粉紅色根本是神經病，趕緊換上一雙優雅黑色平底鞋，搭配印滿紅心的黑傘，抓一下頭髮，臉快速擦點粉，他家裡根本沒有鏡子，只能靠帶來的隨身小鏡。他站在一旁，打呵欠伸展肢體，幫忙拿衣服拉洋裝拉鍊。他身上的味道慢慢甦醒，她很愛他身體的味道，洗身洗頭都一塊最簡單的無香氣肥皂，沒有止汗劑香水髮膠面霜乳液，體味謙和作揖，運動後的汗味是隱身竹林的幽靜木屋。聞著聞著，她又想睡了。

穿搭完畢，她問：「在巴黎這樣穿，算及格吧？」

他微笑不語。他就一身灰黑，連帽外套當雨衣。

「你不要光在那邊傻笑，你要跟我老實說啊，你家沒鏡子，我根本看不到自己。你就是我的鏡子。」

鏡子聳肩點頭。鏡子笨拙。鏡子的腦纖維跟身上深色麻質襯衫一樣粗皺，來巴黎這些年，沒學到丁點細緻，晴紅粉妝無知悉。但他喜歡J的紅唇膏。J可以餓好幾餐，存錢只為了買名牌口紅。他下部濃密陰毛常會沾到J的口紅，那是他身上罕見的鮮豔。

「記不記得？我們小時候就是這樣，一起試穿好多漂亮衣服，我每次都會問你，我這樣穿漂不漂亮？」

鏡子怎麼可能忘記。或許就是穿過太多漂亮的衣服，此刻的他，低彩單調。巴黎街上的確潮人繁星，但他只想當黑夜。

她當然知道，巴黎跟她想像有差距，不可能滿街潮人都一身名牌。很多年前跟丈夫來巴黎開會，她在精品店遇見小學同學，接著又在百貨公司遇見國中同學，大家都在搶同一款限量包包，是怎樣，在臺北大安森林公園搭上捷運，下一站就是香榭麗舍大道嗎？在臺北固定上電視時尚談話節目，原來女明星家裡衣櫃都珍藏巴黎，每週都有新品可炫耀。其實大家都不會唸那些名牌，那個S到底該不該發音管他去死，反正比轎車貴的側背包確定會引來滿場驚呼。她提高語調，展示高跟鞋皮夾髮飾晚宴包。那晚宴包就是她的巴黎，扣環解開可以倒出一個絲質綢緞鱷魚皮米其林星星美食的金粉世界。她當然知道巴黎有「真實」面相，拜託她沒那麼笨好不好，有貧就有富，賤貴隔一牆，萬千燈火人家，誰不是為了房租生活費奔波。但她只是個三天兩夜的過客，她不是來生活，與巴黎淡淡擦身，輕拂水面，不下水不深潛，無須真心。那次旅行買了許多精品，丈夫看了搖頭，問：「這些妳都用得到嗎？」用？什麼叫做用？能裝兩顆綠色花椰菜加上一隻烏骨雞就是所謂的實用嗎？裝諾貝爾文學獎得獎小說或龔固爾文學獎全集就是「用得到」？這些商品她全部可以帶去上電視節目，得到一些過於誇飾的豔羨，她知道大家都不真心，但她也沒付出真心啊，真心危險且易碎，攝影棚虛假一場，那是體貼照應彼此。社群網路對她來說太複雜了，帳號交給助理管理，敷衍貼濾鏡修片美照，時常引來負評，助理唸給她聽：「只會買名牌包的空洞過氣女明星。」「印一堆Logo醜死了，美感教育失敗，品味真差。」「這些錢不會捐給給小朋友吃營養午餐喔？」「好假，臉好僵，不知道做了多少手術。」「老女人不要拿這種年輕人的包啦。」「真是何不食肉糜夫人。」這些都傷不了她，空洞她認了，難道日子只有飽滿實在這個選項？你的空洞不是我的空洞，我的巴黎並非你的巴黎。

說要散步的人是他，她也想出門走走，但兩人對散步的定義迥異。

他每天騎單車送餐，粗壯雙腿穿梭暴雨，烈日曝晒，必須贏過巴黎時間，才能準時送達。住處籠，無法久待，回家單純洗澡睡覺，一大早就醒，立刻出門散步買麵包，刻意繞最遠的路，其實所有麵包店對他來說都差不多，吃不出細微差別，他設定自己至少走一小時，不設定目的，就是一直快走，一小時後巧遇的麵包店，就是當日早餐。他記性好，不用手機地圖，不看街名，一路眼睛照相，吃完早餐，記憶導航，回籠。腳步速度太快了，沒有一家店能引他逗留，去程街道沒機會跟他問安，回程街道已經忘了他。有時走進人潮洶湧的街道，他不閃躲，身體加入人群，所有的摩肩接踵都像是草率的性交，短暫接合，你來了我射了，穿上褲子那秒就從此互忘。他感激這種遺忘，兩不相欠，永不再見。快走一小時後，走進陌生的麵包店，裡頭早起的人們大多是社區老主顧，牽狗牽孩，老夫老妻，問候寒暄，但他完全不想成為任何店家的熟客，不想進入任何人情體系，初次見面，最後一次見面，謝謝你不用找零，請你忘了我。

出門前她說：「我想吃可頌，剛出爐的。」

外送員的工作逼他必須走更遠的路買麵包，才能找到全然陌生的麵包店。這一區的街道都記住他了，摩洛哥餐館老闆總是捏他屁股，越南餐館老闆請他吃河粉，義大利餐館服務生遞上餐盒順便遞一根菸。他不抽菸，收下放入空菸盒，集滿一盒後回家稍微用力跺地三下，開窗，樓下窗戶一定會立刻伸出手臂，若是朝上比中指，表示樓下阿嬤又下定決心戒菸了，菸先留著，如果手掌朝上攤開，手指焦急顫抖，就是戒菸如預期失敗，準備穩穩抓住樓上墜下的菸盒。他好久沒見到阿嬤的臉了，她好嗎？最近常跟老公吵得很凶，似乎很久沒出門了，唯一跟巴黎發生關係的就是右手臂，伸出窗戶接住樓上丟下來的免費香菸。J離開之後，他開窗哭，他以為自己很安靜，一定沒有人聽到，樓下阿嬤開了窗，手臂伸出來，他想大喊：「我沒有菸！我什麼都沒有！」但是那天阿嬤手臂關節柔軟，手指輕撫空氣，不是要菸姿態，手心像是枯萎的花，接住他一顆肥碩的淚。他閉眼，想像那白皺的手臂拉長往上延伸，抵達這扇窗，擦拭他的淚。隔一層樓，完全沒觸碰，但那是當時他最需要的安慰。

他知道自己終究進入了某種人際體系，有針對他的熟悉微笑，他身體有慣性要留東西給別人。所以真的該離開了。

她想吃可頌，好，聽覺決定方向，他走進雨聲最鬧的街，沒說要走去哪裡，路程多遠，他也不知道。她撐傘跟上，以為下個轉角就是可頌配咖啡。的確轉角就有可頌，沿途幾百家麵包店，每一家看起來都是傳奇老店，麵包香暴力黑手黨，把經過的人都擄進店裡。但他就是一直往前走，任何麵包店都無法綁架他。她試圖勒住他的快步：「我們是要走去哪裡？」「這家看起來不錯！」「對面那家好像是打卡名店。」「這家好多人排隊喔！」「啊這家我知道！很多網紅介紹。」但雨挑釁，在傘上投彈，活埋她的話語，他就是一直往前，左轉右轉，眼前塞納河開展，匆匆過橋，她還沒搞清楚左岸右岸，立刻轉入小巷，腳步隨機。她一定要跟上，這次不能再跟丟了，不然會尋不到她要找的人。她以為紅燈就可以煞住他的腳步，至少可以喘口氣，拉住他，但一大早車流不多，他一路闖紅燈，不只他闖，路上的巴黎人都在闖，難道大家都色盲？她平常有在運動，但那是健身房小跑步瑜伽，鞋襪不沾土，人造恆溫二十度，此刻巴黎風雨，石板路崎嶇，優雅黑鞋殺腳，心肺負荷臨界。出門前吞的止痛藥即將失效，身體裡那個不明痛源即將甦醒。

這一走，標明了兩人社會階級。同一張床出發，如今她白皙優雅，他勞工粗獷。她身體所認定的散步，是城市閒散信步，沿途購物，脈搏維持冷靜，不流汗不脫妝，回程搭計程車。他的散步則是近乎勞心苦行，疾行之後大口喘氣是排泄，釋放身體裡莫名憤怒，不知道對誰生氣，只好對自己生氣。夜眠身體裡打了許多結，J離開之後他總是哭醒，走路無法解開那些結，至少稍微鬆開。他今天不是刻意不回頭，不是不等她，她喊的每一句都聽到了。他記住她黑鞋在巴黎路面上踩出的聲響，有聽到腳步就知道她有跟上。他不能回頭。一回頭，她就會看到他一路都在哭。他不知道自己為什麼哭。有什麼好哭的。他不知道她看到他就想睡。她不知道他看到她就想哭。想哭，因為答應了，什麼都不能對她說。不能說，憋著的話語變形成眼淚，不斷從眼睛冒出來。

走了多久？終於他在一間麵包店前停住，幸好，再走下去她就要死了。快走了一個多小時，她此刻願意用身上的香奈兒包換取任何可頌。他隨意指了玻璃櫃裡的麵包。換她，她全部都想吃，紙袋裝了一堆可頌，各自一杯咖啡，小店沒桌椅，外頭滂沱，要去哪裡吃早餐？

他沒來過這家麵包店，但他記得這條街，盡頭是個小公園，他不知道公園名稱，心裡稱之倒立公園。

街道以窄巷收尾，穿過窄巷，有隱密小公園，中午時刻有很多上班族來這裡午餐，家長帶孩子來玩土嬉戲，他有時外送到這區，會刻意走進公園，看瑜伽男在不在。今日雨，窄巷風鬧，落葉撲臉，公園空無一人。不，注意看，公園樹下，有寬鬆綠褲男子，打赤膊，光腳，在毛毯上倒立，淡褐長髮散落，閉眼冥想。不怕雨，倒立依然可撐傘，小腿夾緊傘，樹下墾闢一方乾燥清靜。傘下倒立時空刻意迴避巴黎時間，自成平行時空，與城市無牽無纏。他也想要達到那樣的境界，拋棄文明建立的時間刻度，自生宇宙。

她急著找躲雨處，沒看到樹下瑜伽男。溜滑梯下方沙地還算乾燥，他用裝麵包的紙袋鋪地，扶她坐下。

她太餓了，再不吃東西就要昏倒了，比臉還大的可頌被飢餓縮小，一口吞。三個不同口味的可頌在胃裡蓬鬆成雲朵，巴黎雨暫時還沒要放過他們，但她肚子終於晴天白雲。她真的很久很久沒有這樣狂走了，膝蓋走成棉絮，脊椎與巴黎同步入秋，椎間盤落葉離枝。再走一步就會死，等一下一定用手機叫計程車。

止飢，視線開朗，她才注意到，他們在銀亮生物的舌頭下躲雨。

「啊，不可能吧？怎麼可能？巴黎也有？」

她以為自己就此癱瘓，再也無法起身。但這隻銀色生物在雨裡閃閃發亮，她一定要站起來，往後退幾步，好好看清楚。

「我們走這麼久，就是為了來看這個啊。你怎麼都不說啦。」

小公園裡的溜滑梯，是銀亮金屬材質製成的穿山甲造型溜滑梯，長尾是梯子，爬梯進入穿山甲圓滾滾的軀體，裡頭有落單的童鞋，穿山甲伸出的紅舌是滑梯。她想溜下去。她必須溜下去。下雨又怎樣，反正已經溼透。她把身體交給穿山甲紅舌，閉眼雙手抱胸，背往後，雨滴潤滑，穿山甲舌頭接住她，整個身體快速往下滑溜。明明只有一秒的滑溜時光就抵達公園沙地，但她覺得溜了一輩子那麼久。一輩子有多久？怎麼計算？單位是年還是月還是分秒？她此刻計算的單位是穿山甲的舌。一輩子就是穿山甲的舌頭。在穿山甲的舌頭上，從臺北郊區山上森林裡的那張床墊，轉眼溜到巴黎這個小公園。那就是一輩子。

她忍不住多溜了好幾趟，過了好幾輩子。這穿山甲溜滑梯像是時空隧道，爬上尾巴的她是小女孩，可能剛剛吃的可頌已經抵達膝蓋，膝關節回春，爬梯敏捷，鑽入穿山甲軀體的她已經懷孕準備當媽了，來到舌頭頂端臉上皺紋迸裂，白髮驅逐黑髮，身體在舌上快速腐朽，離舌抵達沙地，她已是如今這渙散模樣。幸好公園裡沒其他人，否則老女人玩溜滑梯的模樣，被傳到網路上，真是丟死人。這隻穿山甲真的好美，千百銀色金屬鱗片，雨中輝煌。

「天哪，這隻真的好漂亮。」

她這時才看到瑜伽男。

她揉眼晃頭，確定自己沒看錯。誰會在這種天氣在公園裡倒立？那條綠色寬鬆瑜伽褲褪色也太嚴重了吧？大怪人，腳上還夾著撐開的傘。她在臺北去上過一次進階瑜伽課，教練是個白髮老人，慈祥肯德基上校爺爺模樣，想不到肚子圓滾，筋骨卻根本是水做的，劈腿倒立螺旋曲折，簡直特技團團長，一直說：「這很簡單，只要把心敞開，擁抱內心深處那個孩子，各位學員一定辦得到。來，一起來，想像身體裡有一條河，我們一起讓那條美麗的河流動吧！」她心裡喊神經病，正準備捲墊開溜，阿公教練前來指導她倒立，雙手抓住她腳踝往上拉提，她還來不及尖叫，瑜伽教室已經上下顛倒，她腦中出現肯德基爺爺拎雞的畫面。她逼自己遺忘接下來發生的事。其實不用逼自己，根本想不起來，到底有沒有倒立成功？倒了多久？只記得上校放開雞腳，她摔回瑜伽墊，身體某個按鈕被啟動，放了個鑼響屁。

「喂，你也，看得到他吧？」

他的點頭讓她安心，這下雨的公園真的太像鬼片拍攝場景，昏慘淡霧，風聲慘叫，地底爬出一隻巨大的銀色穿山甲。她從包包拿出小鏡，才發現扮鬼的根本不是樹下那個瑜伽男，是鏡中這個脫妝老女人。此刻要是鬼片試鏡，她一定終於如願拿下角色。原來最好的卸妝產品是巴黎雨，沖刷粉底，露出暗沉肌膚。雷射，玻尿酸，電波，能試的都試了，試圖逆轉。逆轉什麼？時光？一臉緊緻就是青春？就是戰勝時光？她清楚啊，眼神太誠實，藏不了半點滄桑，沒有任何整形技術能去除眼神裡的苦。但她還是什麼都做了。這樣才能上電視節目大說特說啊。真正的巨星當然不會承認整形，但像她這樣等級的過氣女明星，整形的經驗就是上節目的資本，坦承這裡割開那裡墊高，不整被網友罵老，動刀了又被罵整形鬼。反正能做的都做了，還是不敵一場巴黎雨。

雨勢變小，傘頹敗，算了，不撐了，淋點小雨不會死。不補妝了，反正公園裡就她和他和那個閉眼睛的倒立怪男。她和他蹲坐在穿山甲舌下，喝咖啡看倒立瑜伽男。是真的很厲害，風懷惡意，鬧樹擾草吹沙還不夠，數度試圖撲倒瑜伽男，但那身體裡一定藏了穩重的山嶺，兩腿筆直朝天。

兩人都記得。很多很多年前，他們也是這樣坐著淋雨。電影殺青那天晚上，導演走了，燈光走了，收音走了，美術走了，化妝小姊姊走了，穿山甲走了。他們淋雨走進森林，拍片的床墊被丟棄在大樹下，兩人坐上溼軟的床墊，覺得好累，好想睡覺。

窄巷腳步聲紛沓，人聲雜亂，一大群觀光客擠進小公園，每人都戴耳機，專注聽導遊說話。導遊是個嬌小女生，手持小黃旗，頭上戴麥克風，一路快語不歇。

「哇，原來這隻穿山甲是巴黎什麼祕境嗎？還有旅行團特地來看喔？」

但這一旅行團完全忽略穿山甲，直接朝瑜伽男走去。導遊特別交代，要大家躡足靜音，手機相機全部掏出，對準瑜伽男拍攝。她起身加入觀光客，到底大家在拍什麼？太奇怪了吧。她看著這些人輪流跟倒立瑜伽男自拍合照，臉上豐年祭，這分明是見到偶像的激動表情。不會吧，這個瑜伽男是巴黎名人嗎？大明星？她忍不住趨前探頭，有幾位女生拿手機興奮討論，社群網站上，有好多好多這位瑜伽男的倒立照片。艾非爾鐵塔前倒立。新橋上倒立。孚日廣場倒立。精品店前倒立。聖馬丁運河旁倒立。盧克索方尖碑前倒立。羅浮宮金字塔倒立。蒙娜麗莎前倒立。龐畢度中心前倒立。春花，冬雪，都是同一件單薄綠褲子。

有個女孩說英文，她應該沒聽錯吧：「我在巴黎三個不同地方看過他，從來沒看過他站起來！」

原來，這倒立瑜伽男是最新巴黎移動打卡景點嗎？

人潮圍繞，觀光客朝瑜伽男丟擲閃光燈，有人太靠近了，侵入傘下倒立宇宙，但瑜伽男一直維持倒立姿態。觀光團還有其他景點要趕，導遊催促，一群人擠回窄巷，公園再度淨空，留下細碎的笑聲。

雷聲來，天空出現裂痕。他們坐在穿山甲舌下，靜靜凝視瑜伽男，她的頭枕上他的肩，時差在腦裡造霧，心裡開始數，一隻，兩隻，三隻，七隻。忽然想起來了，怎麼忘了，睡不著就數啊。數著數著，睡著了。

他把外套脫下，包覆她的身體。他一直不容易入睡，有雨最好，雨聲助眠，這世界上有沒有一個地方每天都下雨？那或許是安身之地。此刻的小公園，雨打在金屬穿山甲上，清脆錚錚，聽著聽著，他也想睡了。

他喜歡淋雨。小時候，其他媽媽都不准孩子淋雨，會感冒，會發燒。但他母親例外，允許他不穿雨衣雨鞋，站在雨中，仰頭喝雨。他最喜歡夏天下雨的森林，雨在樹葉上打鼓，土壤溫熱溼滑，只有人類需要穿雨衣，只有人類怕雷聲，他隨意選一棵樹，餵舌吃雨，微笑聽雷。想想雨真像母親，情緒多變，溫暖浸潤，暴烈侵害，絲質娟秀，冰冷寒害，打在皮膚上有千百種觸感，能灌溉大地也能淹沒文明。溼只是最基本的淋雨感受，有時暢快，有時悲痛，有時催眠，有時打醒。腦子混沌，敞開身體，交給雨，堅守許久的堤防會被衝破，身體深處某個硬核會些許柔軟。最棒的就是可以恣意大哭，大雨中騎著單車在城市奔馳，沒有一個人發現到他眼睛下雨。

他想到瑞士盧卡諾。

合作過的導演完成了一部新電影，受邀至盧卡諾影展，邀他前往參加首映。導演清楚他不善面對媒體，不喜華麗派對，安排好交通飯店電影票，講明沒有義務參加任何活動，就是單純請他來看電影，無須刻意寒暄，自由來去，沒見到面也無妨。

他先搭機到米蘭，盛夏乾熱，聽說已經好幾個月沒下雨了。在米蘭匆匆一晚，原本只打算待在飯店裡，什麼地方都不去，但深夜雨敲窗，開窗手心捧雨，街上小酒館唱爵士，廣場上一對老夫婦在雨中慢舞。他決定出門淋雨。那夜的雨很輕柔，如新生兒手掌，暖嫩有奶香。走到餓，解扣撩開襯衫，用力挺肚，餵肚子吃雨。漫無目的走了幾個小時，肚子擊鼓抗議，米蘭雨不含蛋白質，要餓死了，路邊一家快餐店門半掩，招牌還亮著，他彎身進去，一位白袍廚師正在清掃打烊。

隔天他搭火車前往盧卡諾，火車沿途與許多湖泊擦身，他好想跳下火車去游泳。抵達盧卡諾，原來是湖邊小城，飯店房間正對湖，湖名Lago Maggiore，唸不出口，聲帶口腔無法跟湖發生關係，那就交給身體，跑到湖邊，脫了衣服跳進去，昨夜淋太溼，在湖裡扭動身體，擰出許多米蘭雨，湖面悄悄升高。

電影首映在Piazza Grande，大廣場，露天電影院。票面上寫首映時間晚間九點半，這麼晚的場次，他猜應該是要等天黑。晚間八點多，天開始慢慢黯沉，墨雲脅迫，雷鳴交響樂。他穿了一件防水外套，不怕雨，只怕主辦單位見天候不佳取消首映。游完泳，沒吃晚餐，身體空空的，他很需要把一部電影塞進身體。

走進露天電影院，真是如名，大廣場啊，巨大銀幕置在廣場一端，廣場上擺滿千張椅子，這是他看過最大的露天電影院。雨在椅子上積成湖泊，當地觀眾有備而來，雨衣雨鞋坐墊，保溫瓶裝熱茶，保鮮盒裝三明治香腸起司，下雨還是跟廣場旁的餐廳點大杯啤酒，雨加啤酒，獨家美味。他什麼都沒準備，就一件陽春防水外套，沒關係，他真的不介意淋雨。撥掉座位上的湖，他安坐等電影開演。雨勢漸強，雷電割裂天空，雷鳴威嚇。雷雨沒嚇跑觀眾，廣場滿座，大家興致高昂，笑語對抗雨聲，等電影開演。他左邊一對戀人，說德文吵架，語氣苦臭，吵著吵著，吵架聲被雨聲稀釋，嘆氣舉啤酒杯和解，改說義大利文親來親去，大雨來磨蹭，撐傘自搭兩人世界，聲調切換成法文，細柔如初戀。雨中等待毫不枯燥，觀眾席裡到處都是電影。右邊男士對他微笑，問他需不需要傘。

九點半，廣場周邊所有的住戶店家同步關掉電燈，黑暗奪回廣場，湖濱小城廣場變身成電影院。大型投影爬上廣場建築物立面，播放影展宣傳片，影展主視覺是黃色，投影的黃色光影燦燦，雨夜人語喧鬧，影像流動，這是年度夏日夜間節慶。舞臺上升起小雨棚，兩位主持人一身華服現身，對著廣場喊：Buona sera Piazza Grande! 主持人介紹導演與演員上臺，邀他來盧卡諾的導演對觀眾揮手，說不敢相信自己拍的電影可以在這麼大的露天電影院首映，這真是他見過最大的銀幕，謝謝大家不理會風雨，來大廣場看電影。

那真是難忘的淋雨回憶。少有的人生幸福時光，竟然有這麼多人跟他一起淋雨看電影。導演以拍水聞名，跟他合作的那部在蔚藍海岸拍攝，整部電影就是拍他哭泣，最後拍他哭臉消失在海裡。結尾那場戲拍了好幾天，日出拍，中午拍，日落拍，半夜拍，直到導演終於確認抓到滿意的光，他潛回海裡，閉氣睜眼朝上看，海面紫光閃爍，往下看，無底黑暗引誘，該不該把水用力吸進身體裡，下潛至海洋深處？

今晚這部也是拍水，義大利隆冬，河岸捕魚人家，水霧瀰漫，鏡頭水裡來去，演員在冰凍的河裡與大自然搏鬥。電影裡冬雨漫漶，電影外的夏天盧卡諾大廣場也在下雨，兩個世界以雨聲彼此召喚，電影裡的河流啊流啊流啊，流出巨大銀幕，流進了每個人的身體，大廣場出現了一條浩浩大河。他身上的雨衣擋不住雨，鞋裡小溪涓涓。大自然多事，胡亂添加雨聲音效與刺眼閃電，人工音效與天然雷電聲響交纏，電影與現實的界限消失，戲裡演員溼，戲外觀眾更溼，廣場上的觀眾集體融入了電影畫框。

觀眾的手淋了兩個多小時的雨，鼓掌水聲澎湃。全身淋漓浸透，他想脫光衣服，跳進被黑夜吃掉的Lago Maggiore，把雨水送給湖。

身旁問他需不需要傘的男士，銳利眼光推開雨，停在他身上。

他轉頭，迎上那眼光。

他當然懂這眼光。

尋常眼神交會，不到一秒即逝，點頭，掉頭，謹守陌生人的禮節。盛滿慾望的眼神，會違反那少於一秒的時間禮儀限制，硬是多停留幾秒，眼神鎖定，不放開，一秒，二秒，三秒，凝視還在，一直看著他。他就懂了。

就像此刻樹下的倒立瑜伽男。

瑜伽男緩緩睜眼，從他的私人冥想宇宙，回到這煙塵巴黎。瑜伽男的眼神慢慢定焦，看到在穿山甲舌頭下面躲雨的他。違反眼神交會時間制約，數，一秒，二秒，三秒。

很多巴黎人都沒看過這位瑜伽男站立的模樣，想像他生來倒立，以頭遊走巴黎。他是少數見過瑜伽男其他姿態的人。

瑜伽男雙腳鬆開傘，肢體靈巧切換成蓮坐，眼神一直沒放過他。倒立撐傘，打坐卻不撐傘，長髮貪婪飲雨。傘掙脫瑜伽男，乘風逃逸。

那眼神太誘人，他褲子裡立刻堅硬。

他知道，瑜伽男要他幹他。

那晚在米蘭，白袍廚師也是給他這樣的眼神。拉下快餐店的鐵門，廚師的手伸過來，解開他的皮帶，轉身，屁股頂上他的堅硬。他雙手變成網球。廚師嘴巴吟唱義大利歌劇，男高音。

隔天，在盧卡諾大廣場，右邊鄰座男士，一路靜靜尾隨。一進飯店房間，他打開陽臺門，在陽臺的椅子上坐下。雨中，鄰座男士舔乾他身上的雨。今夜的雨不給湖，給鄰座男。鄰座男吸光他的雨。還硬著。不夠。他身體裡塞了一部溼漉漉的電影。鄰座男的褲子在地板上癱軟，屁股坐上他的身體，屁股開口說話，說想看他身體裡的那部電影。

他在穿山甲身體裡，見過瑜伽男各種柔軟的瑜伽姿勢。通常深夜，或者清晨，他們爬上穿山甲尾巴，瑜伽男屁股頂上來。瑜伽男喉嚨是胡椒研磨罐，磨出細碎的辛辣聲響。兩男的推進交纏賦予金屬穿山甲生命，鱗片晃動。

那些男人，眼神超過交際禮節秒數的男人，都要他幹他們。

他沒有辦法抗拒那樣的眼神邀請。

只有J例外。J不用眼神。J直接過來他耳朵說了一句話。他聽不懂。不知道那是何方語言。但他聽得懂。

那句是：「幹我。」

瑜伽男碎步走過來。眼神偏移至他肩膀上的熟睡女人，慾望轉成問號。

那眼神問：「她是誰？」

穿山甲沉默不答。

手機對話三

「走不動了。媽啊，這樣走，會死掉啦。再走下去會死掉。」

「休息一下。」

「休息沒用啦。累死了。你等一下揹我好不好？」

「ok。」

「哈，你說的喔，我沒有在開玩笑喔。我很重喔，剛剛早餐吃太多了，像是神經病，現在好撐，肥死了。真的喔，我是真的走不動了喔。」

「好。」

「雨什麼時候停？我們什麼時候出發？你真的要揹我？我們要去哪裡？」

3.

鳥卦

她醒了。皮膚上有好多穿山甲的腳印。

她刻意不睜開眼睛，以手指感觸皮膚上的穿山甲腳印。先不要，再忍一下，眼睛閉好。指尖視力比瞳孔好，看得到穿山甲的泥巴腳印。張開眼睛，那些腳印就會消失了。空氣涼茶，甘甜清香。臺北熱死了，巴黎好涼好舒服，可以再睡一下嗎？但真的睡不著了。用力抵抗睜眼的慾望，再等一下。

她在穿山甲舌下睡了多久？

算有睡飽吧？雙腳踩地，重心偏斜，巴黎雨暫停，腦子裡的雨剛剛開始。摸摸腹腔，幸好，身體裡的痛還沒醒。剛剛又是白色的夢。白色夢境裡有穿山甲。公園裡的銀色穿山甲晃動鱗片，四肢抖動，不知何處傳來刻意悶住的呻吟，是穿山甲的聲音嗎？不，穿山甲很靜，沒有那種叫聲。她頭左右傾斜，彷彿剛出泳池，單腳歪頭跳耀，想把雨倒出腦子，瞇眼看四方，原地旋轉一圈，試圖以離心力甩掉那忽遠忽近的呻吟聲。是誰？誰闖入她夢境，發出這種討人厭的愉悅聲響？為什麼她的喉嚨發不出這種聲響？

公園樹下空無一人，倒立瑜伽男消失了。他坐在穿山甲尾巴階梯上，盯著手機。

她低頭看自己的身體，穿山甲腳印全消失了。剛剛被幾隻穿山甲踩踏呢？

一般人睡不著就數羊。她怪，數羊沒用，數穿山甲。是他教她的。小時候，她問他：「我睡不著怎麼辦？大人說數羊就會睡著了，但根本沒有用。」

他在畫紙上開始畫穿山甲，一隻，五隻，九隻，直到紙上塞滿穿山甲。她凝望紙上穿山甲，睡意浪濤拍打。他畫筆線條並不細緻，穿山甲輪廓在他筆下粗糙變形，鱗片亂疊，可以說是醜吧。畫紙沒有完全吸收原子筆墨，他掌心在紙上摩挲，穿山甲線條糊開，真醜，沒什麼繪畫天分，但是她忍不住一直看，忽然覺得美，那些醜醜的穿山甲都似乎動了起來。他張開手，小小的手心沾了藍色筆墨，像海。

從那以後，她睡不著就數穿山甲。以前數羊，想像的羊一隻一隻跳過柵欄，咩咩咩咩吵死人，最後腦內山坡擠滿一大群羊，還得動用牧羊犬，整夜不睡，忙著阿爾卑斯山放牧。數穿山甲，腦中出現夜間淺山森林，溼地，農地，小溪，老樹，圓月，眾星，微雨，清風，穿山甲一隻一隻從四面八方朝她慢慢爬過來，踩上她的身體，長長的尾巴刮過她的皮膚。她身體是一張紙，數字召喚穿山甲，慢慢數，認真數，專心數，仔細用想像力描繪每一隻穿山甲的模樣，千百鱗片在月光下閃閃發光，直到身上停滿了幾百隻穿山甲。穿山甲趾爪尖銳，在她的皮膚上掘土挖洞。數到超過五百隻，身上已經到處都是穿山甲挖出的洞穴，穿山甲躲進洞裡睡覺。很多腳印，很多洞穴，所有被她數到的穿山甲都停止挖掘，睡著了。這時終於輪到她，意識迷霧，隨便選身上任何一個洞，擠進去，摸摸穿山甲的鱗片，晚安。謝謝你們在我身上挖洞。

她最近失眠嚴重，竟然忘了，明明可以數穿山甲啊。她忘了穿山甲。穿山甲也忘了她。

她查看手機上的時間，巴黎還早，早秋陽光溫暖，吸乾身上的雨，車流人聲擠進窄巷進入公園，巴黎跟她一樣，醒了。

「我們離你家多遠啊？要不要我用手機叫車？我跟你講喔，真的啦，不是跟你開玩笑，我走不動了喔，除非你揹我。」

她剛拉好外套拉鍊，他就背對她蹲下，背部駿馬，雙臂朝後伸展，等負荷上馬。

他的背是雨後溼潤野地，硬土鬆軟，草香清爽，頸背汗泉，耳廓裡有土有草，剛剛他是在公園裡打滾嗎？他手臂力大，抓緊她大腿快步離開公園，走進忙碌的巴黎早晨。才走過兩個路口，她就在他耳邊低聲說：「好了啦，放我下來。」

她說謊。她想在他背上巴黎一日遊。

「剛剛跟你開玩笑的，誰知道你當真，還真的揹我。拜託，我們都幾歲了，很難看啦，我穿洋裝哩。你看剛剛路上有多少人覺得這兩個亞洲人瘋了。超丟臉的。」

他完全沒注意到別人的眼光。就算有他也不在乎。他與巴黎之間，有一條河。

「幸好這幾年，我都有減肥，不然你的腰現在一定斷掉了。我用手機叫車喔。」

他搖頭。

「喂，你不要跟我說，我們要這樣走回去？我跟你講，再走下去我會死。我要是死了，你很難處理，看你要怎麼跟我老公孩子交代。你比誰都清楚，我老公有多煩。煩死了，本來他還想跟我來巴黎。」

他又搖頭。

「你不要一直搖頭，再搖頭我就要瘋了。到底什麼意思啦。是說，不要叫車？還是說，我走一走不會死？」

他頭停止晃動，臉上淡淡賊笑，腳誇張高舉，開始走路。他現在可以放慢速度了。此刻完全不想哭。剛剛爬入穿山甲的身體，進入了瑜伽男的身體。淚水隨著體液噴發在瑜伽男背上。揮發掉就好。僵硬終於逐漸疲軟。這樣暫時抑制想哭的衝動。每次哭到不行了，最好的方法就是進入別人身體。他覺得精液的成分是眼淚吧，射掉就好。射掉就不哭了。

父親說過：「你們都不懂。幹一幹就好了。好了我就可以回家。這樣有什麼不對嗎？」

他現在懂了。幹一幹，他就好一些。沒有全好。不可能痊癒。但至少有好一點點。一點點就好。

瑜伽男吻他，在他耳邊說Merci。謝謝，填滿我的空洞，今天我不用倒立了。他只聽得懂幾個單字。他只聽得懂呻吟，一串法文會被他耳朵主動阻隔。為何道謝？應該要感謝穿山甲提供腹腔。穿山甲法文怎麼說？想問瑜伽男，說不出口。他一直想要查字典。他一直沒去查字典。瑜伽男快速變形成西裝男，長髮綁起來，說該去上班了。

入秋第一天，巴黎人身上新添外套，長的短的，圍巾帽子手套終於掙脫衣櫃了。炎夏肆虐好幾個月，鮮少人家裡有冷氣，戀人受不了彼此的黏膩鬧分手，家人火氣攻心互丟不堪入耳，家裡小又悶，外面擠又晒，苦尋容身之地。

換季真是銳利美工刀，天地用力劃一刀，昨日夏天就整頁撕下，秋日繽紛登場。街上的樹昨日翠綠，一夜秋雨，今晨綠已經轉淡，很多葉子迫不及待，未轉黃就離枝，貪圖自由啊，遇到風就跟著叛逃了。光的質地變了，烤番薯色調。張口深呼吸，大力咀嚼秋日，空氣如薯片清脆。路上有人拉手風琴，誰倚窗拉小提琴，音色明明輕快，被秋日涼風濾過，入耳多愁。跟冰塊冷飲道別，胃腸忽然蕭瑟，渴望暖湯熱巧克力。開紅酒，小啜兩口，算了裝給誰看，早上直接喝掉半瓶，剩下的小火燉牛肉。市場出現南瓜，順便買幾顆肥美的紅肉番薯，還有多汁芒果，加上薑，全部攪在一起煮濃湯，一鍋橙黃好過秋。

他們慢慢走到塞納河畔，看河水在日光下粼粼。慢走拉近兩人距離，畢竟認識太多年了，行走中慢慢貼近彼此身體，踩扁生疏，她挽起他的手臂。旅遊旺季過了，河面船隻只載了零星觀光客，一對戀人在甲板上慢舞，昨天才決定分手，此生陌路，今早醒來發現轉秋，身體忽然被孤寂占據，立即決定復合，在船上邊舞邊想像冬季婚禮。至於可預知的離婚決裂，等夏天再說吧。

風夾帶濃稠巧克力香，逼人走進河岸咖啡館。他們隨意選了一家，兩大杯熱巧克力上桌，肚裡可可樹果實豆莢爆裂，溫熱祛寒。

她的手機震動，一定是丈夫傳訊。昨天抵達巴黎已經報平安，今早醒來看到手機裡竟然一大堆未讀訊息，完全不想回覆。等一下再回，時差是最好的敷衍。

「我還以為是我老公，想說真煩，一直傳訊息。結果是你經紀人。他說，你都不回他訊息。今天早上十一點有個試鏡，問你到底要不要去？哎喲，你怎麼都沒說，不會是因為我在這裡吧？你不要這樣喔，這樣我承擔不起，十一點，我們還有時間。走，我陪你去。」

他喝一大口熱巧克力，不知道該點頭還是搖頭。

「拜託，你很多年沒演戲了吧？有試鏡機會就去啊。你不要因為我在這裡就放棄大好機會。我跟你說真的，你不要以為我在開玩笑。你這個經紀人感覺好像很積極，我在臺北接到他電話，想說這誰啊？電話上聽起來很油，掛上電話我趕緊去用吸油面紙，油死了，直接透過電話噴到我臉上，拜託，說話真的好浮誇，我想說一個華人在巴黎做藝人經紀，能做出什麼鬼東西，但你得大獎的那部，不就是他牽線的？所以說不定，誰知道啦，說不定今天是很厲害的導演。不然這樣好了，我陪你去，我可以假裝是你經紀人，或者小助理好了，隨便啦，反正我們小時候不是都這樣？打扮漂漂亮亮，一起去試鏡。拜託，你不要跟我說都忘光光，我們以前兩個組合起來，多厲害啊，根本臺灣童星第一品牌好不好。」

怎麼可能忘光光？他有奇異的記憶本事，什麼都記得清清楚楚，聲音氣味顏色日期分秒。曾經有個男孩跟他說會「鳥卦」，但不是放出籠中白文鳥銜卜卦籤詩，而是脫掉對方褲子，讀「鳥」，依據長度，粗度，紋理，陰毛走勢，氣味，口味，算出此男前世今生，鐵口如神。男孩認真讀他的鳥，以眼審視，以口品嘗，捏拉搓揉，宛如陶土手拉胚，硬的時候讀，軟的時候讀，最後得出結論：「你太難算了，真的是我遇過最複雜的鳥。對不起，要跟你說實話，苦啊，你這輩子苦啊。你本人都不說話，但看鳥就知道，腦子裡一定很多事。藏那麼多事，又不說話……跟你講，奉勸這位先生啊，人到了這個年紀，中年邁向老年，回憶要放掉啊，過去要說出口，然後忘光光。你都不放掉，全部事情都堆起來，堆堆堆到你下面。難怪你鳥這麼大。鳥這麼大有什麼用？大很好啦，讓我們爽，問題是，你開心嗎？」

神算鳥卦男孩說完，以舌尖繼續卜卦。

他也記得領結。床墊廣告試鏡，脖子上有領結。母親喜歡在他脖子打上小領結，只要有試鏡機會，一定幫他準備白襯衫搭領結。她和他都六歲。哭聲。很多孩子哭叫媽媽。現場很多媽媽。有小孩玩到打架互咬。媽媽A跟媽媽B吵架，媽媽C勸架。現場沒有爸爸陪同。

記得是一棟臺北高樓。搭電梯上十四樓，登記等待叫號，一張編號貼紙貼在他襯衫口袋，一三六號。小男生坐一邊，小女生坐一邊。有小女生吐了。接著坐他旁邊那個小男生也跟著吐了，更多孩子吐，嘔聲交響樂。有小男生尿褲子，尿從椅子滴到地上，對面的小女生尖叫：「媽媽，他尿尿！」有屎味。母親跟他說，太吵了，我來說故事吧。許多孩子圍過來，聽他的母親聽故事。母親擅長說故事，臨時依照當時的環境與人物，口舌編織冒險，說出一毯華麗的錦緞。母親那天說的是試鏡的故事，一群孩子被帶到臺北高樓參加廣告試鏡，每個被叫進去試鏡的孩子，都沒有走出來，因為他們都進入了另外一個平行時空，那個空間裡沒有高樓沒有車流，天上浮著藍斑魟魚、鱸魚、比目魚，鱷魚穿西裝直立趕路，樹懶跳芭蕾，把魚餌甩進河裡，會釣出胖嘟嘟的粉紅雲朵，孩子們在草原上生火烤雲，雲入胃，身體飛起來，在天上跟魟魚還有鱸魚一起翱翔。一三六號！終於輪到他。母親故事中斷，孩子們哀嚎想繼續聽故事。他們進入一個黑布幕房間，冷氣強悍。空間中央擺了一張床。幾個刺眼的燈具對準床墊。試鏡導演在他耳邊說：「小弟弟，你幾號？你的臉很上相喔，記得，等一下你就不要管我們，假裝我們都不在這裡，就在床上睡覺，或者做白日夢，發呆，隨便都好，什麼都可以。你舒服最重要，舒服就好。」母親鬆開他的手，輕輕把他推向床墊。他想找回母親的手。但他不怕。他知道母親就在刺眼的燈光後方，只要完成任務，很快就可以牽到母親的手了。出門前母親叮嚀，導演說什麼，要仔細聽，一個字一個字聽進腦子，聽進心裡，記住，照做就對了。導演說：「我們都不在這裡。」他閉眼，導演指示是一杯剛打好的柳橙汁，喝進身體裡，糖分快速擴散，啟動了某種神祕的表演本能。睜開眼，眼前只剩下一張床墊，燈具導演工作人員母親全部消失，他身處在空的房間裡。他解開領結，鬆開第一顆鈕釦，領結放進褲子口袋，襯衫袖子拉到上手臂，抓取枕頭，側躺。床墊是軟泥，全然接收他的小身軀。他陷進去，耳朵聽到雨聲，床墊上冒出嬌嫩的春草，不用往上看，他知道天上有鱸魚。導演說舒服。什麼是舒服？耳朵不懂，但他身體好像懂了。把身體交給床墊，鬆弛軟爛，睡著了。但又不是真睡。不像是在家裡自己的小床上那樣的睡眠。是表演，身體進入某個現實之外的境地，夜，雨，在睡與不睡之間放鬆身體。但他並不虛假，這不是假裝。他只是聽媽媽的話，聽導演的話，身體小舟，在床墊靜海上輕輕擺盪。

導演當時立刻在幾百位小男孩的名單中，用紅筆把他的名字圈起來。

試鏡還沒結束。接下來要看他是否能與其他女孩互動。導演要他保持放鬆的姿態。不同的女生開始輪流爬上床。有的一看到他就大哭。尖叫。喊媽媽。出手打他。或者身體僵硬。或者過於熱烈，看到他的臉就親上去。有個女生在床上吐了。面對不同女生，他在床墊上保持冷靜，繼續「舒服」。

反覆試了許多組合，最後輪到遲到的小女生。

遲到的小女生被叫進黑幕房間，大人們還來不及給她指示，她自己就被那張床墊吸引，看到床上的男生，毫無生疏，彷彿認識多年，脫了鞋，爬上床，抓了枕頭，揉眼伸懶腰，看著面前的男孩，她好喜歡男孩的味道，潔白的襯衫底下，有淡淡的泥土草地香。她的目光停留在小男孩的手肘，上面的皺褶藏了泥土，好像地圖，有大陸有海洋有島嶼，看著看著，手指伸過去，輕輕捏小男孩的手肘。捏著捏著，眼睛酸澀。她揉眼道晚安，閉眼沉沉睡去。他的睡，是表演。但她是真睡。身體迅速進入深眠。兩個小孩在床上安眠，畫面寧靜，導演一整天頭痛，看著床墊上兩個小孩，忽然想關燈睡覺。所有在場的大人都想躺下。單身的想找伴。有伴的想回家。找到了，導演就是要這種催眠氣味。

她的記憶被年歲擠壓，那天在腦子裡變形，應該是六歲，記成十歲，反正就記得睡得很開心，睡一睡就得到拍電視廣告的機會。她記得當天根本不知道要見誰，只知道是電視廣告試鏡。媽媽在附近找不到停車位，先把她丟在一棟大樓前，叫她自己先上樓去，遲到了，來不及，媽媽停好車就會來找妳。她自己走進大樓，主動問管理員，搭乘電梯抵達試鏡樓層，接待人員問她：「妳一個人來？爸爸或者媽媽呢？」她自報家門，舌頭說出一本家庭小說：「我爸在國外工作，好像是泰國，但有時候說在新加坡，媽媽今天早上說爸爸在印尼，反正我都沒去過，我很久很久才會看到他，搞不好他人根本在臺灣，大人都很會騙小孩啊。媽媽想要當星媽，常常開車載我到處去見找經紀人，因為她年輕的時候也想當明星，但是紅不起來，所以希望我變成大明星，賺很多錢。但是我不懂，她明明就有很多錢啊，我爸給她很多錢，為什麼會希望我賺很多錢呢？」工作人員來不及消化這本小說，深怕這個小女生立刻寫出更厚的續集，趕緊把她推進去試鏡。

她拿出粉餅，奪回被巴黎雨偷走的粉妝。

「有吧，有像喔，我這樣有沒有像低調男明星旁邊的小助理？」

他依然不知道該點頭還是搖頭。

電梯開門，天花板燈泡明滅閃爍，昏暗悶熱的狹長走道塞滿了人，看不到盡頭。他們試圖穿越人群往前走，不友善的手肘搭建拒馬，只好退回隊伍尾端。身後的老電梯發出刺耳的金屬聲響，電梯門不斷開闔，輪軸噪音分貝越來越大，門沒關就急速下降。他們的眼睛慢慢適應室內昏暗，模糊人影逐漸清晰，來參加試鏡的皆是亞洲男人面孔，中年，灰黑短髮，各種身型，叉腰，抱胸，抖腿，席地，看手機，殘燈下人影搖曳，面目不明，皆焦急。她完全沒料到，原來巴黎有這麼多亞洲男演員，大家都想擠過這狹窄的長甬道，抵達盡頭的那扇門。或許那扇門後就是旭日，終於得到角色，演員生涯初抵新黎明。但這麼多人往前擠，只有一人能迎接旭日。其他人開門後撞落日，謝謝你再聯絡，走進另一個難熬黑夜。

他已經很多年沒參加試鏡了。得過大獎又怎樣？試鏡篩網，只有能言雄辯的表演者能進入下一關，他不善辭令，總是在第一階段就從篩網孔隙摔出去。

他熟稔試鏡流程。唱名進入，選角指導，導演，製作人，有時編劇，先拍照，正面，左側臉，右側臉，有些會要求拍頭頂，導演手上一張履歷，開口問安，請放鬆，有時要求立刻表演事先準備的獨白，有時現場有其他演員對戲，有時即興，有時單純聊天，有時忽然要求唱歌，有時必須寬衣。總是很趕，沒有人有時間聊身世探源委，誰想知道你的掙扎你的苦痛你的歡樂你為什麼哭不出來你為什麼想當演員，外面還有很多人說哭就哭。

試鏡重語言，但他的語言不是聲帶的語言，不是印刷的語言，不是書寫的語言。他的語言並非人間文明熟悉的系統。沒有人有耐心傾聽。

小時候很多人說，這孩子怎麼都不說話，囑咐母親趕快帶去看醫生。但母親並不覺得他需要任何矯正，的確寡言，但情緒表達飽滿，會哭會笑，童謠教一次就會唱，偶而口中說出的句子清晰完整。有次父親的生意夥伴來山上談投資，聽到母親與他合唱，見他大眼清亮，留下名片，請母親考慮要不要帶來試鏡，不用想太多，不要給孩子壓力，就試試看。

他第一次試鏡就得到工作，拍攝童裝目錄，在短短幾小時內換百套衣服，在鏡頭前擺出各種姿勢。攝影師讚嘆，這個小孩這麼靜，想不到竟然能擺出百萬種姿態與表情，專業成人模特兒都沒有這樣本領。上場前，母親在他耳邊說了故事，等一下攝影機鏡頭會伸出隱形的手，放心，不是惡魔的手，是淘氣精靈的手，搔你腋下腳底肚皮，用力抱你，溫柔撫摸你，按摩你頭皮，捏你的臉頰，撐開你眼睛，拉你耳朵，幫你拉筋，清你耳垢，出拳輕輕打你，挖你鼻孔，刷你牙齒，剪你指甲。他的身體配合那雙隱形的手律動，大笑微笑皺眉驚訝害羞，四肢小鹿揮灑，拍出來的照片完全符合大人對於孩童「可愛」的想像。

今天巴黎沒有母親說故事。長大後攝影機對準他，他仍然想像有一雙頑皮的手從鏡頭伸出來。狹長通道試鏡人潮慢慢散去，快輪到他了，心臟撃胸骨，頭頂燈泡放棄掙扎，黑暗奔牛，在通道四處衝撞，等一下走進那道門，身上應該滿是瘀青吧。通道淨空，只剩下他們。門開，光是魚骨，刺進雙瞳游成多刺虱目魚，張眼畏光，眼前水底汙濁藻類。Bonjour，抱歉久等了，我是這部電影的導演，這是編劇，這是選角指導，等一下，我是不是在哪部電影看過你？你的名字，我是不是在哪裡聽過？他眼睛還沒適應過於明亮的房間，導演輪廓糊爛。窗沒關，潮溼的氣味，又要下雨了。

面前這位導演會要求他做什麼呢？一發現他聲帶默片，會施捨任何時間嗎？還是大聲說Merci，祝福你，把經紀人寄來的履歷塞進碎紙機。

太多失敗的試鏡經驗了。

現場遞過來三頁紙，請以法文朗誦這段莎士比亞獨白。

請坐。桌上一本空白日記本，請設想這角色，在今天這樣的天氣，這樣的環境裡，會在日記裡寫下什麼？計時十分鐘。

是否能夠用鼻孔吸麵條？或者嘴巴吞拳頭？吞腳也可以。

請倒立與這位女演員對戲。

說著背誦好久的三句臺詞，第二句就被打斷，請脫掉上衣，我們要拍攝腹肌。

會不會後空翻？就像李小龍。你們亞洲人都會吧？不用擔心，我們有準備軟墊。

請表演雙節棍。

會不會做壽司？這裡有食材。

戴斗笠，穿某種詭異的漢衫，瞇眼，微笑，必須符合「亞洲人風情」。那漢衫像死人壽衣。穿壽衣拿著一包山葵口味的洋芋片，來，微笑，神祕，微笑不夠神祕喔，遙遠東方古國那樣神祕。

室外試鏡，交代必須穿運動服，到了現場才知道是跑酷，從這面牆跳下，階梯上翻滾，跳上另外一面牆。參加試鏡的人皆小他至少三十歲。

播放一段芭蕾舞蹈影片。請他立即照著影片裡的舞步跳。影片裡是年輕的Sylvie Guillem。他不知道Sylvie Guillem是誰。

請在十秒內以眉毛表演四季。

會不會說韓文？來自臺灣？臺灣人不說韓文嗎？

不會說日文？怎麼可能。我們有做過詳細的歷史研究，臺灣以前是日本殖民地，怎麼可能不會說日文。當天他聽到其他演員抱怨這是種族歧視。他不是很確定。他想像自己跟巴黎之間有一條河。河的名字不是塞納。河道有時寬有時窄。有時澎湃有時枯水。昨天搭橋今日拆橋。想聆聽對岸人聲，怪罪囂張雨聲，聽不真切。彼岸對他呼喊，他不知如何回應。巴黎誤讀他的身體。他誤解巴黎的四季。

請彈吉他。小提琴。鋼琴。琵琶。古箏。地板忽然裂開一個洞，豎琴升上來。

安靜的人，內向的人，能當演員嗎？安靜在這行業是病。他的安靜不斷遭到否決。地板忽然冒出豎琴那次，他決定到此為止。

剛剛跟一堆人擠在通道，他認出許多面孔。每次電影或電視劇難得需要亞洲角色，他都會遇到同一批人。他們本業不是演員，餐館老闆，酒吧服務生，警察，外送員同事，舞廳脫衣舞者，街角菸草店老闆。都想演戲。他們也認出他。就是那個得過影展大獎的。得過獎有什麼屁用？到最後還不是跟我們一起擠在這個燈泡壞掉的通道裡。

今天這個導演沒有提出任何要求，見他看著窗外的雨，說終於下雨了，夏天結束，秋天好突然。你要不要咖啡？還是茶？

濃縮咖啡在他脣上留下輕微的炙熱感。沒說話。他們看著他。他看著他們。大家看起來都好累。秋風催黃大家的眼袋。他是今天最後一位試鏡者。一起安靜坐著喝咖啡，聽雨。誰都不想說話。又是失敗的試鏡。

Merci。

他起身點頭。

Au Revoir。

巴黎再見。

起身旋轉門把，碎紙機啟動，履歷表碎裂。那張履歷就是他身體，每次試鏡就再度被撕碎。打開門，她坐在地上，頭埋進大腿，身上有穿山甲的腳印。她抬頭看他，那驚醒表情完全沒變，臉一團皺紙，緩緩攤開。六歲那年的床墊試鏡廣告，她被大人喚醒，臉上就是這不情願的驚醒表情。

六歲的她有起床氣，被吵醒都會大聲踢鬧。但她那次被吵醒，看著身旁的男孩，決定眼睛再也不閉了。她想要一直看著那雙眼睛。

「你確定，我們還要搭這電梯嗎？」

他走進電梯。都撕碎了，有什麼好怕的。

電梯門開闔三次才往下，他們以為會跟電梯一起快速往下墜，結果這次極慢，降一層樓，龜一世紀。電梯裡的燈死亡，只剩樓層按鍵發出微弱的數字光芒。她拉住他的手臂，不是怕黑，就是想拉他手臂，覺得他粗壯的身體快散了，抓住他，不准散，現在還不可以，要散的話，一起散。黑暗中她抓到他右手肘，用手指捏捏肘上那塊粗粗的皮膚。捏著捏著，電梯停了，並不是他們的目的樓層，門開，二樓與三樓的地板橫在他們眼前。往上看，三樓全暗，像是個冰冷洞穴。往下看，二樓明亮，兩位男人一臉驚恐看著電梯裡的四隻腳。電梯門再度開闔三次，這次門不關了，快速往下，墜毀氣魄。

終於回到地面。電梯裡的燈忽然大亮，門開，鈴響，逐客姿態。走出去，這是巴黎嗎？還是另外一個時空，天空有魟魚浮游。試鏡前街上這棵銀杏不是滿樹翠綠？怎麼此刻一樹枯黃，扇形葉脫離樹枝，滿地金黃。他們站在街邊良久，接下來該去哪裡？或許他們在等一陣風，被風吹跑，就不用走路了，就不用想該去哪裡了。風一直不肯來。他們必須用自己的雙腳，踩碎銀杏葉，回去那個小公寓，明明走不動，好想睡，沒辦法，無風，只能繼續走。

一路無語，慢慢走回他的小公寓，坐在床上喝熱茶。

「你這床墊哪裡買的啊？好好睡啊。」

「撿來的。」

這是他今天對她說的第二句話吧？

「撿來的？巴黎路上有床墊可以撿啊。天哪，真是太扯，你知道我家裡那個什麼瑞典手工床墊有多貴嗎？你這個撿來的還比較好睡。」

兩人目光碰撞，隨即彈開。都記得。你沒忘我沒忘。童年路邊的床墊。他們一起在路邊的床墊上睡覺，等。直到救護車衝過來，強硬終結他們的等待。

他原本連床墊都沒，睡地上，背痛就伸展拉筋。為什麼要買床呢。家才需要一張床。小公寓不是家。他覺得小公寓跟傘沒什麼差別，功能就是遮雨擋陽。傘下擺一張床很突兀。

有次晨起出門亂走，在路邊看到這個被棄置在人行道上的床墊，走得有點累，坐在床墊上休息。床墊縫線脫逃，棉絮外露，彈簧疲軟，有咖啡漬，或許尿漬，或者那是乾掉的血漬？反正床墊像個屍體。坐了一段時間，看巴黎人來去，看到睡著了，醒來發現床墊上多了很多路人施捨的歐元銅板。他站起來，決定扛屍體回家。床墊頂在頭上，遮蔽視線，在橋上擦撞單車。單車騎士淒厲尖叫，彷彿整個人摔出橋落水，其實床墊根本沒碰到他身體，單車稍微傾斜。尖叫騎士撥開他的床墊，準備大吵一架，一看到他，瞬間停止尖叫，手伸過來拉他的短褲背心，說要幫忙搬運。因為這被丟棄在路邊的床墊，他遇見J。

「等一下，我是不是瘋了。不是啊，我記得，不是今天早上才……天哪，我一定是時差太嚴重了，腦子壞掉了。」

是吧，今天早上醒來，她看到對街長髮鬍子男，陽臺上堆滿啤酒罐，簡直快滿出來了。但現在陽臺好乾淨，啤酒罐跟枯死盆栽都不見了，整個陽臺淨空。長髮鬍子男走到陽臺，全身赤裸，對她揮揮手。她用力揉眼甩頭，張眼，鬍子男又消失了。

「我一定是瘋了。你不要理我。讓我睡一下就好。」

她躺下來，正準備數穿山甲，看到地板角落有一小幅畫。

木框樸素。

這個寒酸公寓唯一的裝飾。

為什麼昨晚完全沒注意到。

木框裡一張手繪彩圖。

那是胖三畫的圖。

小小一張，彩蠟白紙，不知道在畫什麼鬼。紅蠟筆奔馳，像血。怎麼這麼多年了，紅沒褪去，在巴黎的日光下更加鮮豔。

不是都丟掉了嗎？

不是都燒掉了嗎？

為什麼你有胖三的圖。

死人的圖你留著幹嘛？還活著的那個呢？說，你說啊。

等一下。

她看到了。

活著的那個，在冰箱上面。

她真的是瞎了。

冰箱上，那副眼鏡。橢圓金屬鏡框。她真的很白痴，怎麼以為那是他的老花眼鏡。

瞎。她來巴黎要找的人，原來就在這小公寓裡。

手機對話四

「嘿，你還在睡。剛剛捏了你一下，沒反應，睡死了。我睡醒了。好醒。超醒。我以為可以一直睡下去，明明很累，但就是睡不著了。只好怪罪臺北巴黎時差，但，想一想，其實我去哪裡都有時差啊，都睡不好。我現在看著你睡覺，用手機打這些字給你，你醒來就會讀到。你睡覺的樣子就是一部電影。我喜歡在手機裡寫一堆字給你。有些話真的說不出口，在手機上打字，那些話就會離開我的身體，進入網路，穿越雲端，來到你那隻爛手機，給你。你手機好爛好舊，收訊好差，我想買新的送你，但我知道你不可能會想要。你一定會搖頭。我好喜歡看你低頭認真讀我傳給你的字。答應我，拜託答應我。不管以後我去了哪裡，不管以後你去了哪裡，不管我們兩個以後去了哪裡，一起，或者分開，你都要讀我傳給你的字。認真讀。一直讀。讀很多次。好不好？好不好啦？」

「好。」

「你睡了好久。」

「早。」

「拜託。現在明明已經下午了。天都快黑了。早個屁。」

「我想要去剪頭髮。」

4.

造山

不過是個午覺，怎麼她覺得自己睡成岩石，夾在古老岩層裡，頑固，亙古，千百年歲月推進，她只移動了幾公分。忽然地殼騷動，岩層擠壓斷裂，把她推到地表。醒了，雙眼卻不肯睜開，閉眼假睡，根本不想醒，不想被逼到地表，不想回到人間。

意識清澈，回想剛剛深眠夢境，沒有白色。太好了。終於擺脫白色了。

手摸肚子，上下來回，輕壓，指捏，無痛。太好了。就說嘛，就是沒睡好。睡飽就不痛了，一切都好了。

身體設計真奇怪，人眼有眼皮可閉，為什麼耳朵沒有耳皮可以自己拉上？不想看，眼皮動一下就好，世界立即黑暗。不想聽，還得動用手指或耳塞，而且根本沒用，聲響就是有辦法找到縫隙，鑽進聽覺。她此刻根本不想聽窗外的巴黎雨，懶得摀耳，雨聲過分清晰。怪罪雨聲，否則可以睡更久。其實巴黎雨不鬧，但這午覺太悠遠太完滿，睡到五官通暢，聽覺尖銳，細雨撫窗，黃葉在屋瓦上淋雨，黑鳥踩踏水窪，高跟鞋碾碎石板路上的銀杏葉，地鐵列車的輪子挾帶雨聲，樓下夫妻激烈爭吵，對街正在烤杏仁蛋糕，天上，人間，地底，樓下，隔壁，都聽見了。好吵。

鼻子怎麼也沒鼻皮？菸味好臭，真想暫時失去嗅覺。午覺前關窗，往下看，樓下窗戶吐出老朽的手臂，手指夾了三根菸。那手臂老朽乾燥，青筋百年老樹根，拙劣刺青褪色變形，許多刀疤，長期針筒注射，瘀青水母在蒼白肌膚上飄蕩。陋窗不氣密，菸味幽魂，越窗進斗室遊蕩。真臭。為什麼他剛剛跺地板三次，接著把整包菸往下丟？樓下那個菸鬼是誰？

有點冷，她抓不到棉被，不慌張，不孤單，她右手大拇指跟食指捏著一團皺皮，那是他的手肘。他在同一張床上，就在她右手邊，也睡成岩石，被夾在岩層深處，仍未回到人間。

這午覺到底睡了多久？

她明明是厭惡午覺的人啊。小學，午餐過後，全班必須在桌面上趴下午覺，這是規定，午後集體入眠，整個校園休止。但她根本睡不著，在桌面上趴下，頭顱壓迫手臂，肩膀緊繃，躺著都很難入睡了，趴著更痛苦，她只想坐著發呆，看大家睡覺，窗外一棵大榕樹，校園睡，松鼠忙。風紀股長躡足走過來，敲她後腦勺：「趴下睡覺！」

「但是……我睡不著啊。」

「睡不著是妳家的事，趴下，不然我把妳名字記下來，交給老師。」

「你記就記啊。」她就是睡不著，坐著發呆，沒有走動或吵鬧，到底妨礙到誰。

風紀股長弓背，盛怒獵豹低吼：「妳不要以為自己是廣告明星喔。」

鐘響，午休時間結束，老師的腳步聲比平常快幾倍，衝進教室，立刻走過來捏她的耳朵，竹鞭在她手心開鑿三條運河，海水從眼眶灌到手心，運河水量豐沛，水面船隻絡繹繽紛。

老師那天趴在辦公室的桌上，口水在桌面小水窪，預計等口水積成日月潭才醒，結果風紀股長跑來終止蓄水大計：「報告老師，有人不睡覺！」

老師對她吼：「妳真的以為妳是什麼有名的童星嗎？不過拍了個噁心的床墊廣告，就以為在學校有特權嗎？不睡覺？妳拍那個廣告，不就是一直睡覺嗎？年紀小小就跟男生睡覺，不要臉，結果來學校不肯睡覺，妳什麼意思？妳說啊，哭什麼哭，不睡覺，就給我滾出我的教室！」

睡不著的她，那天學會了很多事。教室是老師的，不是學生的。規定就是規定，就算睡不著，也要趴著裝睡，所有小朋友都必須動作一致，整齊劃一，有誰在群體裡突兀，老師立即在小手心開掘蘇伊士運河。拍了電視廣告，在電視上出現，在路上被認出，根本不會被羨慕，只會被討厭，座位被安排到風紀股長前面，時時刻刻被監管。

終於放學，她在學校對面的傢俱店等媽媽，商店門上貼了幾張床墊廣告海報。海報上她跟他手牽手，躺在一起，安眠模樣。同班的小朋友故意在海報前提高音量，大聲朗誦海報上的標語：「安心床墊與您相逢，一起做個好夢。哈哈哈，我們老師說，年紀小小就去拍這種色情廣告，跟男生上床睡覺，真是不要臉！我爸爸說這是做春夢啦，丟死人！以後誰敢娶她！哈哈哈。」

她衝進傢俱店，看到角落堆了一堆特價床單，把自己身體埋進去，一直到店打烊，老闆才發現床單裡面有個小女孩。

拍攝床墊廣告當天，化妝阿姨在他們臉上推疊厚粉底，臉好癢，但是大人訓斥不准抓臉，換了好幾套睡衣，一大堆燈具圍繞著床墊，鏡頭不斷切換角度，拍攝小女孩小男孩睡覺的各種模樣。一躺上床，她認出床上的男孩：「啊，是你啊！你記不記得我？」她話語滔滔，自我介紹，喜歡吃什麼，最討厭吃什麼，最怕鬼還有蟑螂，住在哪裡，家裡電話幾號。他微笑聽她說，像是聽故事，一臉沉迷。她好喜歡這小男生的大眼睛，睫毛好長啊，把藏口袋裡的糖果放在他睫毛上，竟然可以卡住，不會掉下來。她說著說著，好奇怪喔，怎麼好想睡覺。「那你想不想睡覺？」他搖頭，毫無睡意，但是導演要求他們要「表演」睡覺，他真的不知道「表演」是什麼意思，只知道等一下要閉眼，進入某種睡眠狀態。補了好幾次妝，燈具不斷調整，第一個鏡頭終於開拍，她抓住他的手，立刻就睡著了。後來不斷換睡衣，兩人換姿勢，床墊的左邊右邊上面下面，導演要他們擺出各種睡姿，但她根本不太有什麼記憶，隱約記得自己像無人操控的玩偶，全身無力，就是想睡覺。海報上手牽手的照片，就是當初第一個鏡頭拍的照片，那時候她已經進入深層睡眠了。廣告拍了一整天，直到深夜，真的不能繼續拍了，因為兩個小孩臉上出現化妝品過敏反應，紅疹春筍。

廣告拍完了一年多才開始在電視播放，床上的兩個小孩拍完廣告之後就沒見過彼此，小男孩回到山上的家，小女孩在城市上學。廣告播出後迅速竄紅，床墊銷量大增。廣告裡的小女孩睡眠如蜂蜜，金黃甜蜜濃稠。廣告外的小女孩在廣告播出之後嚴重失眠，一躺下就會聽到同學的訕笑，脖子紅疹延燒，跟媽媽等公車，看到自己的臉在公車門上，有人用黑筆在她臉上畫了很多奇怪的東西，她當時根本不知道那些塗鴉都是男性的性器官，只單純不懂，為什麼只畫她的臉，卻不畫她旁邊那個小男孩的臉？大家說她跟男生一起睡覺，很噁心，變態，甚至有人罵她「不守婦道」，她統統聽不懂，她只想知道，她被這麼多人討厭，同床的那個小男生呢？哪裡可以找到他？她想問他，是不是也會被學校老師罵「不守婦道」？會不會有人罵他，年紀這麼小就跟女生上床，很噁心？

床墊電視廣告大受歡迎，廠商追加預算，請導演剪出另外一個版本，在電視黃金時段密集播出。實在是太出名了，有民眾在她的小學外等她，只為了跟她合照，索討簽名。校長在升旗典禮頒發獎狀表揚她，臺下沒有掌聲只有笑聲。經過男生廁所，她被一群高年級的男生拉進去，問她說：「那妳要不要跟我睡覺？」一群男生狂笑，她尖叫衝出廁所，跌下樓梯。在保健室裡，護士一看到她，不是檢查傷勢，而是大聲指責：「妳就是那個廣告明星喔？我終於看到妳了！天哪，我被妳騙了，花了一大筆錢去買那個什麼安心床墊，結果超難睡的，我跟我先生根本都睡不著，騙錢，還錢來！」

聽她哭著說這些事，媽媽只是冷冷地說：「妳很無聊哩，就不要理他們就好了啊。」床墊廣告播出之前，媽媽原本已經放棄成為星媽的計畫了，到處試鏡都失敗。但廣告太成功了，有經紀人找上門，媽媽眼裡火箭升空。

「哎喲，妳摔成這樣，醜死了，是要怎麼去給經紀人看啦。我的媽啊，妳怎麼這麼笨啦！」

她開始殺魚。

家裡客廳有個水族箱，裡面養了很多各色小魚。她站在魚缸前，選定魚，想像那隻金魚就是風紀股長，用魚網撈出，放在地板上。魚身劇烈拍打，嘴巴抖動，不久，終於靜止。她感到嶄新的快感。孔雀魚是保健室護士，沖進馬桶。金魚是扯她進男廁的那個男生，放到炒鍋上，開大火。斑馬魚是老師，活埋進盆栽土裡。走上司令臺接受校長表揚，臺下笑成一團，她回家後把整個水族箱想成全校同學，從冰箱拿出冰塊，一顆一顆用力往水裡丟。媽媽沒有注意到水族箱裡的魚都不見了。媽媽只關心什麼時候要跟經紀人簽約。

後來終於又見到那個小男孩了，她立即問：「你家有沒有水族箱？」

男孩搖頭。

男孩的母親聽到了，微笑說：「我們山上沒有養魚，但偷偷跟妳說，我們養了很多很多的穿山甲喔。知不知道穿山甲長什麼樣子？」

她根本沒聽過穿山甲。她只想趁大人走開的時候問男孩：「那你殺死了幾隻穿山甲？我偷偷跟你講喔，你不可以跟別人說，我殺了好多魚。」

後來她才知道，男孩根本不用殺魚，也不用殺穿山甲。因為沒有人在男孩的臉上畫奇怪的多毛根狀物，沒有人笑他跟女生睡覺羞羞臉，他的小學在山上，沒幾個學生，大部分小朋友家裡都沒電視，廣告在城市擴散，但繁華市中心與城市邊緣的山區聚落有時差，安心床墊仍未抵達男孩的生活。最後學校校長注意到了廣告，把電視搬到學校，全校集合，午休時間不睡覺，一起看電視，等床墊廣告出現。等了好久，床墊終於出現在電視上，鏡頭特寫女孩與男孩緊緊牽手，全校響起熱烈掌聲。男孩為學校爭光，校長頒發獎盃，大家都好羨慕這個安靜的男孩，好厲害喔，上電視了，知名大童星。男老師摸摸他的頭說：「你好厲害，年紀這麼小，就有漂亮小女生跟你一起睡覺，老師要多跟你學習。」男老師存了好幾個月的薪水，終於買了安心床墊，到處相親，只是孤枕依舊，難眠終老。

那個男孩，如今睡在巴黎路邊撿來的床墊上。

她有很多話想對他說。她好怕等一下就忘了，趕緊拿出手機，傳訊息給他，這樣他醒來就可以讀。她其實一直不懂什麼叫做網路，看不到摸不到吃不到，學了好久，才學會在手機上打字。但此刻她覺得網路是弓箭，她送出的字詞訊息就是箭，從她的手機射向他的手機。

他那支爛手機在床邊午覺，螢幕破裂，機身脫漆，被隱形的箭不斷圍剿，掙扎抖動，像離水垂死的金魚。

飢餓有起床氣，在她胃裡拳王阿里。她試圖搖醒他，無效，他岩石不動。還活著嗎？有一陣子她請助理出國幫她帶回強效安眠藥，吞下去真的睡死，藥丸把她推向無底的黑色深淵，無夢，意識斷裂。那應該跟死亡無異吧？其實死了也就算了，但死不了，還是會醒。醒來半死不活，有溺水感，呼吸困難，四肢僵直，明明躺在床上，腦中持續出現垂直墜落的畫面。丈夫在一旁凝望著她，一臉似笑非笑。他總是說：「看不膩，真的，看不膩。妳睡覺的樣子，好好看。」丈夫身體波動，她視線往下，他手抽動下體。只是，硬不起來。丈夫步入中年後，已經很久都硬不起來了。她總是說：「沒關係啊，孩子都生了。」這句話是真心，硬不起來就算了，軟軟的真是太好了。但他不放棄，胯下金魚明明死了，他手心繼續給予心肺復甦。魚屍越搓越軟爛。要不是安眠藥副作用，讓她身體冰凍，她說不定會站起來用力踩爛丈夫的死金魚。她小時候踩死過很多隻，一點都不困難，腳底一團爛肉，腥味好幾天都洗不掉。不停聞腳。那帶給她奇異的快感。聞完腳，穿上鞋，走出門，她可以一臉笑，去上學，去試鏡。

她起身開窗，巴黎市區的噪音與煙塵入室，他身體晃動，終於驚醒。

窗外巴黎天色陰沉，夜將臨，路燈亮，街上人潮湧動，有菜肉香。

暈。是不是突然站起來，蒼老身軀無法應付劇烈的動作轉化？老了，真是老了，窗外的巴黎扭曲，螺旋變形，亮燈驟滅。閉眼，握拳，深呼吸。再張眼，面前一片黑，大浪，濃霧，她身處暗黑的汪洋，船已經被浪濤吞噬，海上風暴即將襲來，不見陸地，抓不到浮木，無岸停泊。她想起他。怎麼滅頂時刻，想到的只有他。那部電影的結尾，他一個人在海面上漂流，她感覺不到攝影機，那根本不是拍電影吧，太孤獨了，他完全沒有在演戲，就是毫無保留把孤單傾倒出來，好殘忍，那部電影太過分，電影不是娛樂嗎？怎麼可以這樣貼合現實。進電影院不就是逃脫現實嗎？為什麼逼觀眾在孤單裡溺水。

一道強光閃過來。光來自對街。光以規律的速度三百六十度旋轉。燈塔。她找到燈塔了。燈塔就是陸地，她終於可以掙脫惡水。燈塔頂端的燈具旋轉，在黑暗水面上割出一道白亮的光，指引海上迷失的船舶。她知道該往哪個方向游去了。光再度潑到她臉上，揉眼，視線裡布滿銀色光點。用手撥開銀色光點，這次看清光源，是對街的小陽臺。

啊？沒看錯吧？小陽臺上掛滿了貝殼，那個長髮男子打扮成白色燈塔，頭上綁燈具，在陽臺上緩慢旋轉。

燈塔領她回到巴黎，黑海消散。薄毯像是一股暖流，從背後滾上來。是他，怕她在窗邊著涼，秋夜氣溫難料，以薄毯覆蓋她。

「醒啦？」

他伸展僵硬的身體，對街小陽臺的強光射進雙瞳，身體倒退兩步。

「我好餓喔。」

聽她喊餓，他肚子響雷回應。

「我不挑喔，吃什麼都好。不用高級的，隨便都好。」

他胃腸醒了，急著想衝出門覓食，但四肢還留戀床鋪，剛剛試鏡回來，想說睡一下，怎麼感覺狂睡了好幾天。他好久沒這樣睡覺了。身體與床墊密合，意識去了很遠很遠的地方，腋下漲潮，有淡淡海味。現在幾點了？還是同一天嗎？是不是該出發去南特了？她怎麼在這裡？上床前，她不是小女孩模樣？怎麼睡醒老了半世紀？床上的穿山甲呢？他在哪裡？喔，巴黎。巴黎嗎？強光又閃進小公寓，是，他在巴黎，對街陽臺今天是什麼主題？

十指陷入頭皮，按壓穴道逼自己醒。好像沒什麼用。卻想到了J。J常幫他按摩頭皮，手心盛滿摩洛哥堅果油，右手手指是耙子，左手手指是鋤子，右手心是割草機，左手心是怪手，雙手挺進他頭皮荒地，掘土，灑水，剪刀，齒梳，他總是舒服打盹。J整地完畢，輕拍他的臉頰，以溼吻喚醒他。荒地成良地，頭皮可種薔薇。

他想剪頭髮。

他想逃離這小公寓。四面牆天花板地板都逐漸軟化透明，變成保鮮膜，把小公寓裡的睡眠男女包覆起來。就像超市冰箱裡的雞。

兩隻雞掙脫保鮮膜，快步離開小公寓，倉皇腳步在樓梯發出巨響，這棟老樓的樓梯百歲人瑞，踩踏引悲悽叫喊。樓下住戶忽然開門，濃重的煙竄出，不見人影，只聞沙啞咒罵。

「你樓下鄰居是瘋子嗎？好可怕。」

他心裡想，等一下回來路上，買包菸，跺腳往下丟就好了。

這次她學乖了，穿球鞋，他不搭地鐵，不叫車，依然堅持走路。幸好下班人潮車流拖延他們的速度，走不快，路上隨便買了唸不出口的甜點鹹食，兩人沒說話，沿途咀嚼巴黎。她時間感錯亂，來巴黎幾天了？不是才剛到？怎麼有來了好幾天的錯覺。一定是因為都在走路，時間被他們走慢了，分秒被她的爛膝蓋拖長了。隨意買的閃電泡芙不想被生吞，掙脫嘴巴，彈到她的香奈兒包包，像是鳥屎。算了，不想擦，明天去買新的。

他們來到一條喧鬧的街，人車爭道，真的好擠，怕失散，他牽起她的手，人群泥沙，他們得花力氣才能往前。泥沙裡緩慢移動，她察覺，此刻巴黎天空全黑了，這條街上的人們染了夜色，也全黑。

「喂，我們在哪裡啊？怎麼全部都是黑人？」

很多人跟她說，要小心黑人啊，很多非法移民，會搶妳的香奈兒。

她掙脫他的手，雙手緊緊抓住香奈兒，真的太擠了，人群摩擦，拭去了鳥屎。完了，鳥屎不見了，那香奈兒裡面的錢包跟護照，會不會也被人群拭去了？

終於掙脫人群，她全身緊繃，四面八方黑潮人流，她呼吸困難。他到底要怎樣，為什麼一直帶她去奇怪的地方。

他站在一家髮廊前，開口對她說了一句話：「我剪頭髮，很快。」

街上人聲太鬧，很多店家大聲播放饒舌音樂，他難得說出口的話被消音，她皺眉看著他，覺得像是在喧鬧街頭看默片。她不安環顧街道，這是巴黎的髮廊街嗎？怎麼整條街都是髮廊，而且每間髮廊外面都貼滿非洲人的美髮示意照片。街口是有顏色控管嗎？為什麼進入這條街的人，膚色都是黑夜。他們倆膚色不夠黑夜，大膽走進來，不會出事嗎？

他們走進髮廊，裡面清一色非洲裔黑人，顧客、老闆、髮型師全部停下手邊的事，盯著他們看。她緊緊抓著香奈兒，覺得自己是摔出魚缸的金魚，不趕快衝出這家店，會有很多腳踩上來。他是瘋了嗎，怎麼帶她來這裡？

收銀櫃檯後方的女士一身紫色寬鬆洋裝，誇張髮辮如煙火澎湃，大步朝他們走過來，張開雙臂，把他塞入豐滿的上身，嘴吐出一大串法文。那串法文一開始乾燥，像在乾嘔，語句逐漸增了水氣，哭腔越來越濃，黑夜臉龐迎接雨季，雨滴堅果碩大，滴在他的肩膀上。他一張僵臉努力延遲雨季，握拳忍住，不讓雨滴滾落。兩人緊緊抱著，像是久別重逢的親人。

她一句都聽不懂，完全搞不清楚狀況，忽然有蛋糕飲料堆到她眼前，笑臉領她坐下，朝她擲問句，她只是抓緊香奈兒，一直搖頭。

髮廊播放非洲節拍舞曲，髮型師搖擺身體，為客人綁辮、洗髮、刮鬍、剪髮。紫色女士親自操刀，用手指丈量他的頭髮，推刀去鬢角，剪刀疾速，他頭髮明明很短，在她眼中根本不需要修剪，但是紫色女士快刀之後，他原本一臉溺水，現在五官浮出水面，嘴角微微上揚。好髮型真是心肺復甦術啊，死屍重生。快速沖水，油按摩頭皮，抹上髮蠟，鏡中人回家套上新西裝，就可以去南特參加老電影修復活動了。

紫色女士緊緊抱著他，哭聲有音階，像母親床邊吟唱，辮子是章魚觸手，緊緊包覆他。其他髮型師抱著他們，一起哭。她完全不知道大家在哭什麼。忽然紫色女士一步走過來，把她拉進懷裡。她以為自己會掙脫，但聞到紫色女士身上的味道，皮膚緊密接觸對方的寬廣胸脯，忽然身體一軟，完全失去掙脫意志，完全把自己的身體完全交給對方，十指鬆開，香奈兒掉到地上，沾染了許多髮絲。她不知道怎麼形容那味道，某種木質的香氣，潮溼泥土的氣息，煎餅剛離鍋的熱氣，融合美髮產品的人工香料，溫暖寬大直接，濃郁不繞路。

走出髮廊，她高聳的肩膀垂下，街上依然黑夜黑膚，但她似乎不怕了。其實好像還是有點怕，但外套留有紫色女士的味道，身體依然鬆軟。她跟著他走入黑夜人群，大家飲酒搖擺身體造人浪，是什麼特別的日子嗎？慶典？為什麼這條美髮街的人看起來都這麼開心？有人邀她共舞，有人遞上紅酒，街邊烤肉造霧，薩克斯風，非洲鼓，吟唱，饒舌。

他們離開人群，走進幽靜小街，鼓聲繼續尾隨。他刻意走在她後面，欣賞她的腳步，她自己有沒有注意到呢？她的腳步跟著鼓聲節拍，一路跳舞，輕輕跳躍，終於不對他抱怨走路會死了。小街上一排美麗的樹，葉子在路燈下閃閃發亮。

「你……你平常都去那裡剪頭髮啊？」

「嗯。」

「我看那個老闆娘人不錯，堅持不收你的錢。怎麼這麼好啊？」

「嗯。」

「你真的變成老巴黎了喔？知道這麼多奇怪的地方。我之前來巴黎，根本都不知道有這些地方。」她心裡想，為什麼不告訴我，你住在巴黎？這些年我來了幾次，說不定我們在街頭擦身啊。你被交流道吃掉之後，我一直找不到你。我一直在找你。你知不知道？

他知道她有很多問號。為什麼哭？為什麼抱？為什麼不收錢？剪頭髮的是誰？為什麼特別走遠路去那家髮廊剪頭髮？明明他家附近很多髮廊啊。

就算他願意開口說，也不知道怎麼說。

紫色女士對他說了一大串法文，他只聽懂一半。但有句話他聽得一清二楚。

Tu es un membre de la famille.

你是家人。所以不收錢。

家人？他還有家人嗎？他的家人，都離開了。被救護車吞掉了。

要怎麼開口對她說，去剪頭髮，是告別。

當然，他沒有說出口。

他帶她走進一家越南餐館，裡面滿座，人行道上的座位也全滿，有很多焦急的客人排隊等位置。她看著餐桌上的湯麵說：「看起來好好吃喔，天哪，你怎麼知道我想吃湯麵？天氣涼涼的，就想吃湯麵。但人好多，算了啦，看起來要等很久。」

餐館老闆從櫃檯走出來，手指魚鉤，帶領他們往後方廚房走。他們經過廚房，裡頭廚師忙著與熱鍋角力，看到他大聲打招呼。他們擠過堆滿食材的倉庫，來到餐館後方小巷，老闆移開幾大袋垃圾，一桌二椅，

「哇，竟然有這種特別座位。媽啊，全巴黎老闆，你是都認識喔？等一下，菜單都是法文，那個，下面那個密密麻麻的……越南文嗎？什麼鬼，我都看不懂，而且字這麼小，我老花，這是要怎麼點啦？你有把老花眼鏡帶出來嗎？借我用一下。那個，那個，你跟老闆說，我就要外面那個河粉，那個湯麵……。」

他完全沒看菜單，跟老闆眨一下眼，老闆點頭，就把菜單收走了。

「啊？就這樣喔。啊，問題是，你到底點了什麼？」

兩大杯生啤酒。Bánh xèo上桌，越南煎餅，薑黃餅皮夾了大量豆芽菜、肥蝦、萵苣、薄荷、紫蘇，搭配大蒜辣椒萊姆魚露醬汁。她從沒吃過這口味，直接用手抓餅，一嘴芬芳：

「天哪，這是什麼東西，我從來沒吃過！為什麼巴黎有這麼好吃的越南菜？好好吃！」

接著是Bánh mì，越南法國麵包，法式麵包夾芫荽、生菜、豬肉、辣椒、醃漬白蘿蔔。主餐兩大碗Phở，越南生牛肉河粉，手指擠爆萊姆入湯汁，多加小紅辣椒，兩人吃到鼻涕湧泉。加菜，一大盤辣炒蝦。

餐盤見底，一陣涼風入巷，金色的扇形葉飄上桌，抬頭看，原來他們就坐在一棵銀杏樹下，剛剛太餓了，完全沒注意到。

她看著他吃食，沒變，還是那個吃東西要閉眼睛的小男生。當年她問床邊那個男孩，為什麼吃東西要閉上眼睛啊？男孩說：「因為穿山甲都這樣。」

她以餐巾用力擤鼻涕，加太多辣椒了，整個鼻腔熾熱，餐巾遇辣鼻涕，差點燒起來。

「喂，謝謝你喔。真好吃。我們多久沒這樣坐下來，一起吃飯了？我都想不起來了。」

熱湯撫慰，在他身體裡丟柴薪，辣椒點火，趕緊脫了外套，否則火爐要衝出胸腔了。銀杏葉不斷飄落，抬頭看樹，窄巷的天空，有幾顆明亮的星星。

她想不起來了。但是他記得。上次他們坐下來，面對面吃飯，是辦完胖三的喪事之後。

久別重逢，食物是最快的連結。不用說太多話，呼嚕喝熱湯，我幫妳夾菜，妳幫我剝蝦，辣椒縱火，燒掉生疏，我記得妳愛吃辣，妳想起來了，我喜歡吸吮蝦頭。食物召喚回憶，上次兩人這樣坐下來吃飯，就在他山上的老家。

但那次吃飯是斷裂。

胖三出殯，骨灰入甕，納骨塔長眠。納骨塔外道別，他遠離喪禮人群，想走一段路。她在丈夫的車上，想尖叫。入塔儀式長達幾小時，折磨活人。兩個女兒和小兒子在後座睡著了。汽車後照鏡映照他背影，他走幾步，擦眼淚，再走一段，停下來，這次不擦了，彎腰，任眼淚滴在路面上。看著他慢慢走遠。她快叫出聲了。快忍不住了。

她對丈夫說：「你先載小朋友回家。」

「妳這是幹什麼？」

「我陪他走一段就好。」

「妳不累嗎？我累死了。」

「你趕快回家休息。不用擔心，我會自己搭車回家。」

「妳老實說，胖三是不是他的。」

「啊？」

「都死了，妳現在可以跟我說實話了吧。」

「你在孩子面前說什麼鬼東西？」

「不然他哭什麼哭。又不是他的小孩。」

「你不要亂講。」

「胖三跟他，根本長得很像。是啦，你們是青梅竹馬。看他哭成那樣，真是白痴，白痴，白痴，真的很想一拳打下去。」

的確，丈夫不是白痴，完全沒哭。

她鬆開安全帶，開車門衝出去。在車裡多待一秒，她就會叫出聲。不可以尖叫。尖叫就是誠實。她不想誠實。不可以誠實。

她追上他，氣喘吁吁說：「帶我去山上好不好？我好餓。我幾天沒好好吃飯了。我知道你很久沒回去了。但我就是好想去。看一下就好，好不好？」

開車上山，那家山產店還在。她掏出好幾張大鈔，交給老闆：「我懶得點菜，你看能做幾道菜。辣一點沒關係。」

山產店老闆是他父親的好友，若是點菜單上牛羊豬魚蝦，菜色冷淡。小時候來這裡，熟客說個密碼，就可以吃到菜單以外的野味山菜。果子狸，山羌，蝙蝠，眼鏡蛇，侯鳥，野雁，長鬃山羊，還有父親供應的穿山甲。

來到他山上老家，庭院上擺桌子，一桌山產熱食冒熱氣，他完全沒胃口，她狼吞。

他父親從屋內走出來，一身酒臭，打赤膊，只穿內褲，沒打招呼，拉了椅子坐下來加入吃食。

「伯父……。」

他父親打斷她：「不要跟我說話。吵死了。你們兩個吵死了。這麼久沒回來，不管我死活，一回來就吵死人。我吃一吃就會閃人。你們就當我是鬼。」

鬼快速喝了好幾罐啤酒，再從屋內拿出了高粱，掃光了幾盤肉，拍打桌子，大聲唱歌，在庭院裡扭動。真的像鬼。

「你爸最近心情不太好喔？投資失敗？還是被哪個女人甩了？」

父親一直不缺女人，母親離開之後，有很多女人來山上過夜。他都叫這些女人「阿姨」。太多阿姨了，來來去去，一夜或暫留。有時候屋裡同時有好幾個阿姨。但他也很久沒上山了。

她這才注意到庭院角落堆滿選舉旗幟與海報，原來他父親投入這次的選戰。她想開口問選舉結果，但旗幟海報頹喪堆疊，搶先給了答案。

他父親是造山人，總是一頭熱投入某件事，成敗都在庭院堆積成山丘。選輸了，旗幟從大街小巷搬回來這裡，堆成一座敗選山。這晚喝多了，歌盡，走到敗選山旁喊叫，在旗幟上淋了高粱，說要點火，喊叫半天，看到旗幟上自己的臉，打火機一直留在口袋裡。之前在山上配種純種狗，把模樣可愛的純種秋田犬賣給城市愛狗人，的確賺了一筆，但秋田犬飼養不易，許多飼主把秋田犬載回山區丟棄，整個山區多了許多流浪秋田犬，最後生意慘淡，父親乾脆把狗籠全打開，燃放鞭炮趕狗，許多空狗籠堆積成山。春天說要種檳榔，秋天改變主意換成荔枝，入冬庭院隆起一座各式各樣的農具塚。這山垮了，叫卡車運走回收，幾天後力圖振作，再隆起新山。穿山甲山。鴕鳥蛋山。盆栽山。蘭花山。醬油山。啤酒山。蛋黃酥山。鳳梨酥山。選舉山。

山風撒野，搖晃庭院盛開的油桐樹，奶白色花瓣漫天飛舞，幾張選舉海報如魔毯飛天，穿越樹梢，衝向黑夜。他們看著花瓣在空中飄浮，都想到了那一天，該搭機去南特的那天，他母親離開之後的那天，一陣狂風吹來，吹起穿山甲鱗片。母親明明已經離開了，不會再回來了，但風裡都是母親的聲音：「走，又是抓抓抓的時間了。我們一起去抓動物，我們來打賭，看我們這次會抓到幾隻。」

「今天晚上，我睡這裡好不好？我真的很不想回家。火葬也太累人了吧，搞一整天，我真的快死了。」

他想搖頭拒絕。她醉了，他應該打電話，請她丈夫開車上山來接她回家。

父親在屋內把電視音量開到最大，新聞臺主播唸出了她丈夫的名字：「新科當選人淚崩，與明星老婆送別最愛的小女兒。」

「不用擔心我老公啦，今天上新聞效果很好，跟你保證，他嘴巴沒說，心裡一定爽翻天。我明天就會自己回去。乖乖回去，打扮漂漂亮亮，做一個好媳婦，好老婆，好媽媽。」

面前這個勝選人的好老婆，筷子掉在地上，用手抓肉，滿嘴油，大聲笑，灌啤酒。

他想問她，難道，一點都不想哭？絲毫不悲傷？

如果她留下來過夜，她一定會爬上他的床。

但是他今晚真的不想跟她睡覺。

為什麼不救胖三？

那晚，他對著她說了好多話，語速很慢，一字一字慢慢嘔，把心裡淤積的話語全部一次傾倒：「妳回家。妳不可以留下來。我不要跟妳睡。我再也不想跟妳睡覺。我要離開這裡。這是妳最後一次看到我。今天他們燒掉胖三，我就想跟妳說了，這是妳最後一次看到我。妳聽到了沒？最，後，一，次。為什麼，不救自己的女兒？」

她喝太多啤酒了，在他開口前，她已經趴在餐桌上，臉埋在一堆蝦殼裡，完全沒聽到他說的話。他繼續說。慢慢說。反覆說。那句「最，後，一，次。」說了好幾次，音量越來越大，他父親在屋內咆哮：「你他媽給我閉上狗嘴巴！吵死了！」他不管，繼續說，直到他說的話在庭院裡堆成一座山。

他跟父親一樣，都是失敗的造山人。

失敗的造山人說話不算話，胖三火化後幾天，教堂的追思會，他還是去了。

手機對話五

「巴黎冬天，會不會下雪？」

「會。不是每年。但，有時候會。」

「天哪，好羨慕。我沒看過雪。我可不可以留下來。等下雪。放心，我會付你房租，不會白吃白喝白住。等到下雪的那天，我就會滾。好不好？」

「好。」

「好？那如果沒下雪呢？地球暖化，海平面上升，塞納河淹過來，世界毀滅，我們明天就要死掉了，那怎麼辦？我就一直在這裡煩你。」

「也好。」

「你說的喔。媽啊吃好飽喔，原來巴黎有這麼多好吃的小餐館。這樣直接回家睡覺會肥死，我們去散步好不好？」

5.

滑板

「我不是跟你開玩笑喔，我是說真的啦，吃好飽，我們去走一走。」

夜興盛，人鼎沸。有人騎著電動滑板車到處發送傳單，一張傳單塞進他的手心，插圖細緻，星空，屋頂，電影院。他開口了：「去看電影？」

「啊？電影？好啊！我好久沒去電影院了。但是，法國電影，我聽不懂怎麼辦？」

剛剛下肚的湯麵煎餅在胃腸裡堆疊貨櫃，身體沉重，腳步緩慢。貪太多啤酒，酒精在瞳孔噴漆塗鴉，分明是明朗月夜，眼前巴黎煙霧朦朧。暖黃街燈夜夜打磨石板路，路面像油脂晶亮的巧克力。小廣場上的旋轉木馬載著孩子迴轉，燈飾金光飛濺，木馬上的孩子滿身金漆，笑聲放肆。

她忍不住讚嘆：「巴黎晚上好美啊。」

他想，的確很美，卻與他無關。無眠夜，他常常這樣出門走路。巴黎夜金燦，路燈流淌橘黃蠟脂，他一身墨黑，盡力避開金銀閃亮處，專挑陰暗處走。暗巷，廢棄鐵軌，工地，屋頂，地下室，在暗處凝視絢爛巴黎。他最近找到一家電影院，裏面塞滿VHS錄影帶，霉味竄鼻，午夜後才營業，播放法國老電影，買一張電影票可挑一卷VHS錄影帶帶走，他總是搖頭拒絕，老闆聳肩，拉開櫃檯後簾幕，灰塵在簾幕上跳康康舞，室內沙塵暴，撥開汙濁的空氣，進入狹長的放映室，一塊皺白布充當投影銀幕，午夜電影院即將開場，觀眾稀少，他通常是唯一客人。都是他沒看過的老電影，黑白，彩色，非高畫質，色塊混亂，時常忽然斷片，老闆撥開簾幕走出來宣布帶子壞了，換電影，因此好幾部電影根本不知道結局。想想算了，真的有所謂的結局嗎？為什麼人們看電影如此渴望結局？和解，破裂，旅程終點，公路盡頭，雨季結束，瑞雪降臨，從此快樂，永恆悲傷。或許他很小就懂了，真實人生根本沒有清楚的句點，往往沒有機會道別，閉眼張眼就永遠不見。他很愛這些畫質紊亂的老電影，光影曝散，有時音軌與畫面不同步，刀還沒刺進主角身體，淒厲的尖叫聲已經偷跑五秒，預知死亡紀事。散場字幕緩慢上升，白布旁一道小門敞開，他走到屋外的巴黎，回頭看，門已經關上，他一個人站在闃無人聲的巴黎街道上，不確定這家午夜電影院是否真的存在。街上一盞燈閃爍，人與燈都忽明忽滅。一切如夢。

有一晚老闆堅持要他挑一卷錄影帶，光線實在是太差，他看不清那些胡亂堆疊的錄影帶片名，隨便挑了一片帶走。隔天睡醒，才知道那是楚浮的電影。他帶著楚浮的VHS錄影帶出門走路，一直想丟棄，不知為何就是無法鬆手，一路走去蒙馬特墓園亂逛，走累了停下來喝水，面前的黑色亮面碑石竟然寫著楚浮名。巧合？楚浮召喚？他去了好幾家二手電器行，才找到可播放VHS錄影帶的機器。電器行老闆不確定機器是否跑得動，這臺根本沒人買啊，放在角落好久了，誰要這舊東西？老闆把楚浮塞進舊機器裡，機器發出尖銳聲響，老闆趕緊按下退帶鍵，機器拒絕吐出楚浮，冒白煙，老闆用工具強硬把錄影帶拉出來，磁帶像是黑色鰻魚衝出錄影帶，又捲入機器裡，最後剪刀出動，剪碎楚浮，鰻魚停止抖動。老闆看著那些死掉的鰻魚，說都發霉了啊，機器我看也壞了，送你好不好？他帶著壞掉的楚浮與死掉的機器回到巴黎街頭，走了一天一夜，才把機器與楚浮丟進垃圾桶。

今年夏天太熱，他的小公寓烤爐，實在是待不住，就去家附近的大型電影院吹冷氣。剛好有一部他在午夜電影院看過的老電影上映全新4K修復版本，他買票進去看，老片的朦朧感全部消失，演員臉上皺紋清晰，睫毛幾根都數得出來。他非常驚駭，彷彿看了自己腦中的發霉記憶膠卷被轉成數位高畫質版本，沾染歲月塵土的玻璃被穩潔擦拭，模糊的晃動的缺陷的遺忘的失焦的失色的雜訊的扭曲的，全都校正，影像豁然開朗。這怎麼辦到的？他好想知道電影修復是什麼樣的魔術，可以把老舊膠卷從倉庫裡撈出來，許多影中人已逝，膠卷被時光摧毀，修復團隊到底使用什麼樣的魔法棒，把斑駁的記憶帶到新世紀，把裂解的畫面塗上新色？他記得在午夜電影院看的版本，白布上畫質像是像是下了大雨，有許多雨絲斑點，但是修復版本影格晴朗，景深清晰，顏色飽和，雨停了。雨停了當然是修復師的成就，電影底片因此不被時光融解。但，雨停了，他卻好思念那場雨。

他們小時候演的那部電影也修復了。他們的電影修復之前，也是大雨滂沱嗎？修復之後的高畫質版本，還看得到那場雨嗎？

露天電影院位於一棟公寓的頂樓，他們搭電梯上頂樓，走入了停屍間。

頂樓空間擺放了許多瑜伽墊，上面躺滿了人，皆躺成大字型，手心朝上，閉眼。他知道這是瑜伽課最後的Shavasana，攤屍式。J拉著他去參加過很多瑜伽課，有位瑜伽老師解釋，攤屍式就是死亡練習，在各式伸展練習之後，什麼都不做，把自己身體交給大地，躺成屍體，練習並且接受死亡。那位老師總是喃喃：「死亡是需要練習的，每一次Shavasana就是讓大家接受事實，自己跟所有人一樣，都是會死的人，我們都走向死亡，快或慢，光明或黑暗，河流或沙漠，雲朵或樹根，雨滴或石頭。認真躺，放鬆躺，慢慢呼吸，學習死亡。」但他每次躺在瑜伽墊上，腦子都靜不下來，身體看似死屍，腦子卻不斷迴旋。死亡怎麼練習？呼吸怎麼變慢？J離開之後，他癱在小公寓的床墊上，好幾天無法起身。那是真正的攤屍式。一直躺著，他已經下了決定，要躺成真正的屍體。不用練習，迎接死亡。腦子繼續旋轉，哭，身體想喝水，渴望食物，他用意志力壓制所有求生本能。他預知自己死亡光景，或許是房東上門，或許是屍體發臭，警方破門而入，找到床墊上一具男屍。

直到一則訊息闖進他手機。手機為什麼還有電？他不是要躺成屍體，為什麼抓起手機，讀了那則訊息？

「是你嗎？你的手機號碼我一直沒丟。好擔心你換手機號碼。跟我說，拜託你，跟我說，這是你。」

他們倆躡足，在屋頂角落找到瑜伽墊，坐下來看遠眺夜巴黎，靜等身旁死屍一一復活。屋頂有許多小燈泡裝飾，地上與桌上燭火光潔，好幾隻橘貓花貓睡在發橘光的室外暖爐旁，屋頂空間自成一個圓滿的發光體。他看著遠方閃閃輝煌的艾菲爾鐵塔，無雲月明星亮，真是燈火通明之夜，他怎麼會來這裡呢？他不是一向避光？怎麼會來到這麼晶亮的巴黎屋頂？

鑼響。屍體們開始擺動身體，緩慢坐起，雙手合十，頷首，淺笑，張眼，集體復活，回到巴黎。停屍間迅速灌入人聲，寒暄，道別，擁抱，親吻，開酒，爆米花香，人來來去去，燈逐漸暗去，人們就坐在瑜伽墊上，等電影開場。燈全暗，黑夜在屋頂席地而坐，風在白幕上造浪，投影機射出一道光束，瑜伽墊上的人們停止交談。光灑在白幕上，黑底白字，鋼琴配樂，第一個鏡頭，是下雨的海邊。他認出鏡頭裡的沙灘。坎城。

那年影展，劇組住在坎城鬧區，他想避開人潮，刻意找了離坎城市中心車程三十分鐘的飯店，就在坎城機場旁。機場規模小，只容私人小飛機與直升機起降，無旅客人潮，周遭是大型超市與速食店，歐洲市郊模樣。入住第一晚，他先去對面的大型超市買了沙拉與熟食，在飯店小房間裡對著小電視用餐，新聞報導影展開幕儀式，紅毯紅唇紅衣。隔天一大早他就必須跟劇組會面，一整天都有記者聯訪，接下來有記者會，競賽片紅毯，首映，晚宴，更多訪問。他躺在硬床上，逼自己入睡。窗外太靜了，以為會聽到飛機引擎，卻只有初夏小蟲輕鳴。太靜反而睡不著。這麼靜，他腦中的救護車會開始鳴笛。要是有飛機轟隆起降就好了，救護車就會閉嘴，他就能睡了。

實在是睡不著，長夜從窗戶縫隙爬進來，拿羽毛輕輕搔他癢。他起身看飯店給的地圖，海就在不遠處，想走路去看海。打開房間窗戶，耳朵變形成碟型衛星信號接收器，收不到任何海潮訊息。今晚，蔚藍海岸的海，鬧嗎？分貝夠大的話，他可以睡在沙灘上。

五月夜涼，濱海路燈慘淡，公路上的肯德基停車場外一群青少年，笑鬧溜滑板抽菸打屁彈吉他，拿炸雞丟彼此。海在哪邊呢？往南就是了。他轉進小路，一陣風夾帶鹹澀海味。深夜濱海小路毫無人影，路燈下一隻黑貓快步過來蹭他的腳，他蹲下，貓跳到他肩膀上。你也睡不著嗎？要不要一起去看海？

走著走著，他發現小路上不只他和黑貓。有蒼白削瘦的人影尾隨。他故意假裝綁鞋帶，身後的白影停駐。他回頭，寬大的帽T，雙腿清瘦，臉藏在帽子裡，腋下夾滑板。是剛剛速食店停車場前的男孩。他判斷尾隨者無惡意，繼續走，刻意放慢速度，讓男孩跟上。男孩離他一步遠，靜靜陪著他走。他原本以為這深夜散步只屬於一人，怎麼來了一貓一男孩。跨過濱海公路，走上溼軟的沙灘，貓在他耳邊喵一聲，似乎感謝他這輛深夜計程車，跳入黑夜，消失了。男孩走過來，手揭開帽，一臉雀斑星空，眼神無任何泥沙淤積，清澈純真，看著他，身體靠過來。

他坐在沙灘上，大腿是男孩的枕。他壓抑身體裡的海潮，不主動碰觸男孩，他很清楚自己，只要伸出手，他就會抓住男孩的屁股，忍不住揉捏。男孩亂髮裡有炸雞碎屑，想用牙齒拉下他牛仔褲拉鍊，他身體往後移，搖頭制止。海潮不夠鬧，仍無睡意。手腕上沒錶，時間拋棄了他。他輕敲男孩的臉，幾個問句差點從喉嚨湧出，幾點了？這麼晚了你怎麼一個人在外面？你為什麼跟著我？你幾歲？你爸媽知不知道你在外面遊蕩？你有家人嗎？有家嗎？但嘴巴緊閉，發不出任何聲響。

男孩臉無皺，雀斑青春痘，稀淡鬍鬚剛冒出來，目測十六歲。他十六歲時，也常常這樣一個人在外面遊蕩。繁華臺北邊緣地帶有許多靠夜色掩護的人們，橋下，河堤，廟宇，停車場，公園。他也曾這樣跟蹤過人，他當時無法解釋那衝動，就是互看了幾秒，凝視在黑夜中擦出電光，身體裡某個開關被啟動，他一定要跟上去。河堤看人夜釣，有個男人不釣魚，釣目光，眼神停在他身上。那個男人帶他回家，說：「弟弟我教你。」一夜教學，清晨日光下，男人沉沉睡去。桌上有教師證，一疊等待批改的作業，考卷四散。原來是知名高中的老師，難怪這麼會教。老師教他怎麼戴保險套，不能急，潤滑劑，怎麼緩慢進入對方的身體，親吻，手指，耳朵，奶頭，腋下，屁股，舌頭，口水，腳趾。屁股兩側有穴道，指關節陷入捏揉，堅石屁股會鬆軟，屁股主人會呻吟。什麼？找不到那兩個穴道？弟弟我教你，先用這顆網球練習。老師給他一顆網球，放在地板上，坐上網球，讓網球在屁股側邊游移，用一點力，坐上去，有沒有，找到了沒？對，就是那一點，痠，麻，很爽喔？現在你的手就是網球，來，我的屁股給你練習，抓對了點，這世界上所有屁股都是你的。一定是名師，他一夜習得深厚武功，成為網球名將，終身受用。鬧鐘響，沒吵醒老師，他決定複習昨夜功課，雙手網球，再度進入老師身體。老師呻吟醒來。

走回飯店，滑板男孩繼續跟著他。路上有車輛，大燈閃動，男孩急忙戴上帽子，腳步放緩，與他拉開距離。他懂這刻意的距離，那是羞恥，憎恨自己，需要夜色遮掩的自我厭惡。他回到飯店，一開房門，男孩踩滑板，迅速溜入門縫。

他不是老師，無法提供教學。關門，窗簾拉上，男孩羞恥感消失，身體扭動，手伸過來握住他的堅挺。他退後一步，搖頭拒絕。不行，年紀真的太小了。他辦不到。不，他辦得到。知道自己辦得到，所以辦不到。但男孩竟有助眠神效。男孩頭枕上他的胸，幾秒後開始大聲打呼，鼾聲定音鼓，磨牙如拆樓，真吵，趕跑腦中的救護車。他抱著男孩睡著了。

醒來，男孩跟外套口袋裡的現金鈔票，一起消失了。昨夜真的有男孩嗎？還是夢一場。他起身梳洗，踢到滑板。

他自己搭公車進坎城市區，車上擠滿影展參展人士，平日安靜的濱海小城，此刻閃出鑽光，影人巨星齊聚。他覺得腳踏不到地上，輕飄飄的，一切都不實際，怎麼可能，他們拍的低成本獨立製片，進入了競賽片單元。節慶宮外擠滿了人，許多人身穿晚禮服在街上遊蕩，手握「我要票」標語，等待善心人士賜票，已經打扮完畢，一拿到票就可以走上紅毯，佯裝巨星。

劇組沒多少經費，簡單梳化服裝，開始媒體聯訪。導演知道他不愛說話，跟他一起受訪，記者所有的問題都代替回答。記者會，坎城豔陽，照相機不斷朝他扔閃光燈，眼睛努力睜開，面前一片暈眩白光。他其實從小就習慣這樣的閃光燈海，他和她一起站在記者前，拍照訪問，她笑臉流利應對，他傻笑遲鈍不語。每次面對閃光燈，一堆問句塞過來，他都會往旁邊看，怎麼她不在？她在就好了，她能接下任何問句，說出記者可下標的漂亮句子。換上黑色西裝，走首映紅毯，他這個主角知名度不足，導演也還沒闖出名氣，紅毯氣氛並不熱烈。他走上節慶宮的階梯，腳依然沒著地，一路飄忽，走進電影院，坐下，站起來，敬禮，致意。燈暗，他腳才終於落地，終於可以看到這部電影了。電影裡他一直哭，在海邊漫步哭，與不同男人上床哭，喝咖啡哭，彈吉他哭，聽陌生人說話哭，唱歌哭，最後跳進海裡哭。他完全不知道導演有一個大特寫鏡頭，就拍他的下部，短短一秒的鏡頭。他從沒以這樣的角度看自己的私處，銀幕上放大百倍，他理應不舒服，閉眼別開頭，但他卻不羞赧，因為他自己很清楚，當時他身上每一寸肌膚都在演戲，那陰莖睪丸陰毛都不是他原本的模樣，而是電影裡人物的模樣。那不是他，他的確愛哭，但不可能像是電影裡主角那樣，在陌生人面前哭。不是他的私處，不是他的眼淚，不是他的聲音。那是另外一個人。

字幕上升，燈慢慢亮起，他擦掉眼淚。他和導演互看一眼，好安靜啊，沒掌聲。沒關係，我們根本沒有任何期待，能走到這步，帶著影片來坎城競賽，已經是奇蹟了。難道觀眾都睡著了嗎？也好，能讓大家好飽睡一覺，功德無量。但有人在哭。不，是很多人在哭。電影裡的海潑到節慶宮裡了，很多人雙眼沾染鹹海。哭聲慢慢轉成掌聲。掌聲慢慢壯大。觀眾席裡有許多人站立。全場觀眾站立鼓掌。他和導演雙腳離地，飄浮在觀眾席裡，接受全場起立鼓掌致意。

幾天後，坎城下大雨，蔚藍海岸陰沉，華服沾雨絲。頒獎閉幕典禮，他完全聽不懂臺上法文，心裡想著待會要去哪裡散步，要不要用走的回飯店，每天都忙著接受採訪，還沒跳進海裡游泳，等一下頒獎典禮結束，一定要穿著這套西裝跳進海裡。導演忽然跳起來尖叫，親吻他，恭喜他。他完全沒聽到頒獎人朗讀他的名字。他一臉困惑上臺，面對滿場掌聲，一句話都說不出來。喉嚨空洞，擠不出話語。於是他哭了。他不知道為什麼哭。他哭著彎腰鞠躬。哭著擁抱頒獎嘉賓。哭著走下臺。

典禮很快結束，他手持得獎證書與獎座，拍照，訪問，他完全不吐一語。就是一直哭。眼淚吸飽閃光燈的光芒，整夜雙頰晶亮珍珠。記者問他，哭是因為感動？苦盡甘來？終於受到肯定？他不知道怎麼用言語解釋。這樣的時刻，語言無用，眼淚就是他的語言。眼淚有自己的文法句構發音書寫，但人們聽不懂讀不懂眼淚。他自己也不懂。但眼淚是他此刻唯一能給予的語言。

坎城雨不歇，劇組要去餐廳慶功，導演清楚他一定不想去，不勉強他，兩人在傘下緊緊擁抱，導演一直說謝謝，他不斷搖頭。雨中道別，他快步衝向公車站，最後一班開往坎城小機場方向的公車就要來了，要是錯過這班車，他就得在雨中走一個多小時。他雖然害怕人群，但他好喜歡搭公車。公車上陌生人就是陌生人，無須寒暄問好，不需裝熱絡，不用笑臉迎賓，一臉酸臭不會冒犯任何人。皮鞋合身西裝獎座證書，根本都是雨中路障，他一身束縛，跑不快，乾脆脫鞋脫西裝外套，赤腳在濱海大道上狂奔，衝到公車站牌，最後一班公車正準備關門，他是最後一個衝上車的乘客。

他手找到拉環，先大力喘氣，幸好趕上了。他撥掉髮絲的雨，抬頭想找位置，看前看後，心裡忍不住驚嘆：「天哪，這深夜最後一班往西開的坎城公車，太魔幻了吧。」

整臺公車塞滿穿著華服的人們。大蓬裙、削肩、羽毛、濃妝、西裝、燕尾服、高跟鞋，全部都是被派對、首映場、頒獎典禮吐出來的人們。大家冒雨趕最後一班公車的模樣都很狼狽，在公車的慘白燈光下，粉底口紅脫落，髮型歪斜，張嘴口氣呼出幾瓶紅酒，明明都身穿晚宴華服，卻都像鬼。一整車穿著華服的鬼跟著公車緩慢在坎城移動，窗外雨勢不留情，車流繁忙，公車走走停停，速度緩慢，某位女士的拖地禮服裙擺被公車門夾住。華服盛裝群鬼在不同車站被公車吐到街道上，拉起大蓬裙狂奔，溼透的禮服貼在皮膚上，像倒塌的豪宅。公車開出市區，乘客逐漸減少，沒有一個乘客認出他就是剛剛在臺上領了大獎的演員，這讓他覺得好安全。他的身體無法吸收閃光燈，一走到鏡頭之外，他就恢復成那個山上小孩，身上有土有蟻有草，在公車上捲成一球，黯淡無光。

他一身溼衝回飯店，洗了熱水澡，電視新聞出現他哭泣領獎的畫面。他坐在床上，睡意暗潮。床邊的滑板不見了。

電影跑完工作人員字幕，巴黎屋頂電影院亮燈，白布捲起，劇終，人散。她枕在他背上，睡著了。

塞納河無眠，河岸燈火在河面上放火，金色錫箔流水潺潺。秋夜達燃點，剛剛好的熾烈，午夜當早晨，月亮灑晨光。岸邊野餐布剛鋪上，唱歌，喝酒，親吻，青春不眠，華美錦衣，出門夜巡。身體溢出磷與硫，孤單一人只是寂寞乾燥火柴，出門與人摩挲，立刻擦出火光，點亮彼此的夜。

他們坐在橋下，喝熱巧克力，看一大群巴黎年輕人在河邊跳舞作樂。

「天哪，年輕真好，可以這樣熬夜，我看這幾個小孩根本未成年吧，爸媽知不知道他們跑出來夜遊啊？還抽菸哩。我上次去夜遊是什麼時候？大一吧？」

大一。她記得。

她忘了。她逼自己遺忘。但根本沒忘。

一輛單車停在他們眼前，單車上年輕男人，長捲髮無政府，鬍鬚在臉上鬧革命。亂髮男手拿筆記本，一一詢問河邊無眠的人，大部分人搖頭拒絕，少數幾個點頭，像是討論某種交易。達成協議之後，亂髮男盤腿坐下，凝視面前的人，在筆記本上快筆寫，吟唱晃動，劈腿倒立，最後撕下那頁交付，對方掏出零錢給亂髮男。終於輪到他們，亂髮男嘴吐絲巾，聲音語調輕柔。

她抓緊香奈兒包包說：「什麼啦？我通通聽不懂。他要幹什麼？」

他微笑點頭。

亂髮男躺下，看月，看他們，轉身趴下，閉眼臉頰貼地，忽然跳起來，臉貼近他們，嗅聞他們身上的味道，鼻子停在她的香奈兒，點點頭，開始在筆記本上振筆，眼神在筆記本與他們之間跳動，像是在畫肖像。撕下筆記本頁，交給面前一臉疑惑的男女。他翻找口袋，把能找到的零錢都給了亂髮男。

那紙頁有花香，筆跡柔美清晰，五行排列，組成某種神祕的文字宇宙。他拿出手機，查閱那些法文字，他法文太差，無法整句翻譯，只能抓取幾個單字。查出來的意思，拼湊不出完整句子，五行零碎。

「切對半的抱子甘藍。香奈兒的洪水。午夜。咖啡失眠。巧克力冬眠。眼睛。等待。肥皂。山茶花。雨。蠟燭。杏仁。燒焦。等。獵豹。野兔。獵豹皮膚下雪。黑雪。」

「什麼啦?這什麼?詩人喔?你們巴黎真的很多怪人。哎喲我的媽,這樣亂寫幾個字就可以在街上賣錢喔。你也太好騙了吧。」

亂髮男剛剛自我介紹,說是街頭即興詩人。他反覆閱讀,字詞碎裂。他喜歡最後那一句,應該沒讀錯吧?獵豹皮膚下了一場黑雪。她外套裡的衣服,就是獵豹紋路。

詩人。

她心裡想。詩人個屁。去死啦。

大一夜遊,那個醫學系的男孩,說他在寫詩,是學校詩社的社長。不要看他醫生世家背景,家裡很有錢是沒錯,但不代表市儈俗氣,他打算以後成為醫生詩人,雙手行醫救人,同時寫詩得諾貝爾。

「以後跟我一起去奧斯陸領諾貝爾文學獎,來,打勾勾。」

「奧斯陸?但那是和平獎吧?文學獎應該在斯德……。」她吞掉自己的字。醫生詩人雙眼盛怒。她很快就明瞭了，醫生詩人不喜歡被糾正。

很多事她都忘了。

當年，她到底跟他說了些什麼？有跟他說嗎？沒有，她什麼都沒說。她帶醫生詩人上山，他們三人還吃過幾次飯，對不對？不確定。反正都過去了。

那時大學開學不到一個月，名校的醫學系男生來邀聯誼，騎機車山區夜遊。她原本沒有報名，但班上女生說：「不行啦，妳怎麼可以不來？妳是明星，有妳的話，一定會有很多好貨報名。我們能不能交到醫生男朋友，就靠妳了啦。拜託拜託。妳不可以耽誤我們一輩子的幸福。」

明星？她童星出身，歷經尷尬的青春期，身體容貌轉變，沒交出幾個戲劇作品，知名度不上不下，好不容易考上大學，想在校園開展平靜新生活，但開學第一天就被系主任公開點名。她從同班同學的眼裡看到自己真實的模樣，耳語竊竊：「明星？」「誰啊？」「沒聽過。」「好像有看過。」「就那個賣床的童星啦。」

週五夜，校門口集合，未來的醫生騎摩托車抵達，車鑰匙放進袋子裡，女生伸手進袋抽鑰匙。她抽出鑰匙的時候，男生們熱烈歡呼，把鑰匙主人推到她面前。

「妳好，我叫張翊帆。我國中看過妳演的電視劇喔。」

摩托車隊入山路，目標是山裡的觀景平臺，俯瞰璀璨臺北夜景。山路蜿蜒，男生們競速，刻意讓後座女生抱緊尖叫。但張翊帆放慢速度，轉頭對她說：「放心，我跟其他男生不同，我不會這樣耍帥，山路飆車好危險，我們慢慢來。」

慢速的確讓她安心，但不久後與前方車隊失散，張翊帆彎進沒有路燈的小路，四周森林在夜裡猙獰，她忍不住問：「我們是不是迷路了？」

「妳不用擔心，這一帶我很熟，我帶妳去沒有人知道的地方，那裡的夜景，更漂亮。」

「但是我的同學……。」

強風吹散她的話語，摩托車駛入幽冥森林。

聯誼後幾天，張翊帆開德國名車來學校接她放學，一大束玫瑰，附上一首手寫的情詩，同學們欣羨，果然女明星就是好命，大一就順利交到帥氣富家子弟男友。天哪，還會寫詩。

她完全搞不清楚狀況，就成了人人羨慕的未來醫生娘。

當晚到底發生什麼事呢？其實根本沒什麼吧。有天下課，她發現自己全身發抖，不敢走出教室。她等到同學都離開，深呼吸，打自己巴掌，都沒效，身體就是不斷震動。她不敢走向校門口，好怕看到那輛德國名車。為什麼？她不懂。是新男朋友啊。媽媽也見過了，非常滿意，還說是「未來的好女婿，等畢業就可以籌備婚禮了。」一切皆夢幻。她在哭什麼？她躲進廁所裡，直到校園寂靜，才敢從側門離開。

她叫了計程車。她一直想到他。計程車穿過市區，她躺在後座不斷發抖。司機緊張詢問：「同學同學，還好嗎？要不要我載妳去醫院？」

她懇求：「不可以！拜託不要。帶我去找他……。」

她完全不敢坐起來，市區街頭每一輛車，看起來都像新男友的德國名車。每一輛摩托車，都像聯誼那晚抽中的。

她看到山產店的發光招牌，才敢起身。山路前後都無車。快到了。老天爺拜託，希望他在家。拜託一定要在家。結果不在。他父親在，電視擺在庭院，在搖椅上看電視，身旁一個新的阿姨。他父親說，他被學校退學啦，有人介紹他去電視臺做幕後，搭建布景，買便當，接送藝人，很久沒回山上了，不孝子啦，薪水都沒拿回來。她趕緊道別，一個人徒步走山路回家。隔天上學，她已經停止發抖。還沒進校門，就看到張翊帆的德國名車。張翊帆抓住她肩膀，低聲質問：「妳昨天是死去哪裡了？妳知不知道我在這裡等了多久？妳媽也找不到妳，妳老實說，去哪裡約會了？」她每次拍戲，都會被導演罵木頭，不開竅，但那刻沒鏡頭對準她，只有周遭同學的目光，她發現自己明明很會演。她身體鎮靜，微笑說：「我期中考成績很爛，心情很差，提早蹺課，自己走回家。你可以現在去問我媽，我幾點回到家。真的啦，我鞋子都走到爛了。沒事，我走一走就好了。對不起，我跟你道歉。不要生氣啦。」

離開金箔河岸，走回他住的那條街，商店打烊，餐廳送客，幾個酒鬼在街上叫囂。他的單車出現在街角。天哪，你怎麼又出現了呢？不是已經說了Au revoir？他辭掉外送員的工作那天，單車故意不上鎖，就放在街邊，看誰需要就騎走吧。單車隔天就不見蹤影，但過幾天又回到原地。她抵達巴黎之前，單車已經消失幾週了，感謝竊賊。怎麼今天又回來了？座椅溫熱，車鏈油亮，胎壓正常，煞車沒壞，沒上鎖，彷彿從未被他遺棄。

她看著他測試單車功能，單車似乎有生命，像走失的狗與主人重逢。

「咦？這臺你的？沒上鎖，這樣不會被偷喔？你不要跟我說，巴黎治安這麼好喔。騙人的吧？」

救護車。

他敲敲頭。不。不是腦裡的救護車。

救護車刷進窄街，沿路嘶吼，行人走避。救護車停在他住家前面，醫護人員衝上樓。警車隨後抵達，加入醫護人員。撞擊聲，群眾圍觀，許多熟睡的人們被吵醒，從窗戶探出頭。

他們走上樓，他樓下鄰居的門被警方撞開，

老先生雙手上銬，酒氣濃厚，被警察壓制在樓梯間地板上，不斷嘔吐髒話。醫護人員抬出擔架，上頭老婦身形枯瘠，皮膚灰白，拳頭在臉上潑彩，整張臉就是奧塞美術館裡的印象派名畫。手緊緊握著一包菸。他丟下去的菸。她認出那發紫手臂，布滿刺青與刀疤，樓下窗戶冒出來的手臂。

老婦的腫臉引記憶出洞。她衝上樓，身體地震。她躲進床裡，告訴自己深呼吸。抖什麼。根本沒有人知道。沒有人知道就沒有事。用力打自己。根本沒有人知道當晚發生什麼事。不要再抖了。

她當年上山沒找到他，後來在電視臺後臺終於找到正在刷油漆的他。她介紹身旁的男生：「這是我男朋友，叫做張翊帆。」

她一直沒跟他說，認識張翊帆的第一晚，摩托車停在森林裡，根本看不到臺北夜景。黑暗中，樹木模樣猙獰，野狗嚎叫。忽然汗溼的手貼上她的胸部，大力揉捏。她掙脫揉捏，跑進森林。那雙手追上來，推倒她，把她壓制在地上，脫掉她的內褲。

她的屁股陷入冰涼的苔蘚裡，嘴巴被張翊帆用力摀住。她其實並沒有要尖叫。她完全不知道發生了什麼事。突然一陣劇痛，張翊帆進入了她的身體。她終於叫出聲。張翊帆甩了她一巴掌：「爽喔，死賤人，這樣很爽喔！女明星被幹很爽喔！」不到幾秒鐘，換張翊帆朝天吼叫。那吼叫淹沒了她的尖叫。張翊帆又甩了她幾巴掌。

閃電。要下雨了嗎？沒聽到雷聲，但閃電近距離劈到她身上。張眼看天，閃電閃了好幾次。雨撞到她的額頭。空氣中霉味飄散。身上的重量彈開。張翊帆站起來穿褲子。

機車發動。她屁股還有苔蘚觸感。她還是不知道剛剛到底發生什麼事。一切都太快了。臉辣痛。鼻血滴到胸口。機車衝向大雨，張翊帆沿途歡呼尖叫。

「很爽喔？聽妳叫那麼大聲，一定很爽喔。跟妳講，當我女朋友，每天都會這麼爽。」

手機對話六

「我今天真的不想走路了。這樣一直走一直走，到底要走去哪裡？萬一沒有盡頭怎麼辦？不走了不走了。」

「好。」

「我想搭車。公車還是地鐵。我要搭地鐵。我們搭地鐵去郊外好不好？」

「ok。」

「太陽好美。今天好熱喔。你看。對街那個又在搞怪了。好瘋，到底怎麼辦到的。他真的好神奇。神經病。」

6.

森林

陽傘，棕櫚樹，電風扇，雞尾酒，酒裡插一把小紙傘，紅鶴造型泳圈。對街陽臺上的長髮男穿三角紅色小泳褲，臉上紅色心型大墨鏡，肌膚慘白，沙灘躺椅，翻書，噴防晒油，踢腳下的金黃沙粒。

她趴在窗戶上，發現這條街很多住戶跟她一樣，開窗或者坐在陽臺上，喝咖啡看對面的陽臺。長髮男按下按鈕，灑水器噴出細霧，整個陽臺下了一場熱帶雨。雨霧濃重，在陽臺編織半透明水幕，長髮男在水幕後搖擺身體，是不是有鼓聲？聽錯了吧，海鷗叫聲？海潮？灑水器停止噴水，雨散，一切似乎跟剛剛一模一樣，長髮男坐在沙灘躺椅上翻書。不，注意看，似乎有什麼不一樣，睜大眼睛。啊，她找到了，紅色小泳褲，變成黃色小泳褲。

神經病。她好想大喊。神經病法文怎麼說？

昨晚睡前看對面陽臺，長髮男還是燈塔裝扮，在陽臺上原地旋轉，乾冰從公寓噴向陽臺，燈塔被霧圍繞，忽鳴霧笛，連續三響，頻率悠長穿透，聲響沉重如鈍器，狙擊她的身體。躺下之前看身體，三個大洞。整夜夢海，巴黎暴雨狂浪，貨櫃船在身體裡撞擊臟器。其實她根本不知道那是霧笛，從沒聽過，只知道那低沉聲響力道厚實，從對街出發，撥開乾冰假霧，撞向巴黎。今早燈塔退場，到底是什麼鬼啦，從哪裡這麼快變出這些道具？哪裡生出棕櫚樹？一直換泳褲是演哪一齣？

對街陽臺又下了一場雨霧，這次換成綠色小泳褲。他出門買早餐，出去多久了？紅黃綠，她心裡盤算，要集滿多少顏色的泳褲，才能等到他回家。不行啊，你快回來，萬一對面那個神經病泳褲用完了，下一次是脫光光怎麼辦？不看了。但好想繼續看。她逼自己關窗，坐在地板上滑手機，再傳一次訊息，依然未讀，不回。你到底去了哪裡？

空腹吃止痛藥，期待藥丸快點穩定身體裡的船。快點，你快點回來，藥快點發揮效用。

暖風入窗，這陣風不合時宜，不屬於秋天，溫度太高。熱風把他吹進門了。窗戶與門都敞開，風灌入暢行，小公寓裡溫度立即飆升。他一身汗，穿出門的外套綁在腰間，褲管拉到膝蓋。不是入秋了？被擊潰的夏天反攻，短褲背心爭相出櫃，腳毛在巴黎街頭驕傲遊行。

「我剛剛查網路，很多網友推薦去森林逛一逛，說什麼巴黎東邊一個，西邊一個，都很美，我都沒去過。吃完早餐，我們去東邊那個森林好不好？名字好美，凡仙森林。凡，仙。聽起來就好巴黎喔。」

下樓，樓下門被警方破壞，封條標明禁地，非請勿入。那敞開的門彷彿有吸力，他們實在是忍不住，頭越過封鎖線。窗簾阻絕陽光，一盞微弱小夜燈，桌椅櫥櫃經歷昨夜搏擊與攻堅，認輸倒在發霉的地毯上，死屍模樣。茶几上煙蒂成丘，衣物散落，馬桶水箱壞了，裡面藏有一條塞納河，流水泠泠。卻不臭。一點都不臭。鼻息收集不到菸蒂黴菌灰塵，只有濃烈的漂白水氣味。明明看的是無人聲默片，記憶卻多事，主動幫忙配音，杜比音效，毆打環繞，咒罵立體，拳腳3D，重建童年聲音全景。

當年第一支床墊廣告效果奇佳，廠商追加預算，接續拍了一系列的電視與平面廣告。

小男孩小女孩手牽手，在森林小徑裡奔跑，後方有怪物追趕，孩子逃出森林，抵達深山湖泊，岸邊床墊漂浮，躺上去，床往湖心漂移，孩子們不再恐懼，在湖面上安心入眠。

喧鬧臺北大街，下班塞車時刻，都市人焦躁，機車汽車輕微擦撞，司機當街扭打對罵，揚言告死對方，所有車輛動彈不得，許多人下車咒罵。鏡頭拉到車流裡一輛轎車，前座父母激烈爭吵，後座小女孩小男孩受不了了，下車在大街上奔跑，跑向一輛運送床墊的大卡車。他們爬上卡車，隨意選了床墊，躺上去，忽然城市閉嘴，世界寂靜。最後一個鏡頭所有駕駛紛紛棄車，爬上卡車，一起睡覺。臺北終於安眠。

小男孩打扮成彼得潘，穿著秋葉與蜘蛛網織成的衣裳，深夜來到溫蒂小女孩的窗口。他們一起飛向燦爛星空，抵達鋪滿床墊的夢幻島。

床墊是飛天魔毯，載著失眠的小女孩與小男孩，飛越城市，衝破大氣層，抵達月亮。玉兔停止搗藥，吳剛不再伐木，嫦娥停止嘆息，噓，孩子終於睡著了。

那幾年，他們吊鋼絲，穿上各式各樣的戲服，睡進了臺灣大街小巷。

廣告片導演跟兩位床墊童星家人因此熟識，時常受邀到山上聚餐，要是當晚喝多了，就在山上過夜。有一晚，男孩父母激烈爭吵聲穿刺夢鄉，整個房子都在震動。導演起身走到屋外，月銀亮，山風醒酒。男孩站在月光下，懷裡抱著橄欖球。橄欖球在月光下閃出銀亮光澤，在男孩懷裡長出了手腳，轉了一圈。

辱罵聲穿牆，驚擾夜晚的森林。男孩抬頭看了導演一眼，左眼太平洋，右眼大西洋。男孩懷中的生物張開身體，迎接海洋。男孩的淚眼刺痛導演身體。男孩的凝視如針筒，瞄準，穿刺皮膚，一秒，兩秒，三秒，不明液體隨著針頭進入血管，擴散全身，酥軟如醉。身體裡一片汪洋。

「怎麼了？現在幾點啊？你怎麼沒在睡覺？」

男孩搖頭，緩緩往屋後的森林走去。

「你手上那隻是什麼啊？你要去哪裡？」

男孩沒回答，走進森林。導演習慣城市燈火，森林黑暗，在眼中凶邪，習慣以人造燈具點亮場景，事物的輪廓清晰，鏡頭才能對焦。是不是該進屋，告知狂嗥的夫妻，男孩被森林吃掉了？夫妻爭吵聲迅速轉成劇烈呻吟，身體貼上窗戶猛烈撞擊。導演無法忍受那呻吟，只想跟隨男孩的凝視。怕，好怕。身體裡的海洋壯膽，導演撥開樹叢，踏進黑暗的森林。

循聲前進，視線逐漸適應黑暗，森林輪廓現形。腳邊有什麼滑溜的。踩上什麼泥濘的。樹葉刷過兩頰。枝椏在手臂留下刮痕。露水冰涼。一切都是新鮮的感官體驗，危險，未知，黑暗，恐懼，潮溼。

終於找到男孩。男孩彎身，釋放手中的橄欖球生物。

啊，穿山甲。

男孩父親說，最近投資穿山甲養殖事業，肉質鮮嫩，身上那些鱗片是中醫珍稀藥材，可活絡經血，產婦通乳，男性壯陽，強身健骨，市價很高，不僅可以賣臺灣，還可以外銷到東南亞，走私到中國，要是養殖成功，每個月賺幾百萬啦，哪還需要我兒子去拍廣告賺錢養家，只是穿山甲很難養，害羞死了，隨便就會嚇到全身捲起來，一下子就死掉，賠死我。

男孩懷裡這隻穿山甲，明顯跟男孩關係緊密，模樣放鬆。男孩將穿山甲放入一灘溼泥，穿山甲一碰觸到泥巴，身體舒展，前肢開始挖泥，鼻子嗅聞探索，然後全身陷入泥巴裡抖動，尖尖的尾巴勾起更多泥巴，身上所有鱗片都沾滿泥巴。男孩笑了，跟著滾進泥巴，月光撥開樹梢，照亮泥濘裡的男孩與穿山甲。導演也笑了。導演第一次發現月光比人造燈具更閃亮，森林裡一個神奇金黃光泡，泥巴是深海，是田地，是沙灘，是銀河，是迷宮，男孩與穿山甲在汙泥裡開心滾動，有雨聲，有地震，有海嘯，有鳥鳴，有豹吼，笑聲取代語言，最汙濁的，是最純淨的。

屋子的呻吟傳到森林裡了，嚇跑月光，戳破光泡，笑聲停止，森林靜下，泥巴閉嘴。

就在那一刻，導演決定要拍電影。

導演要把剛剛看到的畫框拍下來，立刻跳上車，開車下山，衝回城市住處，幾天幾夜不眠，寫出了生平第一本電影劇本。一定要拍出來。全身汙泥包覆的穿山甲。男孩眼中的汪洋。躲避父母爭吵的男孩。金黃月光。詛咒毆打。

導演到處張羅資金，投入所有拍廣告賺到的錢。後來導演對記者說，拍這部電影是著魔，劇本第一稿三天三夜寫完，沒籌到足夠資金，連床墊公司都不肯投資，說一定會大賠錢，但不管了，先拍再說，身邊所有對拍電影還有夢想的朋友都集合起來，大家都瘋了，不拍會死。這樣說似乎也不對，其實是不怕死。拍電影就是要不怕死，不然怎麼可能有辦法克服技術障礙，拍出床墊在森林上方飛翔的畫面？

那部電影困難度最高的鏡頭，就是在男孩山上的家拍攝。床墊上男孩女孩手牽手，男孩哭，女孩睡，畫外音是父母的激烈爭吵，髒話詛咒推打，玻璃杯摔碎，碗筷當飛鏢。地板震動，屋頂掀開，床墊離開地面，緩緩飛出屋子，朝森林飛去，降落在爛泥巴裡。鋼琴配樂，熱帶森林的夜晚，細雨輕霧，滿月繁星，樹舞草搖，好多穿山甲從森林深處冒出來，爬向爛泥巴。男孩不哭了。女孩醒了。月光下，父母尖叫聲終於平息，孩子跟穿山甲，一起在爛泥巴裡翻滾。

他答應去南特看修復版本的電影，因為真的很想在大銀幕看那些當年他負責飼養的穿山甲。那時父親聽說穿山甲的鱗片價格高昂，動了人工養殖的念頭，透過管道找來一批穿山甲，準備大肆繁殖。想不到籠子裡的穿山甲害羞膽小，不吃不喝，從山裡採集而來的蟻窩放在籠子裡，沒有一隻願意吃食，幾個月內死了一大半，還沒賺錢先賠一大筆。父親注意到，自己每次走進籠子，穿山甲就會全部捲成球狀，彷彿他是天敵。但如果是兒子坐在籠子裡，穿山甲會慢慢靠近，甚至爬上兒子的身體嗅聞。父親把森林裡採集到的蟻窩交給兒子，螞蟻爬滿兒子全身，一定很癢，但兒子靜靜坐著，絲毫沒有掙扎，任螞蟻在身上四處竄爬。一隻穿山甲慢慢爬向兒子，伸出細長的舌頭，刷過兒子皮膚，吃掉幾隻螞蟻。其他穿山甲也來了，細長鼻子當武器，拆開蟻窩，開始進食。父親在籠子外注意到，穿山甲進食的時候眼睛緊閉，應該是因為防衛螞蟻會攻擊牠們眼睛。兒子也學牠們緊閉眼睛，身上好幾隻穿山甲爬來爬去，穿山甲尾巴搔到癢處，笑了。

其實他好怕。他怕看到那些被電影修復師傅從舊底片搶救出來的穿山甲。他想像那些鱗片重現光澤，穿山甲伸出長舌頭清理鱗片裡的汙泥，時光透過數位修復，穿山甲永遠活在電影裡。只是，現實生活裡，拍電影的現場，他根本救不了那些穿山甲。森林來了一陣強風，吹倒大樹，搜刮父親準備高價販賣的穿山甲鱗片。

夏天重回巴黎地鐵，明明入秋了，秋老虎張嘴在地鐵車廂裡攻擊乘客，被咬噛的身體不見血，噴出雜亂人味，汗垢與廉價香水交纏，臭味繁盛。她手指在地鐵圖上數，地鐵朝東，目的地Château de Vincennes，還有十三站，聞著車廂臭味，意識豬圈，又暖又臭，頭枕上他的肩，閉眼假寐。睡了幾站？她只感覺開門關門，身體跟著列車穿刺巴黎地底，明亮斑駁。

列車長的廣播吵醒了她，列車停在地底隧道裡，上一站已遠去，下一站不可知，這班地鐵被時間拋棄，卡在巴黎地底深處。列車抖動了一下，並沒有前進，車廂裡的燈全暗。列車長又廣播，法文黏糊，在耳際催眠。她手指捏緊他手肘粗皮。他還在，沒消失。抓一下香奈兒包包。數了兩隻穿山甲，意識與車廂一起關燈。

嬰兒哭泣聲吵醒了她。不是才剛睡著？車廂在地底卡了多久？怎麼現在全速挺進，車廂裡多了好多嬰兒推車，一群媽媽帶寶寶出遊，他們什麼時候上車的？睡死了，她完全沒注意。嬰兒哭泣，年輕媽媽搖晃推車，哭聲洩洪，媽媽只好抱起嬰兒，在車廂裡來回走動，低唱催眠曲，嬰兒如獸掙扎，吐出濃稠酸奶，在媽媽洋裝上芙烈達・卡蘿。

她心想，當媽真辛苦啊，幸好她幾個小孩都大了，不理她了。她給那位年輕媽媽一個溫暖的微笑，但年輕媽媽狠狠回瞪，她趕緊低頭。她懂身為母者的焦慮，旁人給予的所謂溫暖或者支持，被嬰兒哭聲濾過，很多時候會變成幸災樂禍。而且給溫暖又怎樣？請問能幫我帶小孩嗎？不用一天一夜，幾個小時就好。不能幫忙照顧小孩的話，可不可以閉嘴就好。忽視，其實是慈悲。

這媽媽看起來好年輕啊，若當年她第一次懷孕就生小孩，大概也是這樣手忙腳亂吧？

大一第一次機車聯誼，認識張翊帆的那一晚，她根本不太知道到底發生了什麼事，只知道自己迅速交了新男友，人人羨，媽媽認可，甚至很快就說以後要結婚。那晚之後，張翊帆數度試圖拉下她的內褲，但她都想辦法逃開。藉口臨時編造，月經來了，頭痛，最近跟媽媽要去廟裡求神必須保持潔淨之身，明天學校大考，體育課昏倒不舒服。張翊帆說：「妳不讓我幹，拜託，我要有地方發洩啊。妳不怕我去找別的女生？」她很想搖頭說不怕，但身體僵硬，就怕張翊帆的手又伸進她的裙子。那個月，月經遲到了。腹腔就是有個無法形容的感受，充盈又空虛，實在是說不出口，知道有什麼降臨了，嘴巴口味變異，周遭空氣聞起來就是不一樣。去婦科掛號，在等候室忽然面前黑墨，醒來躺在病床上，醫生說，小姐剛剛昏倒了，沒事，恭喜，懷孕了。

懷孕了。怎麼辦。她忍到走出醫院，才放聲大哭。不可能。怎麼可能才一次就中。還是有其他次？只是被她這個笨腦筋刪除了？張翊帆有幾次手指已經伸進去了，那算不算？她想到他，好想見他，但他不在山上的老家，要去哪裡找人？

幾天後電視臺綜藝節目有通告，她隨時都很想吐，但經紀人說不能得罪這王牌製作人，難得可以上節目玩遊戲，不可以推掉。那天的主題是找來一群演員表演唱歌，她臉色蒼白，嘔意被意志力壓制在喉嚨下方，抽籤決定曲目，竟然抽到高難度的〈酒矸倘賣無〉，在現場樂隊伴奏下，她硬唱出的音全部悖離樂譜，高音處破爛，損壞麥克風，主持人與其他來賓笑倒在地上翻滾，最後一段歌詞，真的忍不住了，嘴巴火山口，噴出錄影前吃的便當。她哭著用裙子擦拭地上的嘔物，跟主持人鞠躬道歉。吐完就舒服多了，她說可以再唱一次，這次一定不會破音，導播點頭，又錄了一次，她終於征服了拔尖音符，不是專業歌手，但至少挽回顏面。但幾天後節目播出，她唱到吐的畫面，是週末晚間收視率最高的片段。那個畫面不斷重播，成為她演藝生涯代表作。

錄影當天，幫忙清理嘔物的工作人員跟她閒聊：「我小時候好喜歡妳拍的床墊廣告，但我媽根本不肯買那個床墊給我，想不到可以看到妳本人。我前幾天才在另外一棚遇到跟妳一起拍廣告的小男生，製作人跟我說，我才知道是他，天哪，他現在長好大喔。」

找了好幾天，終於在攝影棚後臺找到他。她那天真的甩不開張翊帆，只好三個人去吃飯。張翊帆醋意發酵，餐桌上摟摟抱抱，說畢業後要去美國深造，在紐約高級診所當醫生，以後她就不用拋頭露面，開心當個醫生娘。他沒說一句話，就點頭微笑，靜靜閉眼吃飯。飯後張翊帆在街頭大罵：「妳這個賤人是不是還跟他睡同一張床？」

盛怒張翊帆開著德國車走了。她站在街邊，等他出現。果然，他懂。他收到她的求救訊息。禮貌道別後，他一直躲在街邊小攤旁。

「你這個笨蛋，你去哪裡了啦？我終於找到你了。」

那晚他們走了好遠的路。光復南路出發，從忠孝東路四段走到忠孝西路一段，午夜臺北車站，坐下來看趕車的人們，她說走累了想睡覺，但不想回家，他帶她走去懷寧街上的小旅館，櫃檯阿姨看到他露出燦爛笑容，但一看到他身邊帶著女生，一臉詫異，平常不是都帶男生來過夜嗎？阿姨覺得好像在哪裡看過這個女生。一如往常，休息三小時，不過夜。一進房，她先去馬桶吐。吐完爬上床，手指捏他手肘，立刻睡著。他正準備打電話給櫃檯阿姨延長住宿時數，她醒了，快速梳洗，催促他：「快點啦，不是才買三個小時？」

他們經過那個他常去的新公園，公廁，小徑，樹叢，男人眼神掏灼熱鑰匙，對看，三秒解鎖。他總喜歡刻意殿後，三到五步的調情距離，他可以盡情欣賞對方的屁股，這是剛剛好的街頭前戲，抵達附近的小旅館，櫃檯阿姨給房門鑰匙，他的手已經在對方的腰間。

沒有目的，不設定方向，他們隨意走回臺北車站，城市準備就寢，車流稀疏，隨便吃了清粥小菜，走回忠孝西路，忠孝東路，慢慢走，不說話，偶而停下來吐，路邊買鹽酥雞，吃完又想吐。日出時刻，他們抵達國父紀念館。氣溫不冷不熱，她不餓不想吐，不想笑不想哭，天色不暗不明，一切剛剛好。是個燦爛的早晨，日出潑灑金光，好多人晨跑，土風舞扇子舞氣功拳擊，臺北早安。

「喂。我只是要跟你說，我懷孕了。」

土風舞那群婆媽暖身完畢，擴音器跳到下一首歌。竟然是〈酒矸倘賣無〉。婆媽們肢體隨著音樂婆娑，高音處臀部大力擺動。他忍不住笑出聲。他當然有在電視上看到她破音的畫面。她用力拍打他的背部：「笑什麼，笑屁啊！」但她發現自己也在笑。兩人在國父紀念館前的階梯上放聲狂笑。

終於抵達Château de Vincennes，車廂開門，列車把哭泣的嬰兒推車分娩到月臺上。一出站就看到一個大城堡，正午烈日，低頭看手臂，汗水正在皮膚上大跳土風舞。

繞過城堡，走進草地小徑，面前一片森林。連續幾天低溫，樹葉已轉黃，季節亂序，忽然夏天，樹葉困惑模樣，該離枝還是該翠綠？站在森林的入口，她停下來，彎腰綁鞋帶，還聽得到那群大哭的嬰兒，前方幽靜森林，不見人煙。

「森林好漂亮。但你可不可以跟我說，我們要去哪裡？」

他手指森林深處。

「廢話，我知道，是我說要去森林的。但森林這麼大，總有一個目的地吧？」

「野餐。」

「野餐？什麼？我沒聽錯吧？野餐？啊我們這樣兩手空空，什麼都沒帶，野什麼餐啦。哎喲，這附近有沒有商店？還是超市？」

大約二十分鐘路程，一開始森林裡只有他們倆，慢慢有其他人加入，騎單車，慢跑，跟他們一起走。走著走著，她發現，她是森林小徑唯一的女性。微笑對她說Bonjour的，光著上身騎單車的，帶著野餐籃跟瑜伽墊的，全都是男人。這是什麼森林啊？女性禁止進入？

走出森林，面前一片開闊的草地，她忍不住抓住他的手臂。這，這，這是什麼地方？

草地上聚集了上百人，全部裸體。這群裸體瑜伽。那群裸體打羽毛球。大部分的人就躺在野餐墊上裸晒。絕大部分是男性。少數幾位女性。一眼望去，她從沒有在同一個地點，看到這麼多密集的男性性器官。

有男人朝他們衝過來。她下意識想往回跑，躲到他身後。那人一絲不掛，器官上下晃動奔過來，她用香奈兒遮住視線，身體不斷往後退。那人張開雙臂，像是猿猴抱樹，緊緊摟住他，親吻雙邊臉頰，嘴吐一串驚嘆號。

她一直拿香奈兒遮臉，完全搞不清楚狀況，自己就坐上野餐草蓆，一大堆甜點水果遞過來，一個全身都是毛的男人過來詢問，咖啡還是茶？

她說咖啡。但其實她想叫：「走開！」毛茸茸男人尺寸驚人，她覺得根本就垂到膝蓋，跪在草地上幫她倒咖啡。不該看。但忍不住多看幾眼。怎麼可能那麼大。假的吧。矽膠做的吧。騙人的吧。

毛茸茸男倒好咖啡，另一手威士忌，對她眨眼，她立即大點頭。喝下加威士忌的咖啡壓驚，她用力閉上眼睛。一定是場夢。他們一定還在地鐵上，她不過是睡著了，胡亂做了個森林天體營的夢。

張開眼，身邊的他，也脫光了。

她低聲抗議：「你很賤。」

他一臉狡猾，沒說話，遞上一盤繽紛甜點。

「帶我來這種地方，你到底想怎樣啦。你很煩。」

甜點與威士忌咖啡在身體裡愉悅翻騰，她調整坐姿，肩膀解除防衛。她發現草地上的氣氛好放鬆，各式各樣的男人，或胖或瘦或黑或白或老或少或刺青或慘白或緊或垂，肥肚無恥辱，矮小很驕傲，大家都邀請陽光在皮膚上炭筆素描，笑，追逐，睡，讀書，聽音樂，滑手機，吃，喝，聊天，寫字，眼神淌水，偷渡或者大方，情慾無聲流動蔓延。

「這些人……都是你朋友？」

朋友？或許吧。夏天他常騎單車來這裡裸晒，本來都是一個人靜靜看天空，偶而解開了誰眼睛裡的鎖，可以去樹叢，你家，或者我家。後來跟Ｊ一起來，Ｊ介紹他認識了草地上常客，不熟，名字總是記不起來，但草地上的酒跟頂上的陽光同樣，都是共享的。Ｊ離開之後，他就沒來過。他以為秋日草地會沒什麼人，想不到大家都被突來的高溫逼出住處，來到森林深處。

她跟隔壁裸男借了草帽，香奈兒當枕，躺下，帽遮臉，不過是多貪了幾杯咖啡，接著幾杯紅酒，香檳也不錯，怎麼身體鬆軟，像剛剛吃掉的那些蛋糕甜點。眼神逃逸帽簷，股溝，屁眼，肛門。她從來沒這樣仔細端詳男生的屁股，丈夫怎麼可能會讓她這樣看，老實說她也不想看。做愛的時候，老公要求她閉上眼睛，裝睡最好，一開始她覺得好怪，但很快就適應了，反正一下子而已，裝睡還不簡單。她原本覺得這樣仔細看男人屁股，會覺得噁心，但日光下一切坦蕩蕩，她發現各式各樣的男人屁股都很可愛，皺褶，細毛。她視線飄往另外一邊，他翻身趴在草地上，屁股堅挺，可能是因為常騎單車？

她知道，他最愛男生的屁股。

是什麼時候，知道他喜歡男生？

確切時間點，她當然忘了。大概是十六歲？十七歲？她在升學體系裡溺水，課業表現不佳，經紀人督促她，功課一定要名列前茅，乖乖牌聰明女生，記者採訪才有材料可以報導，最好考上第一學府，這是成為偶像的必要條件。所謂偶像，就是要讓眾人仰望，她沒有特別美，演戲沒辦法說哭就哭，歌喉稀飯，唯一的辦法就是成為高材生。有一晚從補習班走出來，已經晚上九點，還沒吃晚餐，回家還有一堆功課等著她，她真的受不了了，用街上的公共電話打電話到山上。電話響了很久，她幾乎要放棄了，終於有人接聽。電話那端沒人說話。太好了。那表示接電話的是他。

「喂，是我。我好悶，帶我出去玩好不好？」

他騎機車來載她。許久不見，他長高了好多，脣上淡鬍，臉上有傷。

「幹嘛？在學校打架啊？」

他露出勝利的得意表情。他在學校裡不言不語，被一群惡霸解讀為傲慢，下課圍堵他。他刻意允許那個惡霸首領打他。他覺得這個功課很好，在學校結黨欺凌弱小的班長，長得很可愛，屁股小小扁扁的。班長喊：「怎麼樣，很了不起喔，以為自己是大明星喔？」一群人輪流踢打他，他在地上縮成一圈，上課鐘響，拳腳就散了。放學，班長在空蕩蕩的教室說要單挑，拳頭揮過來，他幾年前拍過武打片，學了不少防衛招數，一個手勢就把對方壓制在地上。班長哭叫，他覺得吵死了，要是引來其他人，這事情會搞大，很麻煩，但總不能拿膠帶貼嘴巴吧？還在叫，他乾脆親上去。班長四肢忽然癱軟，果然不叫了。

他也不知道為什麼要親上去。就想親看看。班長嘴裡有奶茶酸味。是不是蔥油餅？再親一次。對，沒錯，蔥油餅有加蛋。班長忽然哭了。他趕緊放開班長。班長身體靠過來，還在哭。他忍不住，手指捏了一下那扁扁的屁股，沒什麼肉。隨便捏，就按到了穴道，班長發出了自己也沒聽過的聲響。

機車奔往河堤，這是他夜間遊蕩之地。他們買了一大包鹽酥雞，河堤荒地，雜草比人高，橋下有不少人夜釣，河水有怪味，廢棄沙發浮在水面上。他們隨便找了橋下階梯坐下，大啖鹽酥雞。她很久沒吃油炸食品了，媽媽跟經紀人都嚴格規定，她體重必須控制在四十八公斤以內。鹽酥雞塞滿嘴，吸一大口冰奶茶，這幾天在學校段考的鬱悶，瞬間都解除了。

「天哪，我的媽，這也太好吃了吧！」

她開始滔滔說著最近的事，換了經紀人，去唱片公司試唱，見了好幾個導演。你也知道試鏡有多可怕，試來試去，每次都要變成對方可能會喜歡的樣子，變來變去，累死了，都快忘記自己原本長什麼樣子。有個老導演超變態的，堅持要在飯店房間裡一對一試鏡，摸屁股抓胸部，她踢倒對方逃走，結果媽媽聽了，竟然說人家是超級大導演，這下得罪了一定會被封殺，要她回去道歉。她堅持不肯道歉，果然就被封殺，本來在談的幾個案子都打電話來說不合作了。

「怎麼辦？我本來想說算了啦，好好讀書就好，當個普通人。結果我成績超爛的，哎。你呢？你呢？你好不好？」

她發現他根本沒在聽她說話。他的眼神，與河邊一位夜釣男子的眼神交纏。

就是那個眼神。那一刻她就知道了。

他從來沒有這樣看過她。

那眼神盛滿閃光，頭稍微傾斜，倒出慾望。

「喂，跟你說話，都沒在聽。」

她發現自己臉好燙。應該是鹽酥雞加太多辣粉了吧。不可能是嫉妒吧？她不確定。一起長大的男生，所謂青梅竹馬，從小就被配對為情侶，小時候她說過，長大後要嫁給他。那刻她終於明瞭，他根本不可能喜歡她。

河邊男子面河蹲下，點菸，那背影是一張邀請函。他的視線停留在河邊男子的屁股。當時他已經學會了，腦中開始勾勒待會怎麼用網球招數，讓男子嘴巴冒出的不是菸味，而是歡愉的呻吟。

她知道他在看男子的屁股。她就是知道。

她全身燒起來，站起來說：「我自己去搭計程車回家。」

他追上來，一路跟著她。她坐上計程車，不用看後照鏡，不用回頭，她知道，他一定在後面，看著她上車。

那晚她回到家，忍不住又撥了電話到山上。她只是想知道，他是不是回去了河堤，有沒有回家。電話響了很久。接電話的人沒發出聲音。她靜靜哭了。她不知道自己在哭什麼。有什麼好哭的。他們本來就不是一對啊。掛上電話前，她說：「今天晚上謝謝你。你介紹的鹽酥雞真的好好吃。」

皮膚晒紅，歸還草蓆，這一下午喝了多少香檳？幾杯紅酒？腦子旋轉木馬。她忽然想跟他道歉，對不起，有這麼多慾望眼神看著你，你卻要跟我回家。這森林是你的，當年的河堤是你的，我根本不該闖入。她分明不屬於這森林，道別時刻，剛剛認識的這些裸男卻都緊緊抱著她這個外來者，親吻兩頰。裸男稱讚她的香奈兒，語言不通，就用擁抱表達。她完全沒想到森林裡是這樣光景。這麼多美麗的人們。她下次來，或許，可能，也脫掉衣服？

她一定是喝太多了，腦子出現幻象。瑜伽墊上的打坐裸男都離開地面，浮在草地上。那棵大樹下，有個裸體倒立男，好眼熟，是不是哪裡見過，朝她眨眼。手拿筆記本的亂髮男，啊，不就是那個河邊詩人，是吧？今天完全沒穿衣服，會在森林裡賣出幾首詩？等一下，她沒看錯吧，亂髮男在森林裡不用筆寫詩，而是用下面器官沾顏彩，在筆記本上迴旋，頭朝天，嚎叫高潮。媽啊，真的喝太多了。不然就是中邪了。快回家。

走出森林，烏雲密布，氣溫明顯降低，夏天又走了，這次離開的氣魄決絕。

她忽然好生氣。拿香奈兒重重打他的背。

「原來你在巴黎過得很爽啊。爽歪歪，很厲害嘛！」凡仙森林裡，那些脫光光的男人，全部都過得很爽吧。

下雨了。

她想像森林裡那些裸體男人在雨中跳舞擁抱親吻的畫面。為什麼你們都可以這麼爽。

夜間河堤吃鹽酥雞那晚，她回到家撥電話到山上，拜託他不要掛電話，不用說話沒關係，她真的睡不著，隔天要考的英文單字還沒背完。

「你就把電話筒放著，不用理我。」

他照做。她把話筒卡在肩膀上，繼續背單字，彷彿可以聽到山上蟲鳴，森林輕輕晃動。沖水。開門。腳步。電風扇。男聲。不是他。也不是他父親。男聲緊張，說今天晚上沒釣到魚，卻釣到了你，一直問，你自己住這裡喔？弟弟你幾歲？成年了吧？叫什麼名字？臉上這個是什麼？打架啊？

她放下課本，話筒緊貼耳朵，全身出汗，不敢出聲，像在聽廣播劇，生怕錯過任何細微的音效。

腳步。電風扇關掉。桌椅撞擊。開啤酒。床彈簧。男聲不緊張了，聲音柔軟，語調像在唱歌。

她在電話這頭，當然看不到他的手指還有舌頭，深入了河堤夜釣男的屁股。

「弟弟，你喜歡……我的屁股嗎？」

「喜歡。」

他竟然說話了。

男聲語氣懇切：「幹我。拜託。」

「好。」

她聽了一夜男聲吼叫。山上床墊裡的彈簧在腦子裡不斷拉長又壓縮。腦子塞滿彈簧，一個英文單字都沒背起來。電話筒上面都是她的鼻涕跟淚水。

她好氣。這麼多年後，她還是好氣。為什麼，大家都這麼爽。你們這些死人。難怪很多人歧視你們。歧視，因為嫉妒。你們憑什麼這麼爽，眼神對到就可以爽。爽完不擔心懷孕不用結婚。森林為什麼只屬於你們。我們沒得爽，所以才要歧視。你懂不懂啦你。難怪你爸會把你丟包。香奈兒這次撞上他的臉。天啊，好暈，真的喝太多了。

「你到底懂不懂啦。我從來沒有爽過。」

雨中，他眉心皺成問號。雨勢大，她蹲在草地上，不肯前進。他抱起她，衝進地鐵站。

她繼續拿香奈兒包包打他。憤怒燒身體，她甚至不知道怎麼假裝高潮。連裝都不用裝，每次都很快，根本來不及裝。

她從來沒有爽過。

一次都沒有。

手機對話七

「我猜，你住這裡這麼久，一定不知道對街陽臺那個，到底是在變什麼把戲吧。」

「不知道。」

「我昨天晚上在路上遇到他，好樸素喔。嘰哩呱啦說一堆，是說英文啦，但我只聽懂一些。我猜是什麼藝術家。表演藝術家？或者是演員。」

「原來。」

「我猜的啦，或許我聽錯了。你也是演員啊。可惜沒有陽臺，就一扇窗戶，不然我們可以加入他。幸好，還有窗戶。該走了。該離開巴黎了。開車？要搭火車還是？法國有客運嗎？」

「有。吧？」

「不然走路好了。來巴黎，每天都在走走走。走路離開巴黎。沿著塞納河一直走，走到出海口。塞納河出海口是哪裡？來查一下地圖。好像是Le Havre，還是Honfleur？媽啊，這兩個字好難唸。法文好難。我本來還想過要不要讀法文系哩。哈，還想過要讀戲劇系。其實我根本不知道我要讀什麼。我什麼都不會。笨死了。那你會唸嗎？教我。」

「不會。」

「你去過嗎？塞納河出海口？」

「沒。」

「真的該走了。巴黎再見。喂。謝謝你。真的謝謝你。對不起。再見。」

7.

無樹

她早就醒了。裝睡，眼開小細縫，偷看他舉啞鈴，仰臥起坐，伏地挺身，棒式，肌肉無聲擴張成寬闊碧綠的熱帶樹葉，旋身收縮成堅硬濃縮的核桃，全身肌肉伸展，扼殺喘息，悶死低吼，汗害羞，皮膚一層濛濛細雨。她一直找不到人間詞彙來形容他，「安靜」或「內向」皆失準。他像森林裡的動物，隱匿身形與聲響，躲避追捕，盤算狩獵。

她其實想起身照鏡，看看頭顱是不是裂開了，像一顆摔落的西瓜。不用起身，小公寓裡根本沒鏡子。她想像裂縫從後腦勺延伸到額頭，慢慢開展，直攻眉心。昨天在森林裡真是喝太多，此刻腦子裡千百個彈簧不斷跳動，背部沼澤，唇齒旱地，四肢水母。昨夜夢了什麼？宿醉剪碎夢中畫面，但音效迴盪，嬰兒啼哭還在耳際，幾百個嬰兒擠在地鐵車廂裡啼哭，停電，失火，爆炸，車廂偏離地底軌道，朝地心深處鑽去。

她還在氣。

氣自己為什麼亂喝酒，森林裡陌生人遞過來的酒，全部喝掉，真是白痴，而且是全身赤裸的陌生人，自己不是一直警告女兒，陌生人給的飲料，通通不准喝。氣自己為什麼還沒對他說。氣自己氣半天但不敢大發脾氣，語言侷限，無法把胸中霧霾化成文字說出口。氣自己為什麼還沒找到人。氣自己為什麼還沒問他。氣為什麼他還是不說話。氣他在巴黎爽歪歪，不說話還是可以這樣爽歪歪。氣森林。氣森林裡那些晃蕩的雞雞。氣陽光。氣秋天。氣手機一直不斷震動。氣一直傳訊息的丈夫。氣自己為什麼要來巴黎。氣這張爛床墊。氣沒睡好。遷怒巴黎。怪罪忽冷忽熱。雨聲入耳都是髒話。鳥唱聽起來都是幹你娘。

今天要離開巴黎了。

昨晚回到這條街，她甩開他的手，說不想上樓。她想不起來自己說了什麼話，好像吼說要去住飯店，老娘不是沒錢，我可是大明星，為什麼要跟你擠在這種爛地方。她在街邊坐下，手機在香奈兒裡不斷尖叫。撈出手機，丈夫來電，她聽了兩句就喊收訊不好，掛掉電話。查看通訊軟體，丈夫傳來參加十幾張助選造勢活動的照片，臺上激昂演說，明明不是候選人，硬要穿著印有自己大名的背心。她最討厭臺灣政治人物愛穿的這種競選背心，質料塑膠，顏色螢光，剪裁詭異，名字跟黨徽加粗加大印在上面，一群人穿這麼醜的鬼東西在臺上大喊要加強臺灣美感教育，根本就是朝眼睛跟智商揮拳。每次陪丈夫去選舉活動，一定會有人逼她穿上這種背心，她是黨團大老夫人，沒立場拒絕，穿上去像是身上搭了廉價帳篷。她有個身在政黨核心的丈夫，她很清楚，內心越焦灼，背心上的名字會越大越顯眼，最怕無人聞問，隨時都自備大聲公自報家門。丈夫說過：「都一樣啦，你們演戲的唱歌的搞笑的想紅，我們也想紅啊，不紅會有選票嗎？沒選票會有錢賺嗎？沒錢不要跟我說什麼民主啦自由啦理想啦，都是屁話。你們漂亮會紅，胸部大會紅，屁股翹會紅，我們這些醜的，不帥的，禿頭的，矮冬瓜的，當不了明星，但還是想紅啊，就來從政，你們想拿金馬獎，我們想拿臺澎金馬獎，一樣啦。」

一樣啦。她抬頭看家裡客廳的匾額，說得沒錯，一樣。某年結婚紀念日，政黨高層送來賀禮，高級杉木匾額，刻上紅字「天造地設」。當時她一臉假笑，剛好臺北寒流，心裡只想燒了匾額暖手。家裡牆上好幾個匾額，大紅大金大銀，「功在黨國」、「眾望所歸」、「威震南北」、「慈父楷模」。這些就是丈夫的臺澎金馬獎，全部擺出來，宴客前親自除塵擦亮。她最厭惡「天造地設」。其他匾額都是假話。這句是真話。真話逆耳。的確都一樣，想紅紅不了，紅不了想紅，天造地設，狗男狗女。

「天造地設」匾額掛上客廳牆壁正中央那刻，她澈底理解了自己的人生。自己從小被訓練成在麥克風前不斷自我介紹的演藝人員，講的每一句話都可以讓記者下標題，長大後遇到的伴侶也擅長自介，見面三分鐘，名字家世學歷職位展望收入生肖星座，清晰報上，擔心人家記不住，最大的恐懼是被遺忘。張翊帆失聯之後是蘇大仁，同校學長，某次聚餐之後跟她直屬學姊分手馬上來追她，自報律師家族身世，將來要去美國考律師執照，在紐約大律師事務所當合夥人，約會兩次就問她以後要不要跟他去紐約，住第五大道還是公園大道，週末搭直升機去長島別墅宴客。煩死了怎麼又是紐約？分手蘇大仁之後，在片場認識副導陸宏明，見面三分鐘，她就知道陸先生已經寫好十本電影劇本，自編自導，將來計畫要得坎城柏林威尼斯大獎，不屑奧斯卡那種美式媚俗，誓言成為歐陸電影美學臺灣掌旗人，劇本有很多角色都很適合她，手蟹螯她的腰，問要不要當他的繆思，當上國際影展影后，一起跟他拍電影到老，但那部電影還沒殺青，跟她演對手戲的女演員在片場宣布懷孕，孩子的爸爸就是副導，盛大婚禮她是伴娘之一。她大學畢業後在飯局認識搞學運的江海濤，政壇明日之星，求愛像在廣場致詞，激昂悲憤，說詞浩瀚，虔誠基督徒，宣示守護家庭與民主傳統價值。她發現張翊帆蘇大仁陸宏明江海濤根本是同一個人，不用挑了，她這樣的人，未來也只會吸引同一種人。算了，只能這樣了。江海濤一求婚，她就點頭。

坐在巴黎街邊，她突然好想封鎖江海濤。算一下時間，臺灣不是深夜？她想到丈夫坐在床上，不斷把助理拍的照片傳給她，問她：「妳覺得社群網路該貼哪張？」身旁阻街女郎招攬客人，發出誇張的叫喊。視線回到手心裡的手機，江海濤穿著醜背心舉手疾呼。她好氣。好想叫妓女住嘴。她從來沒機會發出她們那樣的叫聲。

跟江海濤結婚之後，去公婆家過年，一走進丈夫老家房間，就看到了穿山甲。丈夫覺得這是給新婚妻子的驚喜。但她覺得那房間根本是鬼屋。房間牆上貼滿了她小時候拍攝的床墊廣告海報。最大的那張是電影海報，正對床鋪，她和他抱著穿山甲入眠，身旁有一大堆睡著的穿山甲。

「我算過了，這張海報，總共有六十六隻穿山甲。」

六十六隻？她沒算過。

「我猜是故意的吧？吉祥數字？這張海報很稀有喔，這可是我去跟傢俱行老闆求很久，他才給我的。我小時候就好喜歡妳，這張床墊就是妳賣的床墊，想不到長大之後會遇見妳。一認識妳，我就自己說，我遇到妳了，一定要娶到妳，跟我回家，一起上床睡覺。現在我們結婚了，就可以跟妳說了，我以前青春期，都是看著妳的海報打手槍。」

江海濤看著沉睡的她打了很多年的手槍。她走出海報，真人上了他的床，那晚他卻硬不起來。她說沒關係，公婆就在隔壁，薄牆無隱私。他說這樣不行，要求她：「可不可以假裝妳在睡覺？閉上眼睛，不要動。妳什麼都不用做，交給我就好，妳就專心睡覺，像是拍廣告那樣。這個妳一定很會啊。」

好。閉眼，睡覺，不要動。她可以感覺丈夫凝視她的睡姿，脫掉衣服，褲子到膝蓋，好像終於硬了？進入她的身體，上下起伏，她還來不及改變睡姿，正在想喉嚨是否該發出聲響，就結束了。就懷孕了。就生了好幾個小孩。

在公婆家那晚，她躺著想哭喊，直到牆上的小男生走出海報，在她身邊躺下，提醒她：

「睡不著的時候，可以數穿山甲。」她才壓抑尖叫，開始數。但怎麼數都沒用。她只想起身把所有海報都撕爛。不能起身。天亮了，丈夫盯著她看。她繼續裝睡。

阻街女郎與客人談定交易條件，對她眨眼燦笑，上了車，奔向深夜巴黎。她差點奔向那輛車，拜託他們帶她走。去哪裡都好。手機繼續震動，這次不是丈夫，而是他的經紀人，傳訊息提醒，明天取車的時間地點。

啊，對喔，明天要離開巴黎了。開車去南特。她都忘了。來巴黎幾天了？時空亂序，酒精搗腦，身體裡原本印刷分明的日曆被雨潑溼，時間感糊爛。為什麼要去南特？去南特根本是個藉口，她根本不想去南特，小時候沒去成，現在去幹什麼？

她還是不想上樓，酒精壯膽，她想離開。站起來，右邊，對，就一直往右走，不管能走去哪裡。站起來拍拍裙子，才發現屁股一片綠。要死，森林裡的草地一路尾隨，名牌裙子毀了。想罵髒話。想摔手機。想去塞納河尖叫。想拿香奈兒打人。酒精在她腳上裝翅膀，腳步輕盈，遠離這條街了，跑過公園，騎上單車，摔下單車，登上閃閃發光的巴黎鐵塔，跳下鐵塔，看到河，跑過橋，搭上船，放煙火，終於自由了。誰說我不耐走。我超會走路的好不好，走遍整個巴黎。

對喔，昨晚不是自己跑去搭船嗎？怎麼回到這個小公寓？

他知道她在裝睡。結束運動，快速淋浴，他開始打包。護照證件皮夾衣服，全部家當剛好塞一個背包。麻煩的是西裝跟皮鞋，不能摺不能塞，只能手提。都準備好了，下午取車，中途在Tours過兩夜。其實根本不需要過兩夜，巴黎出發往東，慢慢開，五個小時一定可以抵達南特。是他想去看看Tours。

J在地圖上畫遷徙路線，告別故鄉，往北，抵達地中海，黑夜裡搭上船，漂流幾天幾夜，義大利上岸，終於進入法國，在Tours修車廠工作了一段時間，存了一筆現金，終於來到首都巴黎。

他手機裡有一張J在Tours的舊照，河邊青草，J騎單車，穿著連身工作服，天空有太陽，J嘴裡也有太陽。他要找到那個地方。他要走進那條河。

J說有天晚上終於一個人，世界盃足球賽，大家都跑出去看球賽，J在車廠裡偷偷換上女裝，去河邊散步。可惜不敢請路過的人幫忙拍照，好怕被識破，但是那晚真的打扮得很美，口紅完美。河水好涼，水裡有健壯男孩戲水打鬧。月光染藍河水，草叢裡有蟲清唱，離開家鄉之後，J第一次肩膀放鬆。放鬆不是該笑嗎？卻開始大哭。J說你知道我哭起來整個巴黎都要地震。哭聲引來戲水男孩。那幾個男孩的關切迅速變質，扯下J的假髮跟洋裝，不遠處群眾尖叫歡呼，不知道是哪一隊進球了，戲水男孩的指關節撞進J的眼窩。

昨晚他先上樓，開窗往下探，看她在街邊坐下又站立，原地旋轉，一句法文都不會，卻跟街上的妓女聊得很開心。她忽然開始小跑步，他趕緊衝下樓，擔心她跑遠，發現她就在這條街上繞著圈，跑著跑著身體傾斜，抱燈柱哭笑，吼叫一聲，跟陌生人自拍，面壁打酒嗝，騎上被他遺棄的單車，繼續在街上繞圈。他把她抱上樓。他從沒看過她醉成這樣，臉上有好滿足的笑容，一定是看到了什麼美麗的東西，緊閉的眼皮閃出金光點點。

「天哪，現在幾點了？我睡了多久？」

兩人倚窗喝咖啡，深呼吸，誰在烤蛋糕？秋天揉進麵團，焦榛果，黃熟梨，苦巧克力。對面陽臺今天淨空，所有道具都消失。她一直盯著那陽臺看，期待眼睛一眨，那陽臺忽然揭幕，閃出千百個白熾小燈泡。

「我們幾點去租車公司？媽啊我根本都沒打包。煩死了，我最討厭打包了。」

他手指樓下街邊的藍色雪鐵龍。

「什麼？你已經？哎喲，你幹嘛不把我挖起來啦。我們幾點出發？」

他聳肩。時間不追趕他們，隨意。

「天哪，我上次坐你開的車，多久以前啊？」

佯裝遺忘，其實記得。她第一次懷孕那個秋天。

絕對不能跟媽媽說。她從小跟媽媽沒說過真話，不想拍那個廣告，不想繼續接戲，不想臉部雷射，不想打美白針，不想跟色鬼製作人吃飯，不想一個人去山上拍鬼片，不想穿高跟鞋，不想三天不吃飯減肥。都沒說出口。青春期身體變異，青春痘熱烈，媽媽趕緊帶著四處看皮膚科，就擔心花臉沒戲接，打針吃苦藥敷臭草藥最後雷射，搭配拜神收驚祭改。身體還在發育就被媽媽帶去給整形醫生診斷，媽媽怕她長太高，女巨人當什麼明星，難道要跟長頸鹿對戲？也怕她長太矮，矮冬瓜怎麼走上國際紅毯，胸部看起來不夠大，可以考慮隆乳，先腋下永久除毛，鼻子看要不要墊一下，翹臀術剛引進現在推出促銷優惠。媽媽考慮暑假送她出國，趁年輕全身做一做。只要稍微哪裡胖了，媽媽就會捏一下，眼神凶狠。要是跟媽媽說懷孕了，天知道會被帶去什麼地方。

那晚跟他在臺北街頭走了一夜，在國父紀念館前，她決定要跟孩子的爸說。

「啊？懷孕了？妳跟我說這個幹什麼？今天吃火鍋好不好？」

張翊帆的德國名車塞在仁愛路上，手不斷撞擊喇叭。

「他媽的塞什麼塞啦，我快餓死了。啊不然前面那家牛排好了。」

「那個……你有沒有聽到啊？我說我懷孕了。」

張翊帆的嘴巴瞬間變形成名車響亮喇叭：「廢話，妳以為我是聾子喔？問題是妳懷孕關我什麼事？」

「你……我……。」

「什麼？妳大小姐現在是在跟我說，孩子是我的喔？」

她點頭。

「你他媽的鬼扯，我們就做過一次！誰不知道你們大明星私生活有多亂，跟一堆男人上床，他媽的看我家有錢就想來勒索我啊？啊？妳說啊？妳憑什麼說是我的？證據拿出來。」

前方的車忽然倒車，撞上張翊帆的車。張翊帆雙手大力撞擊喇叭，投擲髒話手榴彈。

張翊帆衝下車，拍打前方車輛窗玻璃，瘋狂咆哮。前方車主走出來，比張翊帆高兩個頭，臉上初有歉意，但歉意立即被辱罵驅趕。

「怎樣？小小擦撞一下，我有說不賠嗎？叫什麼叫啦，像隻瘋狗。我們冷靜處理就好了啊。」

「小小擦撞，你他媽的是不會開車喔？突然倒車，看你那臺什麼國產爛車，敢撞我的車，賠死你啦！」

高大車主沒回嘴，打開後車箱，拿出球棒。

張翊帆退後兩步，吞掉所有已經滿到咽喉的髒話，轉頭看了一下車裡滿臉驚恐的她，凶狠語氣改為被惡勢力欺壓的求救哭腔：「撞我新車就算了，現在是怎樣，還要拿球棒打人，你知不知道我女朋友在車上？你知不知道她懷孕了？你這樣撞我們，她剛剛就已經在喊肚子痛……要是流產了你敢不敢負責？啊？你說啊？球棒？你知不知道什麼叫一屍兩命？」

好吵。

真的好像小時候拍的床墊廣告。

她拍拍手，張翊帆真的好會演戲，情緒轉折流暢，說臺詞好順都不吃螺絲，劇本背好熟，讀錯系了吧，當醫生當詩人太可惜。只是這齣戲她退出，不演了。她下車甩門，在車流裡往後走，穿越壅塞車陣，想像自己漂浮在河流上，臺北消失了，所有車輛變成溪石，那激烈的爭吵聲還有喇叭聲都是烏鴉喜鵲猿猴孔雀。河水推進，她一直往前走，剛好路邊一間寢具店，上岸，走進去，爬上櫥窗裡的床墊，開始數穿山甲，先睡一覺再說。

被店員搖醒之後，她做了決定。

四處打聽，在臺北被認出來的機率比較高，風險難計，尤其是去外號叫做「墮胎一條街」的內江街，就算名氣不大，被認出來名氣隔天就大了。以前一起拍戲的女演員介紹南部名醫，保證合法，不用簽名無須留紀錄，比較貴，但專業乾淨，休息一天回臺北，又是個新的人。就當作去度假。

他說：「我開車。」

巴黎今天這輛剛從租車公司開出來，嶄新發亮，她記得當年他開的是一臺紅色破車，看不出品牌，像是叢林裡挖出來的古董爛車，引擎老菸槍，烤漆吳哥窟，排氣管墨魚。她在街上看到那輛車，忍不住蹲在地上大笑：「什麼啦，這樣可以開到高雄喔，我看一離開臺北就會解體了吧？」

那是他拿存了一年多的錢，買到的二手車。童星身體抽長，臉上失去童真，不再是市場需要的可愛，他高中肄業，沒有任何一技之長，有製作公司的老闆介紹去電視臺做布景，薪水低廉，但足夠他租小房間，可以搬離山上的家，在城市裡展開新生活。終於買了第一輛車，別人眼中看起來是爛車，但他覺得車很美，停路邊不上鎖都不會被偷。

車噴墨，開進蜿蜒路段，當然沒有進口德國車穩重，但她覺得安穩，一個大轉彎沒解體，座椅往後傾到最底，想睡也想吐。車子上高速公路，大雨降下，雨刷吃力抵禦肥大雨滴，窗外一切輪廓迷霧，窗戶關不緊，雨滴擠進窗拍臉，涼涼的。收音機收訊差，一首流行歌曲雜訊斑駁，身體與座椅老皮革摩擦出唧唧嘆息，像是耆老講述遠古的故事。車裡一切都破破爛爛的，車上兩人也破破爛爛的，卻好舒適，她多希望這條公路毫無盡頭，他們就這樣在雨裡往南滑行，遺忘起點，沒有終點。雨把時間拉長，直到時間失去彈性，下垂鬆弛。雨洗去所有時間軌跡。雨停之後，一切重來。

雨聲壯膽，她坦承懼怕：「怎麼辦，我好怕。以前就聽人家說過，做這種手術，不敢找大人陪同簽名，只能找沒執照的，結果血崩，死掉了。」

他轉頭淺笑，他知道她需要什麼，打方向燈，車切換車道，滑進休息站。她記得這個休息站，以前他母親帶他們出去抓動物，有好幾次離開臺北，都會來這個休息站停車上洗手間，喝碗貢丸湯，繼續上路。休息站整修過，外觀變了，但貢丸湯滋味沒變，清淡的湯裡浮著兩顆灰色貢丸，蔥花雪，胡椒粉沙塵暴，熱湯入口，氽燙身體裡所有的不安。他們的高速公路記憶與貢丸湯緊密連結，喝完湯，擤鼻涕，飽足暢快，準備好了，出發去抓動物。

抵達高雄已經天黑，旅館就在火車站附近，設備陽春，床墊跟水泥地板比硬。真奇怪，她準備好一堆塑膠袋，預計這臺爛車顛簸，一定會吐整路，結果一路搖啊晃啊，嘔意從未出現，此刻開窗聞到街上的燒烤小吃攤，食慾大開。他們出門買了十幾袋的小吃回房間，燒烤的炸的清蒸的滷的炒的煎的，氣味駁雜，通通吃掉，胃腸裡一條夜市街。最喜歡炸的，食物裹粉丟進油炸，實在很難不好吃。油炸這件事原本就有毀滅性，熱油澈底改變食材的樣貌，濃縮全宇宙的高熱量，咬一口推高樓平大山，燙青菜去死，生菜沙拉滾開，這樣的時刻，誰知道明日生死，要吃就吃毀滅等級的，炸雞塊定心，炸豬排息怒，炸蔬菜解憂。洗完澡上床，身體裡的夜市喧鬧，都睡不著。深夜出門去散步，想走去愛河，不知為何一直走不到。高雄街道寬闊，過條大街，她起步想吐，到路中央等綠燈把胃裡夜市全部還給高雄路面，終於來到對街，他輕輕拍她背，吐完她感覺好輕盈，剛好路口一攤鹽酥雞，聽到雞肉入油鍋的嗶剝聲響，又餓了。

隔天早上來到診所，外面招牌寫著「無痛，快速，安全，月經規則術，當天可上班」。她緊捏他的肘關節，點頭。這是對自己點頭。準備好了。付錢，聽醫生解說。是個白髮老醫生，說臺語，是因為昨晚吃了很多南方水果？她覺得醫生說出的每一個字都圓滾滾的，滾進她耳朵裡，像一串龍眼。旁邊的助手是個美麗的婦人，原來是醫生娘。她進入全白的診間，躺在全白的床上，醫生娘一身白，在她耳邊喃喃：「不用怕，醫生技術很好，我們的女兒，也是他做的。放輕鬆。」

那過程有多久，觸感冰冷與否，診間味道，痛不痛，想不想哭，是否覺得失去了什麼，這一切，她都毫無記憶。她只記得醫生娘握著她的手，像個臨時媽媽。她想到醫學系的張翊帆，要是嫁給他，那以後會不會也變成這樣溫柔的醫生娘，抓著年輕女孩的手說：「不用怕。」她知道以後不會見到張翊帆了，她想像張翊帆還在臺北街頭為了愛車破口大罵，那氣勢滔天，可以罵七天七夜。

手術結束，聽完醫生囑咐，他抱她回車上。其實她並不覺得特別孱弱，可以自己慢慢走，但他一臉堅持。上車坐定，他開口了：「回臺北？」

「才不要。我們不是來度假的嗎？住個幾天再走。」

破車上路，繼續往南。她問自己，是否有任何實體的、有形的「失去」感受？從她身體裡取出的，有形狀嗎？正方形，梯形，三角形，還是圓形？她回想聯誼那晚的黑暗森林，身體被強壓在地上，仰望樹梢，覺得樹低頭看著她。這些日子總是想到那些樹。離開診所，醫生娘又緊緊握了她的手，鬆開手，身體被他雙臂抬離地面，張眼看天空，不見樹。所以的確有形，是樹的形狀。樹離開她的身體了。想不起那晚森林裡樹的模樣。黑暗森林還在，但是樹走了，剩下一片寬廣的夜空。這是所謂的「失去」嗎？不悲傷，不歡喜，沒力氣憤怒。無樹。對，她十指緊握，她現在是一個無樹之人。

他先把自己的西裝與背包拿下樓，她還在打包，衣物散亂。她痛恨打包，總覺得自己一定忘了什麼。剛吞下的止痛藥在身體裡忙著穿針引線，還沒把她頭顱的裂痕縫起來，腹腔的不明痛楚又來了。想不起來打開行李箱是為了找什麼。把衣物塞回去，闔上大行李。起身看對街，那小陽臺依然空蕩，沒一片落葉，沒一點聲響。開窗往下探看，整條街好安靜，樓下窗戶依然緊閉，沒伸出夾菸的手臂。她看到他在街上跟紅髮妓女擁抱。那擁抱秒數太長了，太緊了，不尋常。像是告別。再也不見的那種告別。

開門，大行李箱先推到樓梯間。

找不到。

她究竟要找什麼？

她站在門外看小公寓，忽然懂了。

冰箱電源拔掉。食物都清理掉。沒有留下任何物件垃圾。餐具丟掉了嗎？鍋子呢？他一定是趁她昏睡，擦拭地板桌面，馬桶潔白無垢。

他並不打算回來。他要去哪裡？他們目的地是南特。在南特看完電影之後呢？這次，他要去哪裡？

她想起來了。她要找。

掀開床墊，拉開桌椅，檢查櫥櫃上方，打開冰箱。空的。沒有任何東西。找不到。一定是他。他拿走了。一定在他背包裡。

十歲，第一次配眼鏡。她說，隨便挑，你每天要戴，你喜歡最重要。誰知道那張小臉完全看不上兒童鏡框，挑中的都是成人大鏡框，最喜歡一副亮紅色大鏡框，鼻梁撐不住，鏡框垂到鼻翼，站起來原地繞一圈說，媽媽我要戴這個去學校嚇同學，雜誌裡的超級模特兒不都是戴這個走臺步？她跟著玩，把眼鏡行裡所有造型誇張的鏡框全都放上臉，兩個人笑得好開心。上高中開始學戴隱形眼鏡，手戳睡眼，滿地找隱形眼鏡，好不容易戴進去，上學已經遲到了，還要髮雕抓頭髮。這幾年又開始戴眼鏡，鏡框只挑呆板樣式，不抓頭髮了，不笑了。

那副眼鏡，被他帶走了。

簡單的橢圓金屬鏡框，自己去配的，不要她陪。

他上樓搬行李，還是沒人來修樓下那扇門，依照巴黎速率，這扇門可能還會敞開幾個月吧。關門前，再看一次小公寓。空，彷彿根本沒住過人。其實想帶走床墊。但他清楚，想帶走的，想留住的，都帶不走，都留不住。對街小陽臺閃出熟悉人影，對他揮手。轉身拉大行李箱，回頭再望一眼，小陽臺又淨空。

行李放進後車箱，上車坐定，安全帶繫好，設定GPS導航，Tours飯店，不趕時間，避開收費路段，車程大約四小時。以前根本沒有導航啊，怎麼開車上路啊？多年前他們從高雄診所出發，他只有一本簡易臺灣地圖，車要往哪裡開？不管了，地圖丟掉，就是往前開，離開城市，往鄉下，迷路萬歲。她負責說左轉右轉，隨便啦，度假就是要這樣任性。開到人煙稀少的鄉下，找到一家小吃店，店名說是肉包林，裡面什麼都賣，就是不賣肉包。點了一大桌菜，問老闆娘，附近哪裡有飯店？老闆娘大笑，飯店？我們這種鄉下地方怎麼會有飯店啦？啊要不要留下來幫我洗碗，店後面有間房間讓你們睡。

結果他們在小吃店裡洗了三天碗筷，幫老闆娘修好被秋颱吹垮的肉包林招牌，粉刷牆壁，換好日光燈，洗菜切菜端湯。夜裡他們把床搬到屋外，坐在蚊帳裡，面對一整片鳳梨田，喝啤酒，吃老闆娘留給他們的黑白切，看滿天繁星。臺北看不到這麼多星星，也沒有這麼多蚊子。

掙扎要不要跟老闆娘說再見那天，後面的鳳梨田騷動，農人呼喊。他們跟著跑進鳳梨田，原來是附近有軍事基地，傘兵跳傘訓練，跳進了鳳梨田。鳳梨葉冠堅硬，傘兵屁股從天而降，吃鳳梨吃到飽，全身都是鳳梨刺，在田裡慘叫：「完蛋了，傘破掉我會被處罰，沒得放假了啦。」她看著哀嚎傘兵，降落傘在鳳梨田上拖成一幅美麗的抽象畫，忽然身體某個緊繃的點鬆開了。不痛了。可以回臺北了。她無法解釋，離開診所之後身體一直有隱隱刺痛，不確定，似乎有，搞不好是自己亂想，隨時都查看下部有沒有在滴血，但反正看傘兵在鳳梨田中央哭叫，農人說夭壽，圍觀的人想笑不敢笑，空氣中有鳳梨香氣，那刺痛就消失了。

救護車鳴笛，從遠方快速逼近。在救護車抵達鳳梨田之前，他已經發動破車引擎，往左還是往右開？隨便，反正地圖丟出車窗了，她負責說左轉右轉直走，亂開，總能回臺北。

這次有精準導航，往西，目的地Tours，前面三百公尺處右轉。

真的要離開巴黎了。

忍不住了。再不講，她搞不好永遠找不到人。

她忽然抓住方向盤。

他趕緊踩煞車。

她忍了幾天，終於喊出：「把我的兒子還給我！」

第二部

上路

手機獨白一

「你什麼時候離開的？」

「謝謝你幫我倒垃圾。」

「你眼鏡忘了帶。」

1.

芭樂

藍色雪鐵龍緩緩穿越巴黎市區，車子裡塞滿憤怒的字詞，他覺得車子越開越沉重，必須多踩油門。憤怒伴隨口水噴湧，隱形卻有重量。市區車多，他得專心注意左右來車跟闖紅燈的行人，不敢看身旁的她。導航的女聲完全被她的憤怒遮蔽，沒關係，他熟悉這些街道，沒有導航也能與巴黎道別。他這些年來都是以雙腳與單車遊走巴黎，難得開車，換了速度與視野，城市光線與輪廓丕變，這個巴黎不像他的巴黎。

光聽聲響，他覺得她的憤怒有機械音色，像是臺印表機，口水噴墨，在車內濃濁空氣印上許多加黑粗體憤怒字句，印著印著，卡紙了，字詞扭曲歪斜，依然不放棄列印，印量過於龐大，墨水快沒了，聲音瘖啞，憤怒推進，繼續列印。

「我有叫你停車嗎？我有叫你踩煞車嗎？你給我繼續開車，前面有腳踏車你是沒看到是不是？你是想撞死他是不是？你知不知道，你到底知不知道，我生他，生了三個女兒，才生到他，我為了生他，為了生這個兒子，生了多久，生到都快死掉了，快死掉了你知不知道是什麼意思？啊？你沒有子宮怎麼可能知道？你白痴啦！醫生還笑著跟我說，恭喜喔，要吃全餐。全餐？全餐什麼鬼！你知不知道什麼叫做全餐？算了，你這白痴，不說話的白痴，怎麼可能知道什麼是全餐。那今天我就來告訴你，告訴整個巴黎，什麼叫做全餐！就是自然產，已經快痛死了，叫半天，錯！什麼半天，我痛了整整一天！我下面已經要炸掉了，我就是覺得有人在我下面放了炸彈，痛死了！你懂嗎？叫到我那個醫生說什麼，說什麼我生完之後可以考慮去出唱片，飆高音，變成臺灣的瑪莉亞．凱莉，要死了，我都叫到快死了，還一直跟我說鬼話，我真的很想拿床邊的東西砸他的頭。我到底叫了多久我哪知道，還叫到昏過去，到最後還要挨刀，手術剖腹啦！你以為就這樣結束了嗎？剖腹完，兒子是順利生下來了，但麻醉藥退掉之後，你知道那有多痛嗎？除非有人在你肚子上捅一刀，不然你怎麼可能懂啦，白痴！痛三次，下面炸彈炸一次，刀子割肚子一次，最後復原痛死好幾天，全部通通來，大全餐啦！你他媽的有沒有在聽我說話！媽啊我好渴，水呢！我要喝水，有沒有水？什麼爛車啦？水！你白痴啊，你以為我沒看到他的眼鏡嗎？我自己生的，戴什麼眼鏡我會不知道？」

剛好前方有單車闖紅燈，他放慢車速，手指副駕駛座前方的手套箱。她用力打開手套箱，滾出瓶裝氣泡水。瓶裝水快速見底，印表機暫停列印。氣泡水擠壓橫隔膜，她打出雷響嗝。用力抽出卡在印表機裡的紙，放入新紙張，換上新墨匣，繼續列印。這次換上的墨匣是彩色的，憤怒多彩繽紛。但她接下來印出來的各種彩色字詞，他都沒注意聽。他一直在想，手套箱，就是儀表板下方的置物箱，法文怎麼說？中文叫做手套箱嗎？哎，法文亂，中文也毀了。好像在哪裡學過。或許是J教他的？有可能，J在修車廠工作過，應該熟稔車體各部位的詞彙。

「你要死了，你開這麼慢是怎樣啦。我不管，你開車，你現在，喂！你到底有沒有在聽我說話，你現在就開車載我去找他。我為了生這個兒子，真的差點死掉你知不知道？等一下，那家甜點感覺好好吃！為什麼沒帶我去吃！一直帶我去一堆白痴的鬼地方！我當時躺在那邊，一直尖叫說我不能死。我當然不能死，死掉了我就看不到他了，我看不到我兒子，那我死了幹什麼？你知不知道什麼叫做差點死掉？我跟你說，這些年，我到處都找不到你，你也不來找我，我就當你死掉了。死，掉，了。你到底什麼意思？你說啊。我有搬家嗎？我有跑掉嗎？我這個笨蛋，不會開車，什麼都不會，我就一直在那裡啊！我在那邊等，你有來找過我嗎？老朋友一場，聯絡一下是會死嗎？我有很難找嗎？你不會來找我一下嗎？我就當你死了，但還是想知道你埋在哪裡，或者骨灰燒了撒在哪裡，這樣至少我去拜一下啊。結果根本沒死，沒死還不來找我。算我兒子厲害，是啦，我自己養的，我教的，當然很厲害，很聰明，我找不到你，他竟然找得到你。幸好我不笨，我就知道他會去找你。想不到你在巴黎！你在巴黎幹什麼？搞什麼鬼，給我傳個訊息是會死掉嗎？是，死了就沒辦法傳訊息，但是你根本沒死啊？沒死你在那邊給我搞什麼鬼！他來找你，跟我講一下是會死嗎？你知不知道我壓力有多大？你明明知道我壓力有多大！你到底知不知道我找他找得有辛苦？幸好那部電影什麼修復個鬼，不然我怎麼會找到你。你知不知道我為了生他，到底有多辛苦！你這個死大爛人，白痴，臭雞巴，我要殺了你！」

香奈兒包包砸上他的頸部。

啊，想到了。

Boîte à gants。

手套箱。

他腦子一直重複Boîte à gants，沒聽到她在哭。

他按下開窗鈕，窗戶開細縫，讓憤怒字詞掉出去。他想像這輛車在公路上沒留下輪胎痕，卻沿路掉字。那些堅硬的字摔落在路面上，拒絕碎裂，車輪無法輾平。有些字太過尖銳，能穿刺輪胎。他想像他們在拍祕密特務電影，在巴黎市區穿梭，躲避恐怖分子攻擊，高科技車輛沿路灑下銳利暗器，讓後方追趕的來車爆胎。

他從沒看過她氣成這樣。但他不介意，就讓她罵，罵完再說。而且他很小很小就習慣了。習慣這些尖銳的字詞。J脾氣火爆，很愛吃醋，看到他在街上跟別的男人對看，在凡仙森林跟別的男人多說兩句話，會立即失控，吼叫捶打。他都不介意。真的從小習慣了。

多小？追溯記憶的原點，五歲，四歲，還是三歲？只記得當時不識字，那些爭吵撞擊身體，或許聽不懂，刮耳音量與肢體推擠，激發懼怕本能。若是把這塊記憶從腦中拉出來，拍成短片，必須要加入碗盤碎裂的音效。

母親說：「你吼什麼吼啦，這樣會嚇到嬰兒。」

父親說：「我？無理取鬧的是我嗎？我有摔東西嗎？」

後來上學了，語言在紙上成型，一筆一畫，跟著老師練習，一個生字在作業本上寫十次，務求端正。他的字跡不符合教育體系對於「端正」的要求，筆畫飛揚，總是被老師糾正。老師說，學不會，就看看別人寫的。老師拿班上第一名同學的作業給他看，要他學。他好奇，除了看第一名的作業本，也看了前後左右同學的作業本，不同的小朋友，都被規定要跟隨範本，結果寫出來的字都相似。不可以跟別人不一樣。他想開口問老師，為什麼大家都一定要一樣？但說不出口，只好逼自己的筆不准飛，乖乖待在格子裡。

學會寫字，家裡的爭吵語言，長出清晰的橫豎縱橫，形狀清楚。媽媽罵爸爸，爸爸罵媽媽，他想用筆寫下那些字詞，可惜很多字他還沒學會。他發現這些從嘴巴掉出來的字有不同的重量，不同的成分，不同的質感，寫在紙上，會聽到吵鬧音效。

像蠶絲。

媽媽煮了一桌菜，熱湯蒸騰，蒜炒山產，純米酒燉山雞，鱸魚湯。爸爸對媽媽說的話，像是蠶吐出來的絲，柔柔細細。

像鐵絲。

「你是發神經喔，戶頭裡都沒有錢了，還去跟人家玩投資？去找個正當工作是會死嗎？」

「是啦，會死，我死了妳最開心。」

像菜刀。

爸爸幾天沒回山上。

「去找哪個賤人你說！」

「我去談生意，妳不要在那邊胡思亂想。」

「褲子脫下來。」

「妳瘋啦？小孩在這裡。」

「褲子脫下來，剁掉，沒有錢買肉，剁了加菜。」

像雨季夜裡的潮溼空氣。

爸媽身體撞擊。床鋪是浪濤，拍打牆壁。爸媽兩人忘情呼喊。許多字詞他都聽不懂，但那些字水氣飽滿。他躺在床上看天花板，看那些字穿越牆壁，在他房間裡飄蕩，掉落在被子上。清晨下床尿尿，被子吸收了一晚的字，沉甸甸，他沒尿床，尿失禁的是被子。

像飢餓的野狗。

爸爸喝醉了，推倒他，手心撞上他的小臉。「喂，你到底是會不會說話啊？是不是智障啊？他媽的生了個低能，倒霉喔，被打還不哭。喂，帶去看醫生啦，到底是不是我生的啊？一點都不像我。」他在地上蜷曲，想到前幾天在森林裡看到野狗攻擊穿山甲。穿山甲捲成球狀，野狗瘋狂亂咬。他拿樹枝丟向野狗，野狗衝過來，嘴裡叼著穿山甲的尾巴。

像貓爪。

抓動物任務成功，媽媽叫出的那些字。

從小訓練，習慣了字詞的各種質地，叫罵多刺，針刺當淋雨，他喜歡淋雨，從不回嘴。後來，他發現了字詞更多的質地。他進出男人的屁股，不同男人會說出不同的話語，鬆柔如喀什米爾羊毛，粗糙如砂礫，繚繞如編織棉線，飄移如花香氣體，綿密如馬鈴薯泥，生鏽如氧化金屬。

藍色雪鐵龍離開市區，整個巴黎塞進後視鏡。車一開出巴黎，雨滴拍打車窗，雨刷不只趕雨，還試圖驅趕黏在窗玻璃上的巴黎黃葉。雨勢漸強，她的音量漸低，字詞開始鬆散。終於來了一陣風，吹跑了黏在玻璃上的黃葉。葉片被風雨肢解，捲入後方卡車輪下。巴黎消失了。後視鏡只剩郊區公路單調風景，加油站，柏油路，路標，樹，大型傢俱行，陰慘天空，趕路的車輛。

此刻她的字詞質地像什麼呢？像是被貓抓過的捲筒衛生紙，溼軟散爛。

她好渴。喝掉一整瓶水還是好渴。

她的叫罵詞彙即將用罄。該說的話說了嗎？噴灑出這些詞彙，她身體輕飄飄的，浮在汽車座椅上，要是沒綁安全帶，一開窗，身體應該就會跟那些葉子一樣，飛出去。

好渴又好餓。她打開前方的置物箱，還有一罐水，一大包綜合堅果，兩個可頌。不行，大口咀嚼之前，她還要喊一句。她想不起來剛剛有沒有喊這句。

「你給我繼續開，不准停，帶我去找他！你一定知道他在哪裡。」

怒氣原來潤滑。拍戲背臺詞，中年腦乾旱，鏡頭前開口，字詞荒漠。怒氣占領身體，從腦子到喉嚨到口腔到嘴脣到腋下都雨量豐沛，罵人通暢無礙，口水汗水滔滔，罵完水庫達滿水位，本季民生用水無虞。

她上次這麼生氣，是什麼時候？

不是很確定。她很少發脾氣。發脾氣需要真心。她自己知道，她不真心，她不誠懇。她不願意真心，真心太危險。動怒牽動全身肌肉，情感激昂，會不小心說出真心話。

應該是第二次懷孕那次。

第二次懷孕，沒孕吐，腹腔也沒有特別奇異感受。就只是月經沒來。趕緊去藥房買驗孕棒。

五支驗孕棒，結果都一樣。確定自己又懷孕了，她真的很想尖叫。不可能再去一趟高雄，再去住鳳梨田吧。

先前介紹她去高雄找醫生的女明星先數落她一頓，罵她白痴，是不會叫男生用套嗎？她坦承，男生不肯，說戴上去會軟掉。其實沒戴也沒差啊，硬一下，幾秒就軟了。女明星繼續罵，人家不肯戴，妳是不會吃藥喔，不然不要做啊，不是在讀大學？一點平常知識都沒有，想做可以做，都什麼時代了，但是笨成這樣，沒有資格做。女明星罵完給了藥局地址，通關暗號，說要是出事不負責喔。

能怎麼辦，還是要告訴張翊帆。但，她當然還是先告訴他。

「對，又是張翊帆。」

他正在電視臺搬運道具，倉庫裡光線灰暗，說完，她看不到他的臉部表情。幸好，看不到。不然她一定無法承受那表情。不知道是誰打開了倉庫大燈，白燈朝瞳孔射飛鏢，八點檔連續劇的客廳牆壁滑出他手心，牆倒揚塵。強光下一切輪廓清晰，兩人靜止對看許久，灰塵在他們身邊飛舞，像看好戲。

他撿起已經斷成兩半的景片，關掉大燈。八點檔劇情此刻演到婆婆虐待只生女兒沒生兒子的媳婦，收視率很高。開玩笑吧，怎麼又是張翊帆？八點檔再怎麼胡扯，都沒有現實生活扯。

她去張翊帆上課的地方等。那堂課叫做「生命倫理案例研討」。張翊帆牽著她，介紹給同學老師：「這是我女朋友。」誰露出豔羨的表情，誰稱讚她漂亮，誰稱許張翊帆好厲害，誰努力藏匿鄙視，她都不在乎。她只想快點跟張翊帆說清楚，這次不吞吞吐吐，直接說出口，她要一個清楚的答案。她忍到人群散，立即開口：「我又懷孕了。對，就是你的，張翊帆同學，沒有別人。要是你跟上次一樣，我還是會自己處理，但我求你，我求你了，以後不要再來找我。放過我。」

那晚張翊帆送她回家，跟她媽媽熱烈討論最近該買什麼股票。張翊帆離開後，媽媽跟她要錢，想買新房子，要頭期款。爸爸已經消失很多年了，聽說在柬埔寨娶了新老婆。媽媽在紙上寫下一個數字，要她明天匯款。那串數字是保齡球，扔過來，身體全倒。她癱在地上，再站起來，怒氣踢開嘴巴，瞬間傾倒隱忍多年的真心話。

她忘了那天對媽媽說了什麼。大概就是一堆髒話吧。媽媽沒什麼表情，就任她吼，倒茶，喝茶，吃餅乾，像看電影。她喊自己懷孕了，去高雄找醫生。盛怒電影演完了，媽媽起身進房間，關門前說一句：「明天記得去匯款。」

這次張翊帆說會負責。所謂負責，就是開名車，載她到那家藥局。車是全新的，說上次那臺撞壞了，繼續開有陰影，就叫爸爸買新的。車停在藥局前方，張翊帆頭戴著帽子，已經晚上了，臉上有墨鏡。

「你不陪我進去？」

「拜託，大明星，妳要搞清楚狀況，這是非法的好不好，買這種藥，這是管制的藥，要是我被看到，要死了，妳要害死我喔。」

「你什麼意思？你怕，我就不怕嗎？叫你來，你坐在車上，什麼意思，那我叫計程車就好了啊。」

張翊帆手緊緊抓住方向盤，一直搖頭。

她找到路邊公共電話，打電話給他，山上電話沒人接，電視製作公司說他下班了，最後試他的住處，電話響好久好久，掛掉再撥幾次。她知道他一定在家。等，只要一直等下去，他一定會接。

她跟張翊帆在路邊等了很久，藥局快打烊了，他那輛破車，才出現在後視鏡。

他和她走進藥局，快打烊了，沒有顧客，櫃檯後無人。他按了櫃檯鈴，裡面傳來女聲：「好，馬上來！」

女聲推開簾幕，手上抱著嬰兒：「對不起，有沒有等很久？小朋友要喝奶，員工都下班了，真是不好意思。」

她看著面前抱著嬰兒的老闆娘，感覺腳下地板瓦解，身體往下墜，通關暗號說不出口。

他先開口：「RU486。」

什麼？這不是通關暗號。女明星有交代，要說通關暗號，藥局才會給藥。她蹲下，頭埋進大腿裡。

嬰兒大哭。藥局老闆娘嘀咕。塑膠袋沙沙。老闆娘一直說話，同一句話說好幾次。她好想尖叫。那一刻，她忽然想學開車。為什麼沒去學開車，為什麼沒駕照。要是她會開車，她現在就可以衝到外面，跳上他的破車，先倒車一百公尺，然後踩油門，高速撞上張翊帆的新車。

她腦中勾勒破車撞爛名車的畫面，他蹲下來，手上一包藥。

走出藥局，老闆娘拉下鐵門，嬰兒啼哭的聲音踢破鐵門，整條街都聽得到。他們站在路邊，右邊是新的德國名車，左邊是破車。

她頭探入德國名車：「你先回家吧，他會載我回家。」

德國名車加速駛離，迫不及待。

破車上，他複誦剛剛藥局老闆娘所說的一切。先問妊娠週數，上次跟張翊帆做，多久以前？三週，好。劑量，副作用，風險，之後搭配這個藥使用，可能幾小時後，就會排出，其他的組織會在接下來幾天排出。接下來兩週，要是狀況太嚴重，必須立刻找醫生。有問題可以隨時打名片上這支電話。老闆娘說嬰兒晚上都會哭，晚上都沒在睡，有狀況的話，半夜打電話給她，一定會接。

罵人好累，她需要新鮮空氣，打開窗戶，涼風細雨撲臉，車外是法國鄉下風景，小屋小路小村，路兩排高樹，有幾棵樹依然翠綠，拒絕臣服秋天。她的憤怒字詞都掉到車窗外了，車裡忽然好寬敞。喝水，吃掉可頌，她身體不再劇烈起伏，呼吸平穩，該說的，都說出口了吧。他打開廣播，幾個電臺轉來轉去，最後停在Chérie FM。電臺連續播了幾首八零年代的英語抒情歌曲，穿插幾首法文歌曲，曲式跟樂器都老派。

「天哪，這什麼電臺，專門播放芭樂歌。這不是我們小時候會聽的嗎？」

芭樂老情歌召喚記憶，跟著哼兩句，當年這些歌還是新歌，他們倆坐在他母親開的車，去拍廣告，去抓動物，去試鏡，去爬山，去看海。當年她第一次到山上，就是坐他母親開的車。在拍廣告的現場，他在她耳邊說：「要不要來山上，看穿山甲？」

他母親總喜歡在車上播放西洋流行音樂，音量轉到最大，跟著大聲吼唱，歌聲不差，說以前最大的夢想就是當歌星，好想去報名五燈獎，去全世界各地巡迴唱歌，結果現在只能在山上唱歌給鬼聽。山風撫樹，鑽進窗戶縫隙，的確像鬼叫，她覺得他媽說得沒錯，森林裡一定都是鬼。但她不怕，因為飯桌上坐滿了人，他父親與生意夥伴飲酒高歌，他母親手腳俐落，踏進廚房，就會端出一盤熱菜，一桌歡騰。她山下的家冷清，母女倆無言對坐吃冷便當，山上吵吵鬧鬧，熱雞湯燙口，滋味嗆辣，滿桌都是沒嘗過的菜色。大人都醉了，在庭院裡唱卡拉OK，他拉著她去房子後面的穿山甲養殖場，好大的籠子，人造樹上掛了好幾隻穿山甲。她待在籠子外面，看穿山甲爬上他身體。夜裡他睡地上，她睡床上。夜半大地震動，整個房子劇烈搖晃，她卻不怕，因為他立即爬上床，躺在她身邊，跟拍廣告一樣。地震吵醒了隔壁房的爸媽，窸窣語言慢慢變形成高分貝的呻吟，牆壁活過來了，波浪起伏。她不懂他爸媽發出的聲響，似乎覺得不該聽，掩耳，頭埋進枕頭。他抓住她的手，下床穿鞋，往屋後的森林跑去。剛剛的地震驚擾夜間森林，鳥拍翅，看不見的生物匍匐。他趴在地上，觀察慌亂的螞蟻，循著螞蟻隊伍，找到了蟻窩。他在月光下笑了，口袋裡拿出大塑膠袋，蟻窩入袋，衝到穿山甲籠子。她在籠子外打盹，好睏，房子在唱歌，不，他媽媽在唱歌，聲音拔尖，她覺得真好聽。

流行歌曲真是會鑽進記憶夾層，幾十年沒聽，一聽到收音機播放熟悉旋律，忘了此刻的手機號碼，家裡門牌號碼還是搞錯，提款卡密碼背不起來，但當年的歌詞就會忽然從記憶跑到嘴邊，一開口，八零年代的抒情歌手在舌上高歌。

那晚從藥局離開，她說不想回家，無法承受她媽冷淡的表情，可不可以跟他住，幾天就好。他的住處簡陋，臺北老公寓的車庫改裝成雅房，擠了好幾個住戶，木板隔間，坪數卑微，一燈一床一桌。她開始出血，噁心，輕微腹瀉。她一直睡，明明屋況很差，無對外窗，潮溼不通風，她就是可以睡一整天，等他下班，買便當回來。菜色每天變換，藥膳排骨麻油雞鱸魚湯，她猜坐月子大概也是吃這些吧，兩人都不懂，他買什麼就吃什麼，吃完身體暖暖的，躺進那潮溼的床褥，睡意立即襲來。血量一開始有點多，他很冷靜，說老闆娘有交代，這是正常排出，不用太擔心。她晚上驚醒，感覺下部潮溼，不敢搖醒身旁的他。她應該要想像身體裡流出一條紅色的河吧?卻一直想到張翊帆。

那次張翊帆回來找她，車子開到郊區大型賣場的停車場頂樓，手伸過來脫她的內褲，她一臉驚恐，張翊帆要她放輕鬆，拜託他可是醫學系高材生，從小到大都是第一名，知道怎麼控制，知道怎麼算日子，不要用保險套，很緊很不舒服，妳們女生都不懂那種被勒緊的感覺，根本就像是掐脖子，掐到都軟了，上次不好意思，放心他這次知道了，會特別小心，好像的確有比較小心，沒有森林裡那樣暴力，動作稍微慢一點，但還是幾秒鐘就哎哎叫，說射了好爽，那妳爽不爽?她想把張翊帆跟血一起排出身體，這樣是不是需要新血?是不是要多吃一顆藥?不是聽誰說吃葡萄補血?還是紅豆湯?還是豬血糕?腦中想了一堆食物，都想吃。他忽然開床頭小燈，坐起揉眼。「天哪，你也睡不著對不對?真是太好了，我覺得流好多血，需要補一下，這麼晚了，哪裡可以買到紅豆湯?」他們開著那臺破車在臺北繞，真是不夜城，她想吃的都吃到了，還加碼豬肝湯。夜半補血任務完成，回到他住處，躺下繼續睡。睡前腦中終於出現一條清晰的紅色河流了，張翊帆面目模糊。他確定她熟睡，把她染血的衣物拿去浴室洗。他一開始根本不知道怎麼洗，用熱水洗，發現血漬凝固，洗不掉，改用冷水浸泡，然後用牙刷沾洗衣粉慢慢刷洗，才去除斑斑血跡。

她這樣睡了一個禮拜，出血量逐漸下降。她打開他的小收音機，轉到西洋音樂電臺，關燈，聽情歌，哼歌，等他回來。有一晚他打電話告知，今天晚上加班，狀況還好吧?他會晚一點回來。她說沒關係，會自己出門去買晚餐。他午夜才回來，身上味道複雜。那些都不是他的味道。

「幹嘛啦，去約會可以跟我說啊。我又不會阻擋你。好羨慕你們喔，都不怕懷孕。」

明明應該是一句玩笑，口氣錯誤，聽起來像是刻意諷刺。她想說對不起。但「對不起」變形扭曲，說成：「但是不怕懷孕，還是會怕得病吧？我都不知道你膽子這麼大，難道你不怕死啊？得病了會死。沒有藥可以救你。我是你的好朋友，才跟你說實話，你要小心。這張床還給你。你放心，我等一下就叫計程車。這樣你就可以帶人回來了。」

她沒叫計程車，走路回家。走著走著哭了。完蛋了，沒記下他的地址，趕緊走回頭路，但怎麼走就是找不到來時路，記得巷口有一攤賣新竹米粉跟貢丸湯，記得鄰居總是在燉中藥，記得可以聽到飛機起降，記得好像附近有夜市，只記得這些，澈底忘了街道門牌。她在附近走了一晚，找不到他那臺停在街邊的破車，找不到他家。好想好想喝他家巷口那家貢丸湯。不是經過好幾次嗎？為什麼就是沒停下來，點一碗貢丸湯。

「我想尿尿。」

她看到公路前方不遠處有麥當勞標誌，看到麥當勞就想尿尿。

用完洗手間，她又餓了。她在自助點餐機上點來點去，看到什麼都想吃，完全忘記忌口。她也不知道為什麼，開車公路旅行，特別容易餓。餐點很快送上來，他猜對了，她果然先拿麥香魚。

「喂，你知不知道，我兒子也好喜歡吃麥當勞。」

他知道。她兒子最喜歡麥香魚。

「好不容易來巴黎，結果每天都想吃麥當勞，這會不會很丟臉啊？沒關係，反正沒有人知道我在這裡。」

她兒子在手機上查詢巴黎市區內的麥當勞分店，說要每一家都去吃看看。

「反正現在有這種自助點餐機，還可以選英文介面，根本不用跟店員說法文，亂點亂點，都能點一堆亂七八糟的。我覺得你們巴黎麥當勞好好吃喔，竟然還有賣馬卡龍，但其實沒有很好吃。吃來吃去，我還是覺得麥香魚最好吃。麥香魚世界第一，頒發米其林九十九顆星星！」

她兒子拉著他去吃了十幾家巴黎麥當勞。他很少吃美式速食，但他喜歡看她兒子吃麥香魚的儀式：慢慢打開漢堡紙盒，鼻子塞進紙盒嗅聞，手指戳漢堡麵包，確認溫度，過燙或者冷掉都會皺眉，溫度剛好眼睛微笑，掀開麵包，確認醬料，蓋上麵包，雙手輕握整個漢堡，再聞一次，先小口吃露出麵包的魚排，確認滋味，再大口咬下。吃完整個麥香魚，臉惆悵，起身再點一個。最高紀錄是連吃了六個。

「你都不管我，讓我一直吃，真好。要是我爸在這裡啊，我搞不好連一個都吃不到。

喂，法國有沒有麥當勞啊？哎喲，我的意思是，法國版本的麥當勞，賣漢堡啦薯條之類的東西。」

他當外送員，時常會接到Quick訂單，他自己沒吃過，但看菜單跟裝潢，的確就是法國版的麥當勞。Quick巴黎分店沒有麥當勞多，這幾年似乎關了好幾家，他刻意選了一家離家走路一小時的分店，她兒子完全沒抱怨路程遙遠，一路緊跟，沒說什麼話。抵達蒙馬特的Quick分店，桌面骯髒，地板黏膩。她兒子選了夾諾曼第Camembert起司的漢堡，季節限定供應。起司在漢堡夾層裡融化，與肉、培根香氣契合，他閉眼快速吃掉整個漢堡，才發現她兒子盯著他看，笑著，面前的漢堡依然完整。

那個夾Camembert起司的漢堡，是J離開之後，他真正入口的第一餐。所謂「入口」，是口腔味蕾都記住了滋味，而不是飢餓驅動的囫圇吞食。

她兒子先咬一小口Camembert起司，皺眉，接著咬一大口，眉心鬆開說：「是不錯，但還是麥香魚好吃。我們等一下去吃麥香魚好不好？」

她吃完麥香魚，又起身去加點一個麥香魚，桌上的漢堡薯條雞翅都沒動。

「怎麼辦，我真是發神經，怎麼吃掉兩個漢堡，現在，好想喝貢丸湯喔。你們法國公路的休息站，沒有貢丸湯吧？天氣涼涼的，就好想喝貢丸湯。」

她忽然好想問他。擔心是不是自己記錯。他以前在臺北住的那個地方，是不是巷口有一家賣貢丸湯的麵攤？

那晚之後，他的電話變成空號。她搭計程車上山，他父親說好久沒看到那個兔崽子了，都沒拿錢回來孝敬。她時常去他住的那一區繞，怎麼繞就是找不到他住的那條小巷。問路上的人，請問這附近有沒有賣貢丸湯的麵攤？路人指路，的確找到一家貢丸湯，卻是窗明几淨的店面，她記得很清楚，她要找的是巷口陋棚。她還是坐下來點了一碗貢丸湯。哭出的眼淚比那碗湯還豐盛。

下一次見到他，已經很多很多年後了，她已經是四個孩子的媽了。當時，胖三收到病危通知。

所以一直沒機會跟他說。至今沒跟他說。

沒說謝謝。

謝謝你那個時候幫我洗沾血的內褲。謝謝你幫我換床單。謝謝你買雞湯給我喝。謝謝你半夜幫我量體溫。謝謝你餵我吃藥。謝謝你開車。

沒有跟他說，當年荒唐。為什麼又跟張翊帆在一起。

從鳳梨田回到臺北，她回到校園，上課下課，錄了幾個綜藝節目，唱歌調笑，寒假結束，新學期開始，沒有人察覺她身體曾經有樹。

有天早上八點的課，她差點遲到，一衝進教室，就看到張翊帆坐在她平常的位置，跟她同班同學一起吃早餐，說買了新車，下次聯誼不要辦什麼機車聯誼，好寒酸，說認識好幾個有錢人家的小孩，這次不抽機車，抽名車。

她冷淡以對，下課立即往外走，完全不理會張翊帆的叫喊。連續幾天，張翊帆都出現在她選修的課堂，似乎對她的課表瞭若指掌。她持續冰冷。有同學過來傳話，說這樣讓張翊帆很沒面子，情侶鬥嘴，講開就好了啊，不需要搞到場面這麼尷尬。

隔週，張翊帆出現在她等公車的站牌。她正準備跳上公車，張翊帆拿出一本簿子。

「要不要看？」

「神經病，走開啦。」

張翊帆也跟著跳上公車。車體搖晃，乘客眾多。張翊帆擠過來，攤開手上那本簿子。是一本相簿。

張翊帆翻動那些相片。

都是她。

森林裡。聯誼那天。森林。閃電。

錯把閃光燈當成閃電。她從小被訓練，遇到閃光燈，一定要微笑。媽媽叮囑，要對攝影大哥好，妳看看，攝影師都是男的，對他們好，大聲叫大哥，一定要有禮貌，擺好姿勢，眼神挑逗，假笑也沒關係，他們開心，才會挑選漂亮的照片刊登。張翊帆翻相簿，其中一張，她臉上有那個假笑。

張翊帆拍了好多張照片。森林裡，她躺在地上，眼神沒焦距，髮絲在臉上縱橫，詭異微笑，上衣拉到脖子，露出乳房，其他幾張拍她下部。近拍器官在她身體裡面。

張翊帆貼上來，嘴巴在她耳朵小聲說：「大明星，妳不會想讓別人看到這些照片吧？我在想啊，要是我把這些照片寄給週刊記者？還是印一堆，請個工讀生，在妳學校大門口發送？不行，這樣要是工讀生被抓了，很麻煩，會追到我這裡。這樣好了，請工讀生半夜去張貼，整個校園到處貼，妳說，好不好？」

她忽然好想大唱〈酒矸倘賣無〉。對，當時心裡就是響起這首歌。就在公車上大唱，對著所有乘客大唱。高音一定破掉，早餐吃的蛋餅三明治一定會隨著高音全部吐出來，對準面前的張翊帆。

「還有，我當然不會忘記，順便去電視臺貼，還有寄給製作人。保證妳紅，年度最紅女明星。」

有乘客瞄到照片，發出驚呼。

張翊帆把相簿塞進口袋，臉上露出燦爛笑容：「好了好了，我們現在下車。坐我的新車，我送妳上學。擠公車，也太寒酸了吧。不氣了啦，大明星，我現在鄭重跟妳道歉，那妳還要氣多久？走，我們下車。」

一坐上那輛新車，張翊帆的手伸進她的裙子。她好想尖叫。喉嚨卻發不出聲音。她好生氣。好想打自己。

張翊帆說：「對嘛，這樣就沒事了。我們和好了喔？我就跟別人說，妳只是氣頭上，妳怎麼可能不喜歡我。」新車沒載她去上學，而是開到郊區大賣場的停車場頂樓，張翊帆粗暴進入她。

法國公路旁的麥當勞沒有賣貢丸湯。車上收音機的Chérie FM持續播放芭樂老歌，她想打電話點播〈酒矸倘賣無〉。法國的電臺，接受聽眾點播嗎？

當年她什麼都沒跟他說。去藥局買藥那晚，張翊帆的車高速衝進臺北的黑夜，終於澈底消失了，之後就再也沒回來找過她。現在她肚子裡有兩個麥香魚。她現在什麼都想說。腦子裡有什麼說什麼。再不說就來不及了。她好怕重演當年，怎麼繞，每天繞，就是找不到那攤貢丸湯。再度見面，就在兒童加護病房的門外。

「你說，你老實說，我現在不氣了。但拜託你，老實跟我說，你到底知不知道，我兒子在哪裡？」

車子開上交流道，路旁剛好經過一家Quick。

他轉頭，看著她。車子在公路上歪斜前進，後方來車大聲按喇叭。

他從外套口袋拿出那副眼鏡，交給她。

手機獨白二

「我們在路上了。」

「我們先去Tours。」

「最後去Nantes。」

「你媽在找你。」

2. 麵包

她在香奈兒包包深處找到拭鏡布，那副眼鏡捧在手心，細細擦拭，像是幫小寶寶洗澡。鏡片上有許多油垢、小棉屑，她心裡想，怎麼辦，你這個大近視，沒有眼鏡，你怎麼找路？迷路了怎麼辦？你有沒有帶備份眼鏡？你身上有沒有錢？你不會講法文，怎麼去配眼鏡？為什麼都不回我訊息？要是這次我找不到你怎麼辦？

她知道眼鏡是麵包屑。

小兒子小時候最愛《漢賽爾與葛麗特》，讀完這篇童話，出外郊遊，趁她不注意，消失在山林裡。大女兒跟二女兒不肯幫忙找，說放心啦，那個死小孩還不是妳寵壞的，那麼會跑，餓了自然會自己跑回來找妳。她牽著胖三在山林步道裡喊叫，直到天色墨黑，小兒子才從大樹上爬下來說：「妳們好笨喔，我每走兩步，就會丟一塊麵包屑啊。妳們竟然都沒看到。」胖三輕推小兒子的後腦勺：「你才笨吧！鳥會吃掉麵包。」小兒子翻白眼說：「拜託，這是媽媽烤的麵包，難吃死了，鳥才不要吃。」三人一路跟著麵包屑走回停車場。她心裡罵髒話，森林裡的死鳥也太挑食了吧。

從此，麵包屑就是線索，指路，沿途撒情報。

母親節前幾天，她的衣櫃、化妝臺、手提包、皮夾、鞋子，會陸續出現小紙條，暗示她即將在什麼地方獲得什麼禮物。小兒子生日，聖誕節，問想要什麼禮物？從不正面回答，費心安排各種麵包屑，報紙剪報、雜誌頁面、各種小物件，各種線索讓媽媽猜。前幾年考上知名大學，丈夫說要買輛車犒賞家中獨子，當然選德國車款，看來看去，兒子選了便宜許多的美國廠牌，只因為這款車有「麵包屑」功能，車子的導航系統會建立虛擬圖釘，開過的路段就會出現藍點軌跡，像是沿途放麵包屑。

把眼鏡留在巴黎，那一定是刻意留下的麵包屑。她仔細回想，這次還留了哪些麵包屑？消失之前，掃地阿姨還沒來，房間就好整齊，一切擺放都刻意，她嗅到不尋常，開始找麵包屑。

房間牆上的時鐘停在一點三十分。是下午一點三十分，還是凌晨一點三十分？教會送的日曆撕到某個週日就停了。

已經有一段時間疏遠她，完全不說話，忽然邀她去看電影，選了法國片《瑪歌皇后》，老片數位修復重新上映。這部她有印象，年輕時去電影院看過，記得電影好長，開場後不久就睡著了，以為自己睡了八小時，伸懶腰準備離場，想不到電影又演了兩小時。當年電影裡許多屠殺血腥畫面在她身體裡挖出深壑，實在不想重看，但小兒子堅持。這次她又睡著了。醒來，離劇終依然路迢迢。身邊的小兒子也睡著了。母子裡頭靠頭睡到劇終，走出電影院，火鍋，冰淇淋，走路回家，說了好多話。那晚她以為，好了，沒事了。家人就是這樣，吵一吵，看場電影，散個步，說說話，繼續當家人。

書桌抽屜深處，DVD盒子。空盒，裡面的DVD不見了。盒子上的印刷，是他當年在坎城得到大獎的那部電影。

客廳DVD播放器裡有一張DVD。不是他演的電影。一部法國片，沒有中文字幕，好沉悶，她看不懂，巴黎拍的，在沙發上睡著了。

她的香奈兒包包裡塞了一本《流動的盛宴》。

賣掉才開不到幾年的「麵包屑」車。

還有哪些麵包屑？這幾年小兒子給了她好多麵包屑，很多暗示，她都刻意忽略。逼自己忽略，假裝沒看到。此刻在法國鄉間路上，卻逼自己回想，會不會太遲？找不到人怎麼辦？

她覺得好累。好冷又好累。濃霧像厚重的毛毯，覆蓋公路，包圍車，視線不佳，他按下霧燈鈕，降低車速。前後霧燈皆開，光線在霧裡折射散開，染黃霧氣，周遭金橙茫茫。前後無車，他們彷彿被世界遺棄，駛入了一個霧氣瀰漫的神祕空間。她覺得車像是潛入浩瀚海洋，探照燈開到最亮，水波閃閃金亮，車不斷朝海溝深處漂流。他們要開去哪裡？可以就這樣一直開下去嗎？沒有終點，被霧吞噬，永恆漂流。或許海的最深處，有一片鳳梨田。

不行。人還沒找到。不能去鳳梨田。

「我好冷。」

他調整車內溫度，按下座椅加熱功能。她把椅背調到最底，外套當毯，閉眼休息，繼續在腦子裡打撈麵包屑。

小兒子怎麼會來巴黎找他？他們什麼時候認識的？

兒童加護病房。

但那時，小兒子真的好小啊。

她在兒童加護病房外等，一天只開放兩次探病，早上十點半開放一次，晚上七點半開放第二次，每次只能進去半小時。她記得是早上的探病時間，她已經幾天沒睡了，丈夫說會盡快趕來，但電話不接，不見蹤影。醫院冷氣強悍，她好想喝咖啡，或是熱湯，隨便，五臟霜降，亟需沸騰。盤算一下時間，下樓去買咖啡，回來可以趕上探視時間。電梯開門。是他。

幾年不見了？

他又長高了？頭髮留長，捲髮尾輕觸肩膀，瘦，黝黑，短褲短袖，像剛從海邊回來。

「我要喝貢丸湯。你有十分鐘。快點，探病時間快要開始了。」

他趕緊按下關門鍵。電梯門關上，她雙手微微發抖，盯著電梯門看。電梯門很快又開了，這次裡面空無一人，她往後退一步，等電梯門關上。這麼多年不見，她對他說出的第一句話，竟然是。又等了一下，電梯來了，地板微微震動，門開，她低頭看地板，不敢抬頭，要是又是空的電梯呢？等一碗湯，她能在這電梯前等幾年？

他一定是在電視新聞裡看到她吧。誰知道會上新聞。胖三在夏令營昏倒，送進這家醫院，當時她正在化妝師那邊整裝，準備參加精品發表活動。她衝進急診室，才幾天沒見，胖三全身浮腫黃疸，意識不清，醫生發出病危通知。助理在旁催促，必須趕回去活動現場，不然會違約，就亮相一下，廠商一定會放人，記者都到了，臨時很難取消。她穿戴精品登臺，跟活動主持人說一些璀璨空泛的話，一切順利，拍拍照就可以回去醫院。但最後一個問題是家人，都是事先套好的對話，就說感謝丈夫貼心，三個女兒還有一個兒子都活潑可愛，就像是這個品牌給大家的感覺一樣，幸福溫暖。嘴上已經開始說空話了，照本說詞，她看到主持人一臉疑惑，臺下記者表情問號，才發現自己在哭。淚無法收拾，原本的燦爛臺詞全忘，拿著麥克風喊：「我三女兒在醫院急診室，醫生剛剛跟我說要立刻送進加護病房，拜託……對不起……這個牌子品質真的很穩定，他們家的東西我真心推薦……不是才去夏令營住幾天嗎？拜託讓我走好不好……我女兒在臺大醫院……。」

那麼多臺攝影機都拍下她的語無倫次，他一定看到了。

進入兒童加護病房之前，她喝完一碗貢丸湯，身體成功除霜，可能因為湯，也可能是因為他就坐在身旁。那是碗詭異的貢丸湯，紙碗裝微溫清湯，撒麻油，似有白醋，三球寒酸貢丸，湯的表面漂著兩片粉紅魚板。難喝死了。醫院裡一切慘白，她實在很討厭這種色調，很想去買兩罐彩漆往牆上潑灑。大口喝完滋味奇妙的貢丸湯，心裡決定，等一下去買紅漆。

主治醫生看到他：「太好了，終於來了。」

胖三躺在床上，意識模糊，哭著要媽媽。她不敢碰胖三，怕一碰就會碎裂。

醫生快速說明，檢驗結果剛剛出來了，這是罕見遺傳疾病，患者無法代謝銅，體內長期累積銅，患者目前有腹水、嚴重黃疸，稱為Wilson's Disease，威爾森氏症。國內病例不多，而且這個罕見疾病要確診有難度，臺大這邊之前有遇過病例。

「爸爸終於來了，太好了。這樣我就可以跟你們說清楚，目前看來，要救人，只能肝臟移植，爸爸媽媽要不要考慮一下，捐肝給女兒。這個我們可以再討論細節，但你們不用太擔心，肝臟是個很神奇的器官，會再生，不會影響日後生活，現在的醫學技術很發達。」

那是他第一次見到胖三。她不敢碰自己的女兒。他擦拭胖三的眼淚，在胖三耳邊小聲說：「哈囉，妳好，我是媽媽的好朋友。跟妳說喔，剛剛那個高大的醫生啊，以為我是妳爸爸，嘻嘻。我們來猜看看，醫生到底有多高？我猜一九三公分。妳猜呢？」

探病時間結束，陽光好，兩人在醫院附近的街道漫步，沒說話，走進新公園，不，改名了，叫二二八和平紀念公園。走著走著，算了，不買紅漆了。

「晚上七點半探視，再陪我進去好不好？胖三好像，喜歡你。」

他點頭問：「胖，三？」

「外號，不知道誰取的，可能是我，不然就是我先生吧。也可能是我大女兒。排行第三，從小就胖胖的，就叫她胖三了。」

丈夫厭惡這個女兒。

大女兒跟二女兒都漂亮，恃寵嬌態，景觀豪宅的公主。第三個當然想生男的，丈夫家中獨子，公婆送來生兒子藥包，知道第三胎又是女兒，責怪媳婦沒有照指示燉藥，這些中藥包配方很貴，別人家吃了包生子，怎麼我們家生包子。三女兒長相圓潤，臉皺成一團，的確像包子，生來安靜，不哭不鬧。丈夫看到這第三胎，皺眉，從沒抱過。三女兒從小知道自己不討爸爸歡心，不撒嬌不討抱。這幾年胖三身形寬大，容易疲累，學習狀況差，語言表達能力下降，帶去診所看醫生，查不出原因。丈夫說，哪有什麼病？就是懶，天生懶惰，又愛吃，肥成這樣，帶出去很難看，人家以為我們不會教，教會裡的兄弟姊妹背後不知道怎麼說我們。

比對醫生所說，胖三已經病了一段時間。醫生問：「小朋友去夏令營之前，有沒有什麼特別的異狀？」

她搖頭。這是說謊，也是實話。胖三雙腿水腫，膚色不對，行動遲緩。她覺得既然診所醫生查不出原因，或許就是個成長階段。胖三總是一直說：「媽媽我沒事，妳不用理我。」

當天晚上七點，她搭電梯到兒童加護病房樓層，電梯門一開，她就聞到香氣。尋香，來源是他手上的便當盒。圓筒狀的保溫便當盒，感覺使用多年，盒身有些凹凸。打開盒蓋，是貢丸湯。丸身豐饒，每顆丸子都是地球，嚼碎五大洲七大洋。湯頭肉香清甜，芹菜末爽脆，些許白胡椒。

是巷口的那家嗎？

她沒問。不敢。怕開口問，又找不到了。

晚上七點半，胖三看到他的第一句話是：「我猜一九八。」

加護病房的治療似乎奏效，胖三精神好一些，看到媽媽笑了。

他這個不說話的人，跟胖三說了好多話。怎麼跟媽媽認識的，小時候拍的廣告，拍電影，養穿山甲。這些往事，她都沒跟孩子說過。胖三專心聽著，看看她，再轉頭看看他，彷彿床邊故事的主角從繪本走出來，輕聲說，胖三不要哭，要聽醫生跟護士的話，乖乖睡覺，晚安，明天見。

丈夫在南部拜會基層，說就是走不開，只說會盡快趕回臺北。她在電話上說了醫生的建議，拜託趕快來醫院，討論一下肝臟移植的可能。丈夫還沒到，她公婆先到了。她忘記丈夫每天都會跟婆婆通電話，報告當天瑣碎，吃了什麼，見到了誰，有沒有穿外套，維他命一定要吃。婆婆最愛提及，當年丈夫勤跑學運，都不怕餓肚子，抗議隊伍裡最有架勢的學生領袖，吃的當然是自己媽媽親手做的便當，家中廚房直送抗議廣場。吃媽媽的好飯好菜，當然會吃成明日臺灣政治明星。結婚後買的房子，離公婆的家走路十分鐘，備份鑰匙給婆婆。婆婆指導媳婦怎麼每天打蔬果精力湯，每個禮拜要自製滴雞精，不同季節要有不同食補，晚餐水果要怎麼擺盤，可惜媳婦手拙，實在教不會，只好婆婆自己來，每日進出，確保寶貝兒子不被笨媳婦虐待。有次婆婆走進來，看到寶貝兒子正在削蘋果，眼神投彈炸媳婦。婆婆沒開口罵媳婦，怎麼讓丈夫動手削蘋果，只是立刻搬進來，在家裡住了一段時間，省去了每日十分鐘路程。

她習慣了，被婆婆指責是日常。但高大的主治醫生一臉詫異，像是眼前的家庭劇演了兩集溫馨，忽然來個大轉折，變成萬聖節鬼片，和藹的婆婆在月光下變身成吃人怪獸，俐齒瞄準大動脈。婆婆一身優雅，跟主治醫生討論胖三的病情，感謝醫生，幫了我們家很多忙。聽到肝臟移植，婆婆忽然起身，語氣平淡，句句割人：「醫生的意思是，要我兒子把肝割出去？你們醫術差勁，連一個小女生都救不了，現在要來殺我兒子？」

「不，太太您誤會了，肝是可以再生⋯⋯。」

「我就這麼一個兒子，從小疼到大，從來沒有受過一次傷，你現在要他捐肝，什麼意思？說什麼我都不會答應。況且就算要割，也要割這個女人的吧？媽媽捐給女兒，同性別，很合理啊。」

「這跟性別無關，我們已經開始要做檢測，看媽媽適不適合……。」

「真奇怪，這麼一大家醫院，不是一堆名醫嗎？我看是你技術不好吧，你哪一屆畢業的？這麼年輕，菜鳥吧？我來打電話找院長。」

她腦中又出現買紅漆的衝動。這次不潑牆。

他當時在場，目睹一切。她心想，也好，童年老友重逢，總得交代一下這些年的缺席。她親愛的婆婆幾句話就說盡她這幾年的婚姻生活。

幾天後，胖三狀況好轉，轉到普通病房。丈夫還是沒出現，在電話上說：「我也沒辦法，我媽不准我回臺北啊。還有我真的很忙，不是騙妳，快要投票了，這妳也知道。」

對，沒記錯，就在普通病房裡，小兒子，第一次跟他見面。

藍色雪鐵龍駛離大霧路段，轉個彎，看到了，前方就是梳子。

羅亞爾河，Loire，法文發音，近似臺語的「捋仔」，梳子。

沿著河右岸開，往西南。午後陽光在河谷潑灑，古堡閃亮。景美，卻無心。車在河邊稍停，她覺得不舒服，時冷時熱，好像在發燒。

「你自己下去走走。我在車上睡一下。不要理我。」

他伸展僵硬肢體，金風摩挲，梳子如鏡，映照岸邊楓紅。秋天總是讓他心慌，大地半綠半紅，光線明滅不定，樹木半死不活。冬天明明白白，葉死人寂。秋天含糊，冷熱失調，心莫名慌張，左眼賞豐饒，右眼驚蕭瑟。張眼影影綽綽，閉眼立即入鬼屋，黑影搖曳，救護車鳴笛。

梳子波紋青綠，水流啊流，偷偷流到他眼裡。他想像這河是梳面寬大的梳子，碧綠原木材質，梳齒頂端圓滑，不梳髮，梳眼。梳齒刺戳雙瞳，只能哭泣。

J，我來了。你說過，從Tours出發，沿著這條河一直走，沒錢搭車，雙腿無價，河水沖刷時間，不知道走了幾天幾夜，手腕無錶，手機沒電，偶而有善心人提供搭便車，終於抵達Orléans。打電話給巴黎的家人，說快到了。

他年輕時也這樣晃蕩過，但心中無巴黎，沒有目的，只是想走路。他高中肄業，沒學歷沒專長，只能在影視製作公司裡當臨時工。跟著拍一部戲，當司機接送演員，買便當，做美術，時常被導演抓當臨演，鏡頭前幾秒晃過。戲拍完了，等下部戲，就去遊蕩，搭火車隨意去沒聽過的小鎮，遇到河，就跟著河水走，看能不能走到出海口。有部電影在河邊拍外景，男主角是偶像明星，想抽菸，怕被拍到抽菸模樣，毀損形象，麻煩他拿著大毛巾遮。風大概是偶像明星的影迷，不斷撲過來，掀開大毛巾。他示意偶像明星跟他走，這段河谷他走過，知道哪裡隱密。河邊一大片金銀芒草，草比人高，偶像明星蹲下來抽菸。抽完菸，手伸過來拉下他的運動褲，抽他的菸。兩根菸都抽完了，偶像明星說：「聽化妝阿姨說，你以前是童星啊？要不要回來拍戲？」

他打開後車箱，在背包裡翻找口香糖。找不到，卻找到胖三畫的圖。

胖三轉到普通病房，還是無法走路，但生命跡象與神智穩定。他每天帶著從圖書館借出的童話繪本來病房朗讀，不說話的他，跟胖三聊了很多。胖三是個膽怯安靜的孩子，沒自信，就算沒發病，也不敢表達自我意見，想笑不敢張揚，逼自己的啜泣靜音，專長是忍痛。他鼓勵胖三，開口問。遲疑多次，終於開口問主治醫生。正確答案是一九三公分。醫生一臉嚴肅，被問完身高忽然變了個人，硬塞進胖三的病床，跟孩子比身高。醫生雙腳伸出病床，胖三問：「那如果你生病怎麼辦？床都不夠大。」醫生搔頭，完全沒想過這問題。護士帶來一盒蠟筆跟圖紙，給胖三作畫。記得第一幅畫是醫生，紙上一個修長的身體，無頭。胖三說，從腳開始畫上去，醫生太高了，蠟筆拉長雙腿，結果沒有畫頭的空間，變成無頭醫生。醫生來巡房的時候，問胖三可不可以收藏小畫家的傑作？以後出院，可不可以再畫一張有頭的，送給醫生？

他記得三人畫得很開心，蠟筆用盡，還得去買新的。三人，他，胖三，她的小兒子。病床上貼了好多張畫。

她公婆反對孫子去醫院，說醫院不適合小孩，細菌那麼多，生病怎麼辦？但小兒子吵著要找胖三姊姊，她背著公婆把小兒子帶來病房。她忙著做檢測，跟醫生討論肝臟移植。

那天胖三用的是紅蠟筆。胖三說，在加護病房裡，看到有個小朋友吐血了，身上都是血。小朋友的爸爸媽媽都在哭。一九三醫生也在哭。連續畫了很多張，白紙上紅蠟迴旋，沒有具體形象。那天真的太慌亂了，那些畫都沒留下來，只剩下這張。小小一張。

不是狀況還不錯，還進食了？說說笑笑的，聽他講小時候跟媽媽拍電影的趣事，聽到他們用吊車把床給吊在空中，眼睛燃煙火。胖三忽然昏倒。急救無效。

她丈夫終於出現了，看到小兒子睡在他懷中，眼睛閃出冷酷光芒，要把小兒子抱走，但小兒子目睹胖三姊姊失去意識，哭了好久才睡著，黏在他身上，不肯離開。

有記者來了，她丈夫收起冷酷眼神，戴上墨鏡，牽著老婆，語調哀戚，說最愛的三女兒，剛剛走了。感謝醫生的付出，身為父親，現在只有沉痛，對著鏡頭鞠躬，家有喪事，南部的競選活動會暫停一下，請選民諒解。

她一臉驚駭，沒哭，說不出話。閃光燈如星閃，她蒼白臉上浮出了詭異的淡淡微笑。他看到那微笑，轉身離開醫院。

慈父痛失愛女，對南部選情大有幫助，原本情勢落後，但幾個禮拜後，高票當選。黨團謝票之夜，慈父哽咽提及已經火化的三女兒，萬人動容。

胖三的追思會在教堂舉辦。慈父找到躲在角落的他，遞上名片說：「我在醫院看到你，就覺得你眼熟，一定在哪裡看過你。我老婆跟我說，我才想起來，對喔，我怎麼沒認出來，我真是笨，我以前房間貼滿你們的床墊廣告。我後來還拿膠帶貼掉你的臉喔，呵呵，年紀小不懂事，請原諒。」

司儀宣布，追思會即將開始，敬請入座。

「我只是要跟你說，拜託不要再來煩我家人了。要是被人看到，我老婆跟你走在一起，很難處理。我去拜託人打聽了，聽說，最近你有出國拍戲的機會？真是恭喜你，海闊天空，大雕展翅。老兄，謝謝你。」

小兒子跑過來抱住他的大腿，要拉他去坐第一排。

「乖，叔叔有事要先走，跟叔叔說bye bye。」

小兒子大哭說不要不要不要。

怎麼後來遇見了。怎麼來巴黎了。怎麼趁他熟睡離開了。

他騎單車去全巴黎的麥當勞找人。輪胎爆胎。鏈條脫落。單車頹喪，拒絕前進。

在巴黎小公寓收到她的訊息：「是我。老朋友，原來你在巴黎啊。電影修復了，要不要一起去南特？」

他把手機訊息給小兒子看。小兒子正在煎蛋，說在臺北只能住家裡，爸媽不允許他搬出去住，從來不會下廚，連洗衣機都不會操作，原來煎蛋這麼好玩，為什麼都沒有人跟我說，真是愚蠢的大學生。

「我媽會先來巴黎跟你會合吧？你答應過我的，不准跟她說我在這裡。我該走了。吃你的用你的，對不起。」

他教小兒子打蛋，煎蛋，水煮蛋。尋常蛋事，小兒子驚奇，去超市買了一大盒有機昂貴蛋，練習單手打蛋。炒了一盤焦黑，鹽巴過量，微笑吃光。

夜間巴黎自助洗衣店，先學衣物分色，選洗滌溫度，如何付款，怎麼使用烘衣機。深夜洗衣店只剩他們倆，看洗衣機無盡迴旋。洗衣店臨街一大片玻璃，映照出兩人等待的身影。他總覺得自助洗衣店是全世界最孤寂的地方，慘白燈具，人臉虛腫，機器轟隆，窗外巴黎入睡。有人遺落泰迪熊，溼漉漉躺在洗衣機裡，已經好幾天了，一直沒人取走。小兒子背靠抖動的洗衣機，等到睡著了，看起來也像一隻被遺忘的泰迪熊。

小兒子會騎單車，但只會直行，需要轉彎，必須煞車，人跳下來，把單車轉彎，再上車。他帶小兒子搭火車去凡爾賽森林騎單車，左轉右轉上坡下坡，摔了幾次。小擦傷壯膽，回到城市，單車交給小兒子，請沿著這條一直騎下去，算十個紅綠燈，幫我在右手邊那個市場的蛋攤買一打蛋，最便宜的。結果只騎了五公尺，轉了個彎，在街角的超市買回昂貴的有機蛋。至少會轉彎了。

超市比價，刮鬍子，剪鼻毛，晨起伸展拉筋，水果削皮，蔬菜洗滌。最難的，他不會教的，其實他自己明明也不會，就是獨處。白天他騎單車外送餐點，小兒子什麼地方都不敢去，只敢待在家裡，跟對街陽臺上的表演者揮手，一直傳訊息給他：「什麼時候回來？對面陽臺那個今天是馬戲團小丑喔。」

出門散步，打勾勾約定，他刻意殿後十步，不准回望，就是繼續走，放心，他一定會跟上。第一次，不到兩條街，小兒子就蹲在地上，等後方十步的人過來解救。小兒子沒哭，但雙眼驚悚片，呼吸急促。他們在聖馬丁運河旁坐下，週末夜，時尚男女在運河兩旁飲酒作樂。小兒子喝了兩口啤酒，臉部肌肉稍微鬆弛。「我也不知道我在怕什麼，我以前不會這樣啊。剛剛腦子裡就一直想，招牌還有路牌我都看不懂怎麼辦，巴黎我都沒朋友怎麼辦，要是你就這樣不見了怎麼辦。怎麼辦，我壞掉了。我好佩服你，怎麼有辦法一個人。我以為我可以。我不是說來巴黎要去散步嗎？不是很簡單嗎？結果我連蘋果都不會削皮。前幾天我不是買了一盒草莓？我好想問你，但不敢問。到底，我該不該削皮？」

他和她入住Tours飯店，兩張單人床，河邊老飯店，燈昏暗，壁紙與地毯看似百歲。開窗，面前一把碧綠的長梳子，靜靜流淌。

「我們在哪裡啊？」

「Tours。」

「土，爾。字尾的S不發音喔？」

他搖頭。

「法文真奇怪，不發音幹嘛放在那裡。不要的東西，拿掉就好了啊。」

他想出門去河邊走走。

「你摸一下我額頭。」

手心還颳秋風，摸什麼都過熱，他去飯店櫃檯借了溫度計，她似乎有點發燒。

「我躺一下就好了。喂，你不要出門好不好？我一個人在飯店，會怕。讓我睡一下就好，睡飽我們就出去吃飯。你也餓了吧？」

她好怕，睡醒，一個人在陌生飯店，他已經不見了。

他想，真是母子，眼神裡的恐懼來自同一個地方，顏色，形狀，重量，同質等量。

關燈，兩人躺在床上，窗外街燈亮起，熟橙光芒篩過窗簾，如鬼影在室內飄動。她數了兩隻穿山甲，鼾聲小心翼翼，從鼻子輕輕湧出，在房間裡躡足。

電視開著，靜音，政論節目，嚴肅的學者政客無聲激辯。她手心鬆開，小兒子的眼鏡滾到床墊上。

散步練習，十步逐漸延展，二十，三十，五十。某天，他在外送越南河粉的路上，收到雀躍的訊息：「我自己出門了！我就一直假裝你走在我後面，一直走，不管，沒用導航地圖，就是走。走著走著，我心裡想，不走的話，我就會死掉。所以要走。我還在走喔。我沒有死掉。」

夜深，小兒子回到小公寓，眼鏡上雨汗雜錯，震央位於腹部，身體劇烈震動。摘掉眼鏡，小兒子的眼睛炯亮，像是去了新世界，眼眶裡塞了新海洋、新燈塔、新地標、新物種、新月亮、新太陽、新色彩，只要一張口，新穎的世界就會從舌頭滾出來。還沒開口先哭了。他沒見過這麼龐大的眼淚群，像是眼眶游出一隻隻藍鯨。鯨群洄游，低頻吟唱。是，那眼淚有聲響，撞擊小公寓的牆壁。擦掉藍鯨，調整呼吸，終於開口。餐館點餐，不是麥當勞，亂點亂說，結果上桌的是鮪魚比薩跟一杯熱牛奶，不管，假裝就是喜歡這種怪異組合，一口牛奶一口比薩，吃到差點吐，走了左岸，回到右岸，河邊好多奇怪的人，看了好萊塢動作片，法文配音喔，忽然整部電影感覺好輕柔好藝術，在書店買了一本書，封面好漂亮，想學法文，就可以讀這本書了，實在是太想尿尿，看到路上有男人直接掏出，實在忍不住，就跟著在同一地點貢獻尿騷，完全不看手機地圖，憑記憶，好像也不是記憶，是感覺吧，走回來了，一上樓梯，樓下的抽菸阿嬤剛好要進門，當然聽不懂她在說什麼，跟著進去了，我們在窗邊抽菸，她教我怎麼點菸，怎麼吸進去，噁心死了，臭死了，我這輩子絕對不會再抽第二根，但至少我試過了，我知道我不喜歡，我覺得好佩服自己，沒有把自己搞丟，第一次覺得自己有用，從小學鋼琴小提琴，努力練習，琴音無法出色，現在懂了，原來自己就是一個不會生活的人，不知道怎麼走路，不知道怎麼迷路，音符都是空的。

政論節目結束了，改播極地風光。母海豹餵食全身雪白的小海豹，短短幾天內，小海豹勤喝奶，母海豹教游泳，母子在冰地上翻滾，其他成年海豹靠近，母海豹憤怒驅趕，直到確認小海豹已經具有基本求生技能，母海豹潛入水裡，頭冒出冰寒水面，琥珀褐眼定定看著孩子，這是最後一眼，至此母子永別。

電視靜音，冰原母子告別無聲，小海豹嘴巴開闔。聽不到哭喊。聽得到哭喊。

她醒了。電視的極地色調，染藍白床單。她看到了那母子永別，拿起床頭櫃的遙控器，關掉電視。

「我好餓。」

她不要告別。不要，她不要母子告別。

選了飯店櫃檯推薦的餐館，本地河谷出產的酒，前菜沙拉，主餐牛排，甜點反轉蘋果塔，山羊起司，皆美。但兩人無心，只求溫飽，嚼美食如吞餐巾。她滑手機，刻意忽略丈夫的訊息，敷衍幾句回覆，謊稱收訊太差。他看窗外輕軌電車，乘客上車下車，商店紛紛打烊。實在應該去吃麥香魚。

走出餐館，決定走去河邊。他想脫鞋，踩踏河水。J當初被戲水男孩抓到河裡，頭被壓進河水。戲水男孩的腳，踩上J的後腦勺。J說，河裡的泥沙，好好吃喔。

他們轉進小巷，人影快速擠過來，她身體撞牆。

人影快速移動，又衝回來，這次瞄準她的手心。

拔河拉扯。她的香奈兒飛出手心，朝巷口飛去。

手機獨白三

「J。」

「他的名字，叫J。」

「你問過，這輩子有沒有愛過任何人。我沒說話。」

「沒說。說不出口。不知道。說了又怎樣。」

「現在想說。想跟你說。」

「J。」

3.

鱸魚

拔河輸了，香奈兒包包被奪走。

奪走香奈兒的人影速度很快，朝巷口飛奔。她想呼叫，但突來的恐懼箝制喉嚨，發不出任何聲響。

他也被推倒了，起身快步追上去，手抓到人影，拉扯叫喊，這次拔河比賽結果翻轉，他輕易取得勝利，奪回香奈兒。

她看清楚了，對方是個孩子吧？蒙面，帽子壓得很低，身型瘦小，青少年姿態。

他拿著香奈兒跑回她身邊，上下檢查她身體，看有無傷勢。她搖頭說沒事，正準備起身，眼花了吧，可能剛剛撞牆，視覺混亂了，巷口人影自我複製增生，一二三四，四個瘦小的人影。

這次她喉嚨戰勝恐懼，發出清亮的喊叫，在長長的巷子裡迴盪。那是一個高亢的音符，音準完美，宛如歌劇首席女高音。那些人影聽到她的高音，爆出笑聲。

沒看錯，一二三四，四個人影，慢慢朝他們逼近，姿態脅迫。

他把香奈兒交給她：「妳先回飯店。快。」

他輕推她，催促她快上路。她開始小跑步。但跑了五步立刻慢下來，完蛋了，剛剛找餐館，轉來彎去，她腦子一直想著小兒子，根本沒認路，完全不知道飯店在哪裡，現在該用手機地圖，還是轉回去問他？等一下，飯店叫什麼名字？

一轉頭，她看到那幾個人影撲向他。她又叫出了高亢聲響，華麗花腔。

她身體往後退，不行，得報警，找其他人幫忙，快。

四個人影對一個，這幾個身型瘦小，彼此壯膽，亂吼叫，無尖銳武器，他評估，情勢其實沒有太危急。他快速伸手拉下其中一人的面具，露出一張稚嫩的臉。是個孩子啊，沒幾歲吧？但那雙眼一定見過很多險惡，純真已逝，恐懼與憤怒交雜。他的拳頭鬆開，沒辦法對孩子動手。

這幾個人影撲上來，推倒他，拳腳撞上他身體。他閉眼蜷伏，身體彎曲，雙手護頭，膝蓋輕觸額頭。拳腳，辱罵。他就讓他們洩恨，應該一下子就會跑掉了。

啊。

一聲淒慘的叫喊。他張眼，看到一個孩子從他身上彈開。

接著是第二個孩子，飛出去，撞牆。

是香奈兒。香奈兒在暗巷裡飛翔，擊中兩個孩子的頭。

「誰說我的香奈兒包包是個廢包？我今天就讓你們這幾個看看，想搶我的包包是不是？好啊，我就給你們看這個包包有多能裝，有多厲害。」

她剛剛跑了幾步，恐懼絆腳，踉蹌撲倒，心裡想著趕快打開手機地圖，快跑，說不定能找到路人幫忙。打開香奈兒，滑出一副碎裂的眼鏡。

小兒子的眼鏡，在拔河比賽當中成為犧牲品，鏡片碎裂，鏡框變形。

你們竟然弄壞了小兒子的眼鏡。

她腦中閃過電視上那些極地海豹，母海豹驅趕其他海豹的氣勢。

小兒子大近視，看不清楚路，迷路了怎麼辦。我來法國幾天了，還是找不到我的兒子怎麼辦。

你們這些賤人。竟然。

以為我好欺負？

這次她吼出的是搖滾喉音，純然憤怒。

路面上有石塊。快速挑一下。不，挑什麼挑，全部裝進去香奈兒。有個石塊突出路面，她用力拔出，塞進已經很滿的香奈兒。香奈兒扣環關緊，她邁步往前。那幾個賤人嘴巴喊叫，腳不斷朝他背部踢。其中一個拿手機全程拍攝他蜷曲模樣，開心笑著。

當初買這個香奈兒，丈夫眉毛抖動，說：「這麼小一個，能裝什麼？貴死了，連我一個水壺都裝不進去，小廢包一個。夫人考慮一下啦，不要買啦，妳也知道，很多民眾看到政治人物的夫人拿名牌包，觀感不好啊。」

廢包是吧？

她抓緊包包的肩帶，瞄準第一個頭顱，甩出香奈兒。

她開口算人頭：「一！」

一整個身體往後仰，倒在地上。

「二！」

二身體更小隻，香奈兒撞上那顆小頭，整個身體像羽毛噴飛，撞牆，落地。

拉回香奈兒，準備數三。

但第三個已經衝向她。她快速往後退，收回肩帶，在第三個賤人抓住她之前，香奈兒包包重擊他的左臉頰。

「三！」

手氣正旺，她看了最後一個賤人。這個賤人已經哭出來，手遮臉，喊叫一些她根本聽不懂的。好像在叫媽媽。第四個賤人匆忙從口袋拿出一把刀，但雙手劇烈發抖，刀握不住。

正準備甩出香奈兒，他緊緊抓住了她的手。

河邊小酒館，酒客稀疏，他們點了酒，室內暖氣太強，決定坐在酒館外的階梯上喝。

「喂，你沒事吧？不用看醫生？」

他搖頭。那些男孩踢他的驅動是恐懼，力道不算猛烈，當然痛，整個背可能瘀青遍布。剛剛伸展一下，沒傷及骨頭，沒大傷口，不需縫針，還好，幾天就沒事了。

她大口喝紅酒，酒精壓驚，稍微鎮靜亢奮的身體。要不是他拉住她，一定也能輕易擊中第四個賤人，暗巷全壘打。幾個賤人哭著叫著，彼此扶持，快速逃逸。長巷靜下來，一陣風吹來黃葉，地上有一把刀還有手機。她打開香奈兒，倒出裡面的石塊。石塊在地上發出清脆的撞擊聲，她覺得好悅耳。

他一口喝掉半杯啤酒，低頭看她身上的香奈兒，剛從暗巷戰場凱旋，多了些刮痕，但肩帶穩固，包身、金屬釦環、縫線皆完好，皮革在路燈下閃耀金輝。

「對喔，剛都沒想到，我們是不是應該要報警啊？」

他歪頭認真思考，兩人沒大礙，財物留住，還要報警嗎？

「哎喲你不要理我。報什麼警。跟警察說什麼鬼？說我拿裝石頭的香奈兒包包，打爛三個小屁孩的頭？媽啊，這樣搞不好被抓的是我吧？算了算了，我外國人哩，沒事就好。」

他忍不住笑了。眼前河潺潺，他此刻卻不想脫鞋踩河了。要是身邊沒有她，或許他真的會把頭探進水裡，試水溫，看看水裡是否有秋天，試試水裡泥沙是不是真的好吃。剛剛有隻腳踩他的頸背。他想到J。接著想到J的屁股。一想到J的屁股，他想笑，被四個屁孩亂踢亂打，算了。此刻真的笑出聲。真的算了，不脫鞋了。不想吃泥沙了。

「笑什麼笑。你才真是，明明比那幾個死小孩高幾個頭，隨便打一打，不會輸吧，結果躺在地上，讓他們打，不會打回去喔？你喔，沒有被一群人包圍過喔？笨死了，都不會反擊。快感謝我，是我救了你。不要再笑了！」

的確，她說得對。每次被包圍，他就只會捲成一團。

上次是在柏林吧？

影展邀他擔任評審，每天都要看很多部電影，每日跟其他評審開會，討論當天觀影所得。要他開口說話已經艱難，跟各國評審開會討論簡直折磨。影展請了一位臺灣口譯，為他搭建溝通橋梁。臺灣口譯是個語言漏斗，中英法德文灌進耳朵，嘴巴吐出翻譯。漏斗可把各國語言翻譯給他，卻無法從他這邊收集語言，翻譯給各國評審聽。他後悔接下這工作，他熟稔電影幕後技術製作過程，自己也是演員，理應能判別電影美學高下，但他無法把想法化成精準語言，評審會議上沉默無益，捍衛不了自己喜愛的電影，造作刻意的電影受到稱讚，他說不出反對意見。

那年影展特別酷寒，大雪也想看電影，主辦單位必須每日請人來鏟雪，紅毯才見紅。各國影星身穿單薄禮服走上紅毯，顫抖僵笑。紅毯，派對，晚宴，握手，拍照，閃光燈戳眼，他理應享受這些燦爛分秒，但他根本是受驚烏賊，時時都想遁逃。烏賊游到墨黑的電影院，終於放鬆了。幾百人幾千人都停止說話，不看手機，專注看大銀幕上的光影，聽各國語言，努力讀字幕，一起哭一起笑。電影真是幻術，能讓這麼多人集體閉嘴。想到自己參與的電影在電影院裡播放，觀眾睡著了，哭了，笑了，走了，他就覺得這慘敗的無言人生有些許成就。他的存在，讓一些人閉上嘴巴，不說話，靜靜看電影，或者，偷偷離場。他特別喜歡觀察那些中途離場的人，彎腰起身，驚擾一整排的觀眾，終於來到走道，才發現背包忘在座位上，繼續欠身道歉，走回座位，姿態鬼祟，中途踩了好幾雙腳，終於絆倒。他只能猜測離開的理由，電影太難看？尿意洶湧？趕場？已經遲到了？餓了？菸癮熾熱？不管理由為何，終究付諸行動，離開電影院。前幾天他真的太好奇，電影實在虛假，決定尾隨一位中途離場的女士。他就是想知道，離開的人，究竟去哪裡了？女士一路欠身離場，一走到場外，腰桿打直，穿上皮質大衣，身高如燈塔。燈塔快步走過街，點了三球冰淇淋，一大盤冒煙炸薯條。薯條沾冰淇淋，冷熱交替入口，滿臉迷醉。他認出那迷醉的表情。燈塔女士在剛剛那部電影裡有幾場戲，不是鏡頭視覺焦點，幾句零碎臺詞。或許，看到自己沒被剪掉，足矣。吃完薯條冰淇淋，燈塔女士到室外抽菸，接著去超市採買，花椰菜，櫛瓜，鱸魚，白酒。

離開的人，手提鱸魚，尋常生活。

他忽然無法移動身體，明明該回去看下一部電影了。

那個問題一直在腦裡盤旋。離開的母親，去哪裡了？他站在雪裡看燈塔女士的細長身影被雪吞沒，靜靜哭著。或許，母親就在世界某個角落行走，靜靜生活，電影看一半就離場，一個人去餐廳吃飯，一個人去唱歌，吃甜不辣，買條魚回家，或許是鱸魚，母親喜歡吃鱸魚，說的故事常會出現鱸魚，心裡盤算，今天這尾鱸魚該蒸還是該烤。

影展即將結束，隔天就必須決定得獎名單。那晚他跟評審團看了一部北國電影，影像如詩，節奏緩慢，孤單女子在荒地裡行走，走了三小時，鏡頭抓取四季更迭。他走出電影院，一腳踩進深雪，在街上走兩步就老二十歲，滿頭花白。太冷了。太孤單了。臺灣口譯在他身旁點菸，他好羨慕，此時他忽然也想抽菸。臺灣口譯在冷空氣裡吐煙兼吐怨氣：「難看死了。真不知道是拍給誰看的，我看是拍給鬼看的吧？拜託你們這些評審大人不要跟我說愛死了，一定要給個大獎。我的媽啊，想罵髒話，看到我全身發冷，好想拿一鍋熱水去潑大銀幕。」

「我看你是想潑我們吧？」

臺灣口譯被一口煙嗆到，蹲下來狂咳。咳完抬頭看他：「什麼？你原來不是啞巴啊？」

他微微搖頭。雪越下越大。這是今天最後一場電影了，稍後有市長晚宴。

「當你的翻譯，真是我這輩子最恐怖的經驗。第一天我就想辭職了，想說這個人不說話是來幹什麼。但我後來想通了，你不說話，我就不用翻譯啊。」

「對不起。」

「我是跟你說真的，反正薪水我照領，不用翻譯多好。我要謝謝你。喂，我現在要去一個party，要不要去？帶你去開眼界，看看柏林夜店長什麼樣子。」

好奇？太孤單？身體騷動？他明明不喜歡人多的地方，怎麼就跟著上計程車。或許真的不想回飯店換上晚宴正裝。

電影能讓大家集體閉嘴，音樂也行。廢棄工廠模樣的大型建築，裡頭塞滿千百舞客，電音震耳，人們完全無法交談，既然不能說話，就跳舞就親吻就喝酒。他猜這裡以前應該是發電工廠？大型機械遺跡沒被移走，冰冷油亮的工業風格，電音節拍出重拳，牆壁地板晃動，他身體被音樂拉抬離地，忍不住晃動搖擺，原來他也會跳舞。他點了一杯啤酒，站在窗邊看雪。窗外雪花買不起入場門票，偷竊穿透牆壁滲到屋外的電音重節拍，漫天狂舞。他從沒見過這麼盛大的雪，綿密飛快，埋掉車輛，盤據屋頂，遮蔽視線，竄改城市的人造輪廓，房屋的尖銳稜角軟化，街道線條模糊，所有顏色都被雪吃掉了。不，不是白色。路燈亮起，橘紅光被雪地反射到天上，整個柏林天空燒起來，彷彿野火蔽天。

屋外柏林著火，夜店裡窯燒。舞曲轉換成一首似乎大家都熟悉的曲調，劇烈節拍放火，大家身體深處的燈芯被瞬間點燃，脫衣甩褲，裸裎廝磨，你焚我，我毀你，我汙染你，你玷汙我，肉身俄羅斯方塊堆疊，快速砌成堅固的夜晚慾望城池。

誰親了他。誰拉下他褲頭拉鏈。誰的舌尖輕觸他奶頭。誰吸吮他腳趾。誰拔了他下體陰毛。誰汗溼掌心浮出幾顆藥丸。誰的乳房。誰的屁股。誰的腋下。不管誰誰誰。不問你是誰。都是彼此的他鄉。都是萍水聚散。不求深不求淺。只求這秒歡愉。身體交會許下重諾：今夜之後，此生再也不見。

他在廁所找到臺灣口譯。所謂廁所，並無小便斗，暗室微光，眾男圍繞一個大浴缸，掏器官往浴缸噴灑。浴缸裡，臺灣口譯敞開身體，迎接各路滂沱。見到浴缸裡的臺灣口譯，他膀胱緊縮，尿意全消。臺灣口譯果真漏斗，喜接各色甘霖，溼潤雙眼綻放豔美玫瑰。有長長隊伍。他以為是等著排尿的隊伍，不，是等著入浴缸的隊伍。

他四處遊蕩，許多暗房，看盡各式身體交疊碰撞。他知道有男子尾隨。他找到角落的沙發，才剛坐下，男子匍匐上來，舌帶火，身如燒紅木炭。忽來一拳，擊中他的肩膀。拳頭來自皮衣熊男，雙眼嫉妒火紅。音樂遮蔽熊男與男子的激烈爭吵聲。他正準備起身，拳又揮過來，這次力道重，他被擊倒在地。一堆拳腳撲向他，他閉眼，捲成一團。

臺灣口譯救了他。

事後臺灣口譯試圖刪改這段回憶。兩人在夜店外的雪地淋雪，等不到計程車，決定用走的去搭地鐵。臺灣口譯說：「剛剛我一打十，還不謝我。那些人不知道吃了什麼東西，看到有人踢你，立刻加入踢人的行列。幸好我根本柏林楊紫瓊，不然你怎麼死的都不知道。」

他嗅聞自己身體，味道佐證，臺灣口譯竄改剛剛發生的事，柏林楊紫瓊完全無須伸展拳腳，只需推開人群，撲到他身上。臺灣口譯霸占浴缸，淋了一晚的人造雨，真的太臭了，光憑味道，就逼退眾人。真是江湖失傳的氣味神功啊。

他們踏雪疾走，兩旁是社會主義風格集體住宅，雪勤勞，風摘帽。天空燒紅，無車無人無鳥無星無月，好像全柏林都死了，只剩下他們兩個。一直有救護車鳴笛，忽遠忽近，卻不見救護車。上橋，墨綠運河河面布滿碎裂冰塊，一輛單車載浮載沉。尿意回歸，他在橋上對河噴灑。臺灣口譯也跟著拉下褲頭，解放剛剛在浴缸裡吸收的尿，這兩泡尿熱燙豐沛，運河水位上升，加速地球暖化，冰塊融解。

大概是凍壞了？或者剛剛被踢壞了？他忽然想說話。一開口江河奔流，停不下來，把這幾天看的電影全部都說一遍，攝影，美術，劇本，那個演員真棒，那首配樂讓他哭了，那個片頭字幕設計好精緻。雪也想聽他說話，在他肩膀上堆雪人。

雪地裡裂開一個洞，他們終於走到地鐵入口。

「你真是運氣好，柏林楊紫瓊不只功夫深厚，還有強大的記憶力，你剛說的那些嘰哩呱啦，我全都記下來了。明天我會翻譯給大家聽。」

地鐵月臺告別，他往西，臺灣口譯朝東。

「喂，跟你說，你演的電影真好看。當你的口譯，必須要做功課。你小時候演的那部最難找，我找了很久，才找到畫質很差的。你還記得嗎？你們兩個小孩跟穿山甲的畫面，到底怎麼拍的啊？當年不可能用特效吧？那些都是真的穿山甲嗎？」

時間是最殘忍的特效，當年床上的兩個小孩，此刻在Tours市區河邊漫步，她髮歪塌妝，沒注意到自己身上外套的釦子在暗巷裡被扯掉了，褲襪勾裂成一幅傑克遜．波洛克，他枯殘臉上浮出瘀傷，多貪了幾杯酒，腳步凌亂，想笑更想哭，想睡卻睡不著。面前一座長長的拱橋，數一下，總共十五個橋拱。兩人都還不想回飯店，走上橋看河，看河上沙洲，看橋上的輕軌電車，看彼此的影子，橋兩端來回走，有時拉開距離，有時並肩，有時背對背，刻意以緩慢的腳步拖拉時間，先不要回飯店，此刻回到那房間，就必須面對面，恐怕必須真心，她會想問更多問題，他一定不知道怎麼回答。橋上很好，陌生城市，異國聲響，周遭一切足以分散注意力，不必看彼此眼睛，無須真心。秋夜冰涼，行人稀疏，輕軌電車載著表情冷淡的乘客，金燦燈光點亮橋身，夜裡的梳子金瑩發亮，再過幾週就冬天了，梳子河谷，到時會結冰嗎？

「這橋好美，叫什麼名字啊？」她打開手機，指尖拉大地圖。

Pont Wilson。

她不懂法文，也猜得出來。

那座沒蓋出來的橋，原來法國人早就蓋好了。

當年丈夫當選之後，敵對政黨發布照片，年輕女助理深夜上了丈夫的車，高速駛向荒涼山區，在農舍過了一夜。桃色危機，必須以家人化解，她這個夫人立即抵達南部，出入挽著丈夫的手臂，與女助理一起參加慈善活動，被記者問到丈夫外遇，臉上昇起排練好的旭日，說女助理就像是親妹妹，政敵無端攻擊，我們就繼續服務選民，沒時間理會流言。夫人牌不夠，還要打死人牌，江海濤宣布要造橋，命名為威爾森橋，因為最愛的小女兒死於威爾森氏症。她當年不懂，以小女兒命名，不是應該叫做胖三橋嗎？怎麼是Wilson這洋名。後來她就懂了，根本沒有要造橋，彆扭洋名是煙霧，功能是混淆，聽不懂，記不起來。危機過了，約定好似的，眾人集體遺忘。連她這個夫人也跟著忘了。怎麼會在法國這陌生的河畔遇到這座被遺忘的橋。

再怎麼迂迴繞路，還是得回飯店。飯店櫃檯女士微笑詢問，晚餐如何？他微笑敷衍，很美味，謝謝推薦，但其實根本想不起來晚餐吃了什麼，嘴角有傷，假笑客套會痛。櫃檯旁有許多觀光旅遊小冊子，動物園，酒莊，摩天輪，起司農莊，古堡，她拿幾本隨意翻閱，翻到穿山甲。

是影展的放映場次專刊。她看不懂法文解說，怔怔望著頁面上一張小小的電影海報。一張床墊，閉眼安眠的小男孩小女孩，沉睡的穿山甲。

她在櫃檯攤開影展專刊，手指小海報，再指自己，與身邊的他。櫃檯女士搖頭示意不懂，瞇眼看海報，讀了一段簡介，抬頭看眼前房客，皺眉繼續搖頭。

人家當然搖頭啊，要怎麼解釋，海報裡的小女孩小男孩，就是妳面前這兩個老男老女，滿身風塵，雙瞳枯槁。

專刊裡的小海報是個按鈕，手指輕輕按壓，啟動了時空漩渦，老男老女身體迅速縮小成米粒尺寸，捲入那張海報，摔在那張床墊上。看彼此，瞳孔有新鮮蘋果的光澤，笑聲是長斑的香蕉，鬆軟甜蜜。那分那秒，他們未曾見識殺戮，還沒體驗離別。快了快了，殺戮等著他們，離別倒數。

問床上的小女孩小男孩，什麼是拍電影？他們搖頭，不知道，他們就躺在床上，聽導演的話，睡覺，驚醒，下床，往左走，往右跑。已經開拍好幾天了，每天就是等待。等光。等雲變成導演想要的形狀與顏色。等日出。等紫紅夕陽。等攝影機。等美術組做好道具。等黑夜。等起霧。等雨來。等雨停。

自然的光影不聽導演使喚，等不到霧，只好燒柴，人造迷霧森林。祈雨，求到日日晴朗。終於盼到雨，分明暑假，山區卻寒意逼人，雨中拍了一場戲，大家都感冒了。只好繼續等，等導演退燒，等攝影拉完肚子，等買便當的小姊姊打完點滴。

大家都說拍小孩跟動物最可怕。但導演說，跟這兩個孩子合作過很多次了，一點都不可怕，他們有種天然的戲劇能量，不怕鏡頭，不，應該說，他們忘了鏡頭，眼淚可飽滿可頹喪，笑聲可豐足可空虛。鏡頭特寫演員臉龐，最怕誇飾，需要眼神流動，傳達細微的情緒，這兩個孩子眼裡有銀河，張眼星雲舒張，閉眼宇宙消逝。導演總是捨不得喊卡，想勒緊時間，阻止分秒前進，有一天這兩個孩子會老會皺，電影底片壓縮時空，永恆保留他們的童年。

但動物真的很可怕。

森林裡拍戲，蛇爬上鏡頭，攝影師尖叫衝出森林，說不幹了。

天氣預報晴朗月夜，忽來烏賊形狀雲，傾瀉墨囊，不見月，雨傾盆。空氣微微震動，森林裡冒出拍翅大軍，衝向搭設好的燈具。小蟲也撲往劇組，往頭髮鑽，往衣服裡竄，工作人員尖叫哭喊，踢倒燈具與攝影機。小男孩的母親一臉沉靜說：「不要緊張，這是大水螞蟻，不用怕，先把所有的燈都關掉。」燈具全關，搭建好的場景暗下。小男孩從屋內取出大鐵盆，火爐置鐵盆中央，擦亮火柴，點燃火種，火爐冒出紅橙火光，成為庭院唯一的光源。導演拉住攝影，趕快架設攝影機，小男孩動作熟練，像是山中小巫，喃喃唱咒，生火召喚天地，一定要拍下來。火壯大，點亮小巫的臉，千百隻大水螞蟻直往火俯衝，翅膀遇火折斷，蟻身跌進鐵盆裡，發出細碎的金屬撞擊聲。大水螞蟻軍隊在火裡潰敗，一整盆的折翅螞蟻掙扎蠕動。鏡頭尾隨男孩，進入穿山甲獸籠，一整盆的大水螞蟻傾倒在地，穿山甲衝上來，閉眼享受大餐。

穿山甲最難拍。導演想要拍到穿山甲的各種模樣，在泥巴裡打滾，伸舌清理鱗片，尾巴倒掛樹枝，安靜酣眠模樣。導演沒想到穿山甲生性極為害羞，打了燈，攝影機對準，牠們就會捲成一團，完全不動。導演劇本裡寫了幾段穿山甲的戲，長了翅膀的穿山甲，鱗片彩虹繽紛的穿山甲，鑽入床單的穿山甲，試了好幾天，穿山甲不可能配合劇本，完全拍不到。

小男孩的父親低聲跟導演說：「有個方法，很簡單，但你得多付我一筆。算處理費，放心，我會給導演優惠價。還有，先不能讓我兒子知道。」

活的穿山甲不受控。

死的穿山甲就是馬克白。

人工飼養穿山甲，當然是為了販賣鱗片。中藥市場的穿山甲鱗片被視為神藥，價格高昂，出口利潤極高，已經談好了一筆訂單，隨時準備交貨。宰殺穿山甲之後取鱗片，肉身冷凍，可賣給山產店，老饕最愛。

導演同意了，多寫了一張支票給小男孩父親。

美術人員在冰冷的穿山甲遺體上彩繪，鱗片鮮豔。有些裝上翅膀。有些穿睡衣戴睡帽。有些爪子塗上紅色指甲油。有的尾巴掛上珠串燈飾。

死掉了，無生命的木偶，以懸絲，搭配支架，可操控，鏡頭前擺出各種姿態。

小男孩父親催促，快點拍完穿山甲的戲，立刻要取鱗片了，怕肉質毀壞。

拍攝那場與穿山甲共眠的戲，小男孩才知道，穿山甲統統死了。

不應有淚。他山林裡長大，與母親養雞養鴨，他懂人類宰殺吃食。只因稀有？只因他負責飼養？見到穿山甲癱軟的屍體擺放在床上，爪子豔紅，他心裡某個部分崩塌了。他父親在一旁說：「看吧，這樣多好拍。快點拍，我們要處理了，不然肉賣不出去，導演要負責喔。」

是個匆促的鏡頭。卻成為整部電影最令人難忘的鏡頭。森林裡一張床，小女孩從床單深處爬出來，小男孩從樹梢爬下來，好多隻穿山甲爬上爬下，月明星亮雨暖的夏日夜晚，孩子們跟穿山甲道晚安，一起掉入潮溼多雨的夢境。投影在大銀幕上，雨絲輕柔，穿山甲像機械移動。

若是有人再問小男孩，什麼是拍電影？說不出口，但，他心中有答案了。

拍電影好殘酷。為了成就鏡頭，人類必須處於主宰上位，支配生死，成就光影。

鏡頭沒有拍攝的，小男孩小女孩都看到了。

他們看到一群大人抓取穿山甲的屍體，搜刮鱗片。又來了一場大雨，大水螞蟻衝進屋裡。穿山甲都死了，無須生火集蟻。小男孩站在燈下，抬頭看大水螞蟻胡亂飛竄。都是他的錯。要是他沒有答應拍這部電影，這些穿山甲就不用死了。

後來小女孩睡不著，腦中想像的穿山甲，一開始鱗片完整，小穿山甲依附在母穿山甲尾巴上，搖搖晃晃走過來，在她身上掘洞。數著數著，人類的手出現，開始粗暴拔除鱗片。這樣數下去，怎麼睡呢？數到最後，床單上都是血，穿山甲永遠閉眼。

母親消失那天，小男孩小女孩回到山上，穿山甲鱗片都擺放在庭院，準備裝箱。之前跟父親約定的中藥商不見了，鱗片一直擺在屋內。拖延許久，終於有新買家出現，看完貨之後爽快付款，準備走私到東南亞。

小男孩剛剛失去了母親。他要怎麼跟父親說，媽媽離開了。警察是不是已經跟父親說了？媽媽的眼神，意思很明顯，不會再回來山上了。那是永別。他知道，他就是知道。他撫摸著那些堅硬的鱗片，全身皮膚漲紅，憤怒翻攪。他面對森林，閉眼懇求。森林裡的樹木騷動，彼此傳達訊息，像是開會討論。好，你要風，我們就給你風。狂風從森林深處吹過來，這陣風失控，吹倒大樹，掀開屋頂，雞鴨被捲到空中，吹起庭院裡的穿山甲鱗片。棕亮鱗片在風裡長了翅膀，像是花瓣滿天漫舞。風裡都是母親的聲音：「走，我們去抓動物。」接著是父親的咒罵吼叫，試圖與風爭奪這些珍貴的鱗片。怎麼可能會輸給該死的風。但父親就是輸了。那些鱗片全部都跟著風跑了，飛進森林，滑下山丘，衝向雲朵。

風停了，父親衝進森林，想說至少可以找回一些鱗片吧？沒有，一片都找不到。父親回屋拿了電鋸，胡亂鋸掉幾顆樹洩恨。

闔上影展專刊，小女孩小男孩被時空漩渦甩出，掉落在法國梳子河邊的飯店床上，蒼老模樣。

4K修復上映，當年那場雨，那些大水螞蟻，那些身上有彩虹的穿山甲，那些長翅膀的穿山甲，也都修復了嗎？觀眾看修復的版本，能看得出來，床上那些穿山甲，是屍體嗎？

他躺在床上，想跟她說實話。

他根本不想看那部電影。死亡能修復嗎？4K高畫質的殺戮，過分清晰。他坐在電影院裡，一定會成為中途離開的那個人。

答應去南特，是因為他在新聞裡讀到，臺北動物園贈了兩隻穿山甲到南特動物園，園方根據臺北動物園的指示，特製飼料配方，兩隻穿山甲進食無礙，在法國展開全新生活。園方表示，穿山甲是夜行動物，但無法調整時差，作息完全是臺北時間，若是民眾想看到他們活躍的狀態，請自行算好兩地時差，才有機會看到行走攀爬的穿山甲。

不想看電影，他想去看看這兩隻無法調整時差的穿山甲。但他不想看到夜行活躍的穿山甲。他想看看安眠的穿山甲。

他讀完那則新聞，夜巴黎如深海，實在是睡不著，出門縱身入海。看了電影，走了一整夜，在酒吧裡親了陌生人，揮發體液，在河邊狂奔，黑夜驅動，越走越醒。他懂了。他終於原諒自己混亂的睡眠作息。原來，跟穿山甲一樣，他沒有能力調整時差。

她全身不舒服，又冷又熱，睡前該吃止痛藥嗎？想泡澡。這間老飯店根本是鬼屋，房間裡所有電燈都打開了，感覺還是暗暗的，老壁紙的花紋好像在扭動，地毯有陷阱，踩上去跌入無底深淵。耳朵收到細碎聲響，窸窸窣窣，是外面河水？還是牆上肖像裡的古人在說話？打開電視，歌唱節目，饒舌歡鬧。音量已經開很大了，恐怕會吵到隔壁房客，但饒舌重節拍還是無法驅趕那些細碎的絮語。

她起身去浴室放熱水。水擊打浴缸，夠吵了吧。這麼吵，無須費心說話。拜託你先睡，我泡澡。身體入浴缸，熱水浸透皮膚，好像稍微撫平痛楚。浴室的小窗開著，風擠進來，夜色擠進來，枯葉擠進來。

「你的眼鏡破掉了，怎麼辦？」

她自言自語，卻無法自問自答。她拿起手機，再傳一次訊息，再寫一封電子郵件，電話依然空號。小兒子依然不回。

「對不起，媽媽只想當面跟你說，對不起。」

蘇大仁的頭從浴缸冒出來。

她喊出一聲。

他輕敲浴室門。

「啊，沒事啦，我，我只是……沒事啦。你先睡。」

這麼久沒想到蘇大仁，怎麼會在這個飯店浴缸裡想到。的確是鬧鬼的飯店，過去的鬼魅都來了。

蘇大仁是法律系高材生，紳士有禮。張翊帆讓她害怕男人，蘇大仁身體一靠近，她立刻彈開。蘇大仁保持禮貌距離，不牽手，不摟腰，不索吻，分享未來抱負，一起去紐約，當大律師，她開心當律師夫人。她在路上常會不自覺回頭，擔心張翊帆忽然又現身，一臉微笑等著她。一晚跟蘇大仁一起看電影社播放的歐洲藝術片，散場後在校園散步，走著聊著，聽到不尋常呼叫。他們在樹叢發現扭打男女，男生掐住女生，蘇大仁立刻衝過去推開男生，她趕緊大聲呼救，幾分鐘後校警抵達，蘇大仁跨坐在男生身上。她看著蘇大仁與校警交談，才發現自己已經有一段時間沒有回頭看了。她猜想張翊帆找到其他獵物了吧，不然就是死了。可以了，蘇大仁可以牽她手了。

和蘇大仁去溫泉飯店過週末，她覺得自己準備好了，身體不再抗拒。飯店房間裡就可以泡溫泉，一大缸硫磺味，她躺進去，輕聲呼喚門外的蘇大仁。

浴缸裡，蘇大仁的腳趾碰觸她的大腿，趕緊收腳。她輕笑，說沒關係，身體往前傾，抱著蘇大仁。她覺得安心。確定這是個好人。蘇大仁身體僵硬，喉嚨平日不斷產出話語，此刻卻發出奇異的雜音。她往後退，蘇大仁一臉扭曲，哭了。

「對不起，對不起。」

蘇大仁頭埋入溫泉水裡，憋氣許久才冒出來，溫泉水入侵口鼻，猛烈嗆咳。繼續說對不起。

繼續哭。

那晚，溫泉水涼掉，蘇大仁跟她說了實話。

「對不起，我不能這樣對妳。我喜歡男生，但我家人不可能接受。對不起。我常在想，要不要去死。死了就沒事了。淹死就沒事了。」

後來的蘇大仁，有去紐約嗎？

當年她呆坐在浴缸裡，溫泉變冷泉，身體微抖。她想到他。怎麼還是想到他。但找不到他。找不到貢丸湯。到底自己有什麼特殊體質，怎麼一直遇到喜歡男生的男生。

她對蘇大仁說：「答應我，你一定要去紐約。走去很遠很遠的地方。沒有飛機就搭船，沒有船就騎單車，沒有單車就走路。游過去，聽到了沒？」

他躺在床上，關掉電視，在房間裡踱步，地板超過百歲，咿呀埋怨他腳步太重。不可能睡得著，想出門走走。開窗，梳子河邊有人影晃動。他想打開交友軟體。他想摸陌生人的屁股。這是唯一解方。身體如此躁動，一直想到J，眼淚不受控。幹一幹就好了。

她推開浴室門，濃重熱氣衝入房間。

她尖叫。

啊啊啊啊啊。

她穿著浴袍，表情歪曲。

她趴倒在床上，用床單活埋尖叫。

「救我。我要死了。快叫救護車。」

手機獨白四

「你。」

「我們在救護車上。」

「你媽。」

4.

絲瓜

「我不能死。」

躺在浴缸裡，她不斷重複這句話。

窗外雷電銀光閃閃，大雨踢窗。她怪罪風。都是那陣從浴室小窗戶推擠進來的冷風。那陣風不是氣體，而是近似膠狀，不，根本實心固體，夾帶著河水、沙粒、腐葉、枯枝、泥巴、人語、雨滴、閃電，破窗而入，往她的腹部衝過來。

什麼是痛？痛能用語言形容嗎？忍了一段時間的痛，為何忽然在浴缸裡失控炸裂，忍不住了，快死了，完了。

這次的痛覺，有具體的形象。痛覺是果核，小小一顆堅硬，原本沉靜害羞，躲在腹腔深處，被風重擊，瞬間碎裂成許多微小的尖銳碎片。碎片在身體裡到處攻擊臟器，她腦中密集出現各種混亂的痛覺回憶。

紙在指尖剖腹，生出腥紅血塊。

小時候拍電影，床上塞滿氣球，日光針刺，氣球在耳際爆裂。

一群人雙手粗暴拔取穿山甲鱗片，穿山甲痛醒，原來還活著，身體扭曲抖動，無聲哭喊。

吞下藥房買來的墮胎丸，身體變成河源，流出一條尖叫的紅色溪流。

粗暴的雙手重壓她肩膀，她雙膝撞擊冰冷磁磚，男生沒洗乾淨的下部鞭打她的臉。

經痛。

自然產痛。

剖腹產痛。

拍古裝片吊鋼絲，鋼絲斷裂，她從幾公尺高的樹上摔向地面。

傷口縫針。

穿耳洞。

胖三。

貢丸湯燙舌。

屁股從天而降，刷過一排鳳梨。

拔牙。

痔瘡手術。

冬天腳趾踢到桌腳。

她身體裡埋藏了各種疼痛，微小的，壯大的，全部在同一時間裡被喚醒。

她說謊。她在車上對他吼叫，說自己生小兒子難產，吃了全餐，叫半天，叫到變成臺灣瑪莉亞・凱莉。其實她根本沒叫。她從來不叫的。醫生說，太太，痛的話，可以叫出聲來喔，這樣我們才能掌握妳的狀況。但她什麼聲音都發不出來。她這輩子遇到什麼痛，都有辦法忍住，不叫就是不叫。只有在他身邊，她才有辦法叫出聲。遇到他，她就能在喉嚨裡蓋出一個大帳篷，獅吼熊叫虎嘯馬嘶小丑鬧氣球爆孩子笑，觀眾驚呼與掌聲如燃炮，馬戲團尖叫慶典。

來巴黎前，她在保健雜誌上讀到一段文字：「許多亞洲女性長期壓抑情感，不常直接發洩情緒，各種情緒藏在身體，累積太久，會全部以痛覺的形式侵害身體。」她忽然理解了自己的痛。所有被她抑制的情緒，都在身體裡躲貓貓。躲太久了，捉迷藏遊戲結束了，終究要現身。

身體裡的碎片快速變形，變成了尖鉤，刺鉤拉扯臟器。她低吼：「我不能死。」手臂酥麻，無法施力，身體爬不出浴缸，必須瘋狂擺動四肢，潑一地洗澡水，她才終於把自己拉出浴缸。她穿上浴袍，每個動作都牽引痛楚，腹腔爆炸了，要死了。

她走出浴室，看到他的臉，喉嚨喊出雄獅。

救我。拜託救我。只有你能救我。

雄獅咬住他的身體，他呆滯冰凍，沒有反應。

她這次吼出棕熊：「你白痴啊，我快死了，快叫救護車！」熊掌打醒他。救護車。快，叫救護車。他最怕救護車。他顫抖拿起手機，腦筋一張白紙，被尖叫揉爛又攤開，叫救護車，號碼是幾號？臺灣是一九九吧？一一九？法國是一一一？等一下，還是五一？一五？不對不對，要是撥通了，他要怎麼說什麼？症狀是什麼？

她臉降雪，血色全失，汗水暴雨，咧嘴捶床，像是踩到捕獸夾的動物。

「妳……妳，先跟我說，症狀，哪裡不舒服。」

她搖頭，指肚子，太痛了，說不出話來。她額頭靄靄白雪，他手心蓋上去，雪火燙。

不行不行，他不會，需要幫忙。

「我去櫃檯，妳，妳，妳拜託忍一下，我馬上回來。」

「我要死了。快……。」

他開了門往外衝，老地毯絆腳，滾下階梯，屋外大雨肆虐，快速跑過中庭花園，全身溼透。飯店大廳空無一人，他用力按櫃檯鈴，夜班櫃檯人員從後面辦公室現身，眼神像是夜半遇鬼。這位房客語言混亂，聽起來像法文，但開口混濁汙水，耳朵撈不出半句清晰。

他說到哭了。怎麼辦。本來就是不會不肯不能說話的人，現在卻不得不說話。怎麼不好好學法文。J笑他法文太爛，逼他去報名法文班，書寫文法還算順暢，但口舌駑鈍，無法組裝寒暄問候之外的句子。

Bon soir! Que puis-je faire pour vous, Monsieur?

櫃檯人員的禮貌問句，像是夜半收音機傳來的法國老歌，曲調絲柔，唱詞悠揚。雨有記憶，記得這首，黏附在窗玻璃上聽歌。風也喜歡，停止呼嘯，靜靜聽歌。老歌掏耳，挖出陳年頑固老垢，他的聽覺忽然暢通。櫃檯人員的問句，他一字一字聽進身體裡，就像是在片場聽導演指示。好，知道了，可以了。

他開口，感覺自己腦子像是切半檸檬，用力擠壓，許多藏在腦子深處裡的單字都流出來，滿嘴多汁豐盛。

晚安。房間號碼。我的朋友需要緊急醫療協助。謝謝。她腹部劇烈疼痛，體溫高，無法行走。需要救護車。請您協助我，打電話叫救護車。謝謝。

櫃檯人員立刻撥打電話，語氣急迫，被轉接了好幾次，似乎終於轉到正確單位，快速交代患者現況。掛上電話，三十分鐘到一小時，救護車會抵達。

他快步衝回房間，上樓梯又被老地毯絆腳，再度滾下階梯。不能再摔了，不然救護車就要塞兩個病患。

「三十分鐘，他們說三十分鐘左右，救護車。」

她攤在地毯上，浴袍敞開。她想繫緊浴袍，但痛持續攻擊，她輸了，雙手戰敗，沒力氣遮掩身體。完蛋了，這麼老這麼醜的身體，他都看到了。她腦中閃過十一歲，已經好幾天沒見到媽媽了，真的不知道該找誰，打電話到山上找他，怎麼辦怎麼辦，我在流血，痛。侷促小浴室，她給他看身體。當時根本沒想太多，就是想讓他看看，問他意見。她在學校根本沒朋友，大家都覺得她是高貴做作的知名童星，沒有人跟她說話。只能問他。他一定知道吧。他上看下看，每一根長長的睫毛都扭曲成問號。那些問號讓她笑了。笑完，穿上衣服，身體裡的不安減少許多。他也不知道，表示她不孤單。並坐在浴室地板上，磁磚涼涼的，頭靠頭，睡個午覺。有人陪她一起睡覺，一起不知道，還痛，還在流血，這樣就夠了。

不行，三十分鐘救護車就來了，不能讓陌生人看到她這模樣，她要穿衣服。既然要死，不能醜死。他的確什麼都看過了，但這麼多年不見，她妊娠紋如枯葉脈，橘皮組織如險路凹凸崎嶇，剖腹生產在腹部留下一道蟹足腫，形狀像煮熟的蝦。不，不能讓他們看到那隻蝦。

她爬到行李箱翻找衣物。他蹲在一旁，不知道該不該出手幫忙。她隨便找了襯衫與睡褲，四肢痲痺，真的無法穿衣。她對他吼叫：「看什麼看啦！還不幫我！我都快死了，你還不幫我。」

他協助穿衣褲，她喉嚨裡的馬戲團還有很多動物仍未出籠，這次派出潑猴咬他：「閉上眼睛！不准看！我好醜。怎麼辦啦，我醜死了啦，我要死了啦。」

他快速把衣褲套進她身體，抱她到床上，擦乾她眼淚。冰寒占據她全身，痛不肯放過她，平躺側躺彎身，無論怎樣就是痛。萬一救護車還沒來她就痛死了怎麼辦？萬一救護車根本不來怎麼辦？

不行，既然快死了，她一定要問。怎麼越痛越多話。她有好多話想說。

「拜託你，老實跟我說。我覺得我真的就要死掉了。好白痴，演過好幾次死掉的戲。去年我才拍了連續劇，就演在飯店床上死掉，幾個小孩在我床邊哭，叫媽媽。結果現在怎樣？真的要在飯店床上死掉了。我不管，你要對死人說實話。到底，我兒子怎麼找上你的？我知道他小時候，你們見過面，但不可能保持聯絡啊。你說。我聽。聽完我就乖乖死。拜託，跟我說，他怎麼找到你的？」

他覺得自己回到那片大海，她說的字句都是浮游生物，磷蝦水母綠藻，在他四周擺動漂流，發出橘色藍色綠色的螢光。他是張開大嘴的鯨魚，把發光的浮游生物掃進肚子裡。把她那些問句吃進肚子裡，他想反問她，記不記得那海。灰色的海。最後一個鏡頭。

「記不記得？我演的那部電影？」

她搖頭。

搖頭是說謊。

她知道他在說哪一部。

他根本沒拍過幾部電影吧。

他在哭。那哭臉就是那部電影最後一個鏡頭的特寫。她覺得他每滴淚就是一個水族館，魚類海豹鯨鯊企鵝被困在那滴淚裡，繞圈圈悲鳴，永遠無法回到海洋。大浪翻湧，他消失在灰色的海面，沒有剪接，同一個鏡頭，他不見了。當年在臺北首映看這部，她衝向大銀幕，在浪裡翻找。

其實，當時他就在隔壁廳。

那部電影得了國際大獎，片商在臺北大型影城包了好幾個放映廳舉辦首映。她讀報得知，他會跟導演回臺灣參加首映，趕緊請經紀公司幫她弄到一張票。她緊緊抓著電影票，看到他踏上紅毯，靦腆微笑，簽名，揮手，拍照，上臺接受主持人訪問，一樣寡言，不斷說謝謝。她對他招手，但有好多人揮手，他根本沒看到她。胖三喪禮後，他消失了好多年，怎麼會以國際影展影帝的身分回到臺北。她終於找到他了，不斷往前擠，希望跟他說到話。人潮推擠，她的鞋被踩掉了，蹲下穿鞋，再站起來，人潮湧入電影院，廣場上只剩她一人。他又不見了。她進入電影院，努力在觀眾席找他，工作人員拿麥克風宣布：「等一下放映結束，大家可以去隔壁廳，導演跟男主角會在那裡跟大家對談喔。」原來他不在這廳。電影結束，她根本沒辦法擠進隔壁廳，人真的好多，她在人群裡吸不到氧氣，趕緊衝到外面大口呼吸。沒關係，等散場，剛剛在海裡撈不到他，人潮散去之後，她一定可以找到他。

她只是沒想到，她兒子當晚也參加了電影首映。

「在臺北辦首映，他，散場後，來找我。」

她身體裡的尖鉤再度變形，變成細小的針。痛是縫紉機，她的身體就是一塊爛布，針盡情車縫。

她當年猜對了。首映結束，他一定不會參加之後的派對，渴望遠離人群，找個隱密的後門，走路離開。

她觀察人群疏散，影城前方廣場通往捷運，繞到後方去，明明是鬧區，就是安靜許多。她等了好久。手機不斷震動，丈夫的名字出現在手機螢幕上。夜深人散。她想砸爛手機。

怎麼。怎麼可能。她沒等到。小兒子卻等到了。

她不知道，小兒子當晚在人群中看到她。散場後，小兒子目送她走到影城後方的街道。

她靜靜等。一直看著那些門。期待有一扇門會忽然打開。

小兒子則是主動跟上。

映後觀眾對談，男主角微笑不語，導演負責答覆。散場，小兒子混入工作團隊，緊緊跟著男主角。導演在男主角耳邊細語。等觀眾離場，導演與工作人員上計程車，男主角往後退，逆著人潮，快步離去。小兒子跟上去。首映閃光燈如流星，墜落在男主角身上。小兒子看著男主角背影，覺得那高大的身體瑩瑩發光。但男主角似乎刻意甩掉身上的流星，邊走邊脫掉身上的名牌西裝外套，嫌漆皮皮鞋咬腳，鞋脫了，丟入路邊的垃圾桶，襪子也脫了，塞進口袋，光腳繼續走，刻意選黯淡的街，身體融入樹影。走著走著，那身體不發光了，成為一個安靜的黑影，朝黑暗的臺北角落走去。

他知道有人跟蹤。就在他身後，大約五步到十步距離。

明明綠燈，他刻意停下腳步，後方的人影也停下。今天廠商送來的鞋是食人魚做成的吧，穿上只能原地站立，走兩條街，雙腳被吃到只剩骨頭。扔鞋，後方人影還在。他轉身，他必須判斷來者善意或惡意。臺北冷清街頭上，路燈撒下稀薄光線。那人影也停住，灼熱眼神鎖定他。一秒，二秒，三秒，繼續凝視。他收到那眼神訊息了。男孩。年少。

他繼續往前走，放慢腳步，深夜你走我跟的小遊戲。

他的飯店根本不是這方向，他原本只是想胡亂走，散步就是拋棄，邊走邊拋掉剛剛的掌聲，邊走邊忘記剛剛的觀眾問答。剛剛紅毯上，舞臺上，電影裡，都不是他。那是另外一個人。刻意繞路，一直走一直走，或許，回到飯店之前，他會走回原來的自己。他不知道原來的自己是什麼模樣。但確定不是這模樣。

路邊小公園歇腿，男孩在他身邊坐下。其實不是公園，是個寧靜社區的小園圃，有人在這裡種菜種瓜，簡易瓜棚，捲莖在月光下無聲攀爬，長長的絲瓜肥碩，應該可以採收了吧。

男孩打了呵欠，轉向他說：「你不記得我了喔？」

男孩的話語就像是絲瓜捲莖，繞上他的手臂，頸部，伸入頭顱，採取記憶。

他搖頭。

真的不記得。等一下。記憶深海。某個海溝深處。好像。似乎。那張臉的輪廓。鼻子的線條。

「我是胖三的弟弟。」

時間的刻度不是分秒日月年。時間的刻度是失去。當年那個小男孩在時間裡成長，增身高，唇上有柔軟的新鬚。但那眼神卻失去了純真。什麼是純真？當年醫院裡那個小男孩，無慾無望，哭聲不複雜，笑聲成分單純，眼神充滿好奇，仍不識歪斜，未見惡意。如今分明年少，那眼神卻失去了許多，盛滿悲傷。一定失去了很多，那雙眼才能騰出這麼多空間，留給悲傷。

少年起身，蹲在瓜棚下，拔下一顆絲瓜。少年嗅聞、抓捏絲瓜，眼神一直停留在他身上。

「你住哪裡？我媽以前跟我說過，你住山上對不對？但是啊，我媽說的話，怎麼說呢，我媽什麼都不跟我說。我每次問到你的事，她都說沒什麼，就是個朋友。屁。你知不知道，她今天晚上有來看電影？」

他搖頭。怎麼回答呢？很久沒回山上了，這次回臺灣也沒上山。他知道這位少年想跟他走，一路走到夜晚的盡頭。不行，不可以。不，他不知道她有來。話語未出生就先在喉嚨夭折。他只能搖頭。

少年握著絲瓜，在他身邊坐下，眼睛停在他褲襠，手指揉搓絲瓜。

他搖頭，身體往後退。不可以，不可以。

少年上計程車之前，從背包拿出筆記本，要他寫下電話號碼。他寫下法國的手機號碼。

今年夏天，J消失之後，少年闖進他的手機。

手機對話的是他和她？還是她兒子？

他在巴黎小公寓裡盯著手機通訊軟體，陌生的號碼，來自臺灣。下一則訊息是一張照片。當年在臺北街頭跟蹤他的少年，又長了幾歲，臉上多了眼鏡，那眼神更複雜，更悲傷，又失去了更多。

他回：「哈囉。」

少年撥電話來，說要來巴黎找他。他答應，不跟任何人說。少年在電話上懇求：「拜託你讓我來。我不行了，這樣下去，我真的不行了。你知不知道，他們怎麼折磨我？我爸說還要送我去美國，明明去過了，還要再去一次，我不要，我不要，我不要！我不要去美國！」

她拿起身邊的枕頭，朝他扔過去：「你這個爛人。什麼都不跟我說。」

扔完枕頭，床墊開了一個大洞，她往下掉。她身體離開Tours，穿越地殼與海洋，違反時間洪流，回到了電影首映那晚。她從電影院走回家，邊走邊哭，又找不到人，明明人就在眼前，還是找不到，只好哭。哭到家那條街，收回眼淚，不哭了，只能哭到這裡。小兒子坐在人行道上看書。

「哎喲，今天這麼認真啊。」

「不要吵我啦，明天數學不及格，我就跟老師說我媽吵我。」

「好好好。不吵你。幹嘛？樓上房間那麼舒服，這麼晚跑出來讀數學。太假了吧？」

「爸很煩啊。」

是個有星星的夜晚，臺北市區平常不可能抬頭觀星，這晚天空特別明淨，繁星眨眼，對面的森林公園的樹輕輕搖晃，失眠的鳥飛翔。

「我剛剛去看電影。」

「喔。好看嗎？」

「還不錯。」

「難怪妳眼睛這麼紅。」

「哈哈，你知道你媽就是愛哭鬼，電影裡的人哭，我一定會跟著哭啊。兒子啊，我們好久沒一起去看電影了，考完試，陪我去看電影？」

原來，那晚小兒子也在現場。她記得當晚的氣溫好舒服，盛夏終於走了，風微涼，幾棵樹換上秋裝。小兒子跟她一起抬頭做算術，一二三四五，數星星。數學課本掉在地上，沒人想撿拾。

冰冷的手把她從臺北大安森林公園瞬間拉回Tours這間飯店。她驚醒，面前兩個陌生男人對著她說話。

她昏厥了。他完全不知道該怎麼辦，輕輕拍打她的臉頰，剛剛她一直說要死了，該不會真的死了吧？剛剛體溫不是很高？怎麼現在全身冰冷？救護車怎麼還沒來？該不該打電話催促？

救護車的鳴笛清楚傳入耳朵，來了，終於來了。他趕緊打開房門，衝回飯店大廳，剛好兩位男性醫護人員大步走進來。醫護人員進入房間，她依然昏厥狀態，快速量耳溫與血壓，確認生命跡象，其中一位不斷呼喚，手靠近她臉上，她終於甦醒。醫護人員問了很多問題，幾歲？哪裡痛？是否有慢性病？有辦法下床走路嗎？痛多久了？

他努力翻譯，她努力搖頭。她好想尖叫，更痛了。但面前有兩個陌生人，她叫不出聲。她兩眼是蜂窩，醫護人員的法語捅過來，飛出一大堆驚慌的嗡嗡眼淚。好痛啊，拜託救我。但你們說什麼鬼我都聽不懂，這樣怎麼救我？

上擔架，她抓了床頭櫃上的香奈兒，裡頭有護照證件錢包，還有碎掉的眼鏡。他拿出背包，快速裝入幾件換洗衣物、拖鞋、牙刷牙膏。擔架抬出房間，下樓，每一階都是一世紀。終於推上救護車，她抓不到他的手。她睜開眼，他站在救護車後方，低頭聽醫護人員說話。你站在哪裡幹什麼？快上車啊？

怎麼又是救護車。

上次他們分別，也是救護車。臺灣的高速公路，封閉的交流道，路面起霧。不行，這次你一定要上車。我不會讓你走。你不准走。

她手抬高，真的沒力氣，但她必須揮手，拜託，這次，你一定要看到我。我在這裡揮手，你看到我了嗎？或許她眼睛飛出的蜜蜂真的太吵了，他聽到了，這次他終於抬頭，看到她的手。

太好了，他上車了，就坐在她擔架旁邊，握住她的手。她緊緊抓住他的手，放心閉上眼。救護車關上門，大聲鳴笛，醫護人員踩下油門，上橋過梳子河，朝北疾駛。

他最怕救護車。

這是第幾次？

第一次，他哭著不肯搭救護車。媽媽還沒回來。

第二次，他被趕出救護車。

第三次，他追不上救護車。

這是第四次。為什麼。為什麼他又上了救護車？

她閉眼哀嚎，滿臉淚。他握住她的手，阻止自己潰散。她鬆開手，手指爬上他手臂，輕輕捏他手肘粗皮。他最怕尖叫的救護車，此刻鳴笛就在他頭上，他頭快炸裂。

法國鄉下道路以許多圓環連接四面八方的路，救護車快速朝北奔馳，飆過一個又一個的圓環，他身體隨著圓環擺動，不斷被離心力甩出去又甩回來，就像是置身滾筒洗衣機，每衝過一個圓環，他吃下的晚餐就逼近喉嚨一公分。恐懼加壓力加高速加旋轉，她躺在擔架上喊叫，他也好想跟著大叫。有救護車高分貝的鳴笛掩護，一起大叫沒關係吧？

他想叫媽媽。

小男孩與小女孩好興奮，隔天就要去南特參加影展了。他們不知道什麼是影展，沒搭過飛機，沒聽過南特，似乎聽過法國，他們甚至不太清楚自己拍了一部電影。他們只知道，可以跟著導演一起搭飛機出國玩，添購了許多新衣服，小男孩燕尾西裝，小女孩蕾絲小禮服，進棚拍宣傳照。拍完照片，他母親出現在攝影棚，抓動物時間又到了。

抓動物就是抓女人。他父親的女人。

他父親有許多女人，形狀顏色年紀各異。父親跟他說過，女人就是女人，各種樣子都很好看，都很好幹，要當個好男人，就要當個不挑的男人，要讓各種女人快樂。挑什麼挑，白痴才挑。母親說那些女人都是動物，騷狐狸，臭熊，老鴕鳥，醜鱷魚，毒蛇，發情貓，肥河馬，狡猾猴，凶狠豹，棘手刺蝟，心機鬣狗，假哭鸚鵡，暴牙大象。母親開車載他們，一起出任務，抓動物。汽車旅館，鄉間小屋，城市公寓，山上農莊。母親化身偵探，開車抵達那些地方，破門而入，拿起相機，拍下那些動物的驚恐照片。

他們不知道，他母親聘請了徵信社，專人跟蹤父親。出差，探親，遠行，訪友，只要行程裡出現了動物，徵信社就會打電話到山上。他們不知道，有時候，打電話通報的人，是他父親。

抓動物是個精心設計的儀式。母親修剪他頭髮與指甲，穿新衣新鞋。母親自己精心打扮，妝容如準備登臺表演。開車從山上出發，到市區接小女孩，然後去便利商店買一大堆零食，車上播放流行歌曲，三人一路大聲唱歌，笑著一起去抓動物。

汽車旅館要破門而入並不難，塞幾張鈔票，說明自己是元配，哭哭啼啼，如果不行就威脅要報警，看看這兩個孩子這麼可憐，通常很快就能在櫃檯拿到房門鑰匙。開門前，母親脖子上掛著相機，一起無聲倒數三二一，衝進去，不管房內風景，先拍下好幾張照片再說。

兩個孩子的確覺得好玩，一路有得吃有得玩，開車去許多新奇的地方，拍完照，他父親大罵幹你娘，動物們抓床單，大人醜態盡出，比電視上的連續劇精彩。抓動物遊戲重點是快速撤退，羞辱動物之後，立即跑回車上，開車離開。他母親路上看到有照相館就停車，若是有底片快速沖洗服務，馬上交出整臺相機。三人買了冰淇淋或小吃，蹲在照相館前享用，等沖洗人員通知。他們總是好期待那些動物照片從機器跑出來，沖洗人員臉上扭曲的表情。拿到一疊照片，他們開始討論，該叫這個女人什麼動物？這髮型像什麼？臉像什麼？猜個性？幾歲？像是大人帶領小孩閱讀童書繪本，只是內容是成人身體，許多裸露畫面。最後決定動物，他母親大笑，宣告抓動物任務成功，在車子裡狂罵髒話，幹幹幹幹幹，一路幹回山上。

抓動物不見得每次成功，有時根本無法進入，他母親就會在外面叫囂，或者瘋狂踢門，鬧到鄰居報警，里長關切。他父親總是會受不了，衝出來吼叫回應，兩人推打。抓不到動物，他母親邊開車邊哭，車子急停、超速、逆向、闖紅燈，被警車攔下，她抱著警察大哭，說自己被老公打了，家暴還帶著兩個孩子，現在要逃回娘家，已經走投無路，警察先生拜託放過我。

抓動物遊戲幾天過後，父親回到山上，入門立即引爆激烈爭吵，無翅碗盤被迫學飛，桌椅翻跟斗，燈泡被球棒捻熄。

的確是個遊戲，有角色扮演，有你跑我追我躲你找的規則，有戲劇衝突，有障礙，有闖關。只是這遊戲無法分出勝者敗者。

每次遊戲的終點，是激烈的身體碰撞。咒罵毆打原來催情，身體推進，兩人比賽誰叫得大聲，吵得越大聲，遊戲終點的身體結合越猛烈，地板牆壁震動，森林摀耳。

「你媽那個賤人，欠我幹啦。你要記住喔，幹一幹就好了，聽到了沒？」

遊戲有失控時刻。獵豹敏捷，抓了相機往窗外摔。河馬衝撞，把他母親撞下階梯。野貓弓背，豔紅指甲在他母親身上抓出五線譜，填滿尖叫音符。眼鏡蛇露毒牙，沒咬到拿照相機的母親，快速轉移目標，在兩個孩子身上留下咬痕。離開臺北參加床墊廠商新分店開幕，兩個孩子剪綵跳床，他母親忽然有刺痛的預感，打電話回山上，沒人接，活動還沒結束，不顧廠商抗議，開車載走兩個孩子。抵達山上，他母親抓著方向盤不肯下車，叫兩個孩子去屋裡看看。幾分鐘後，孩子回報，說化妝小姊姊在裡面。化妝小姊姊？拍電影的那位化妝小姊姊？不是才幾歲？來劇組實習的小女生？孩子點點頭。他母親頹喪，頭撞方向盤，沒進屋，三人開車下山，沒目的，一直往前開，直到汽油耗盡。

去南特前一天，母親來到攝影棚，兩個孩子穿禮服西裝，濃眉白粉紅唇，太好了，完美遊戲裝扮。他們開車離開臺北，高速公路休息站喝貢丸湯，駛進鄉間，黑夜是電鋸，暴力鋸掉白日，天空噴灑紫紅血腥。小女孩喊尿急，剛好路旁一間道教大廟，停車借洗手間。廟前廣場有簡陋舞臺，酬神廟會。主持人登臺，大聲感謝熱情的信徒與民眾今天來參加活動，但其實觀眾席只有路過借洗手間的三人。

「讓我們以最熱烈的掌聲，歡迎今天的表演者，國際巨星，伊莉莎白甜不辣！」

乾冰機器久咳不癒，吐出幾口微弱煙霧，伊莉莎白甜不辣身穿銀色亮片人魚裝，掀開簾幕走上舞臺。明明是個尷尬的表演，臺下只有三個觀眾，廟公在一旁打瞌睡，但伊莉莎白甜不辣使盡全力扭動屁股，唱了好幾首動感舞曲。伊莉莎白甜不辣嗓音低沉，高大豐滿，下巴鬍渣突破厚重粉底。

他沒見過母親這模樣，眼睛迸流出金色光芒，站起來跟著伊莉莎白甜不辣搖擺。剛剛一路上母親無言，死寂眼睛看著很遠的地方，此刻跳上椅子，大聲唱和。後來他常想起母親那表情。當時他當然不懂。後來他就懂了。那是羨慕。羨慕伊莉莎白甜不辣。伊莉莎白甜不辣很明顯早就習慣這樣的粗陋，寒微舞臺，卻舞姿闊綽，歌聲輝煌，以豪華的身體抵抗寥落的掌聲，拒絕衰敗，亮片人魚裝反射落日餘暉，一身銀河紅閃閃。

離開廟宇，車子開入無路燈的鄉間小路，前後無車。

小女孩忍不住問：「阿姨，我們要去哪裡？還有多久？」

「我不知道。」

「阿姨，我們明天要去搭飛機……。」

「我說我不知道妳沒聽到是不是？我不知道，這四個字，有很難懂嗎？」

「對不起……。」

車子急停，熄火，關燈，黑暗破窗入侵，小女孩手指緊緊捏住小男孩的手肘，很想尖叫，但不敢。

「我好累。我真的好累。我不玩了。」

眼睛逐漸適應黑暗，窗外是農田，很遠很遠的盡頭，似乎有燈火。

「我想睡覺，你們兩個不要吵我。」

兩個小孩在後座，看不清他母親的臉。黑夜越來越濃，天上烏雲聚集，農田沙沙騷動。

前座傳來的鼾聲傳染睡意，兩個小孩陷入座椅，滑入夢境。

叭。

強光從後方射入車子，一輛大卡車停在他們後方，司機用力按喇叭，他不敢相信自己的眼睛，他每天晚上都會經過這偏僻產業道路，從來都無人無車，怎麼可能此時會有一輛車停在路中央，急踩煞車，差一點撞上去。叭了幾聲，後車窗忽然冒出兩顆小頭，司機抖了一下。那兩顆小頭以手掌遮強光，臉粉白，模樣奇怪。此時農田休耕，連白天都沒什麼人，這輛車到底哪裡冒出來的。喇叭無效，車子就是不動。司機跳下卡車，駕駛座一個紅衣亂髮女性，嘴巴睜好大，雙眼好像只有眼白，看著他。他看後座，小女孩小禮服，小男孩燕尾西裝，濃妝大眼，也盯著他看。

司機往後退，被路上石子絆倒，尖叫聲充滿恐懼：「幹你娘！」司機衝回卡車，踩油門倒車迴轉，留下煙塵風暴。

不記得是誰先笑的。司機驚恐的表情在三人腋下搔癢，車子在黑暗路上微微抖動。天空黑雲推擠，風帶來某種霉味，車子裡塞滿溼氣，預告大雨將至。這片農地好幾個月沒下雨了，閃電在天空割出裂縫，霉味越來越濃，雨聲從遠方慢慢逼近。

暴雨包覆曠野上的車，遠近一切都消失了，什麼都看不到，只剩下雨。他母親把車椅背往後靠，問後座的孩子冷不冷？餓不餓？他們搖頭。

「那我們睡覺好不好？我好睏。」

雨助眠。雨刪除世上所有的聲音與影像。雨接管一切。雨支配。被雨困住，只能睡眠。晨曦是刺客，破窗殺死睡意。三人睡了多久？雨停了，下車伸展身體，喝水，尿尿，雨洗淨一切，大地煌煌發亮。車子沾滿黃泥，歪斜占據路面。

小女孩看手錶，此時他們應該在機場，準備上飛機。昨夜的雨不見蹤影，不知道躲哪裡去了。小男孩的母親一臉鬆弛，微笑很淡。找到了，原來雨都躲到小男孩母親眼睛裡了。那雙眼蓄滿雨水，不敢眨眼，怕洪水橫流，沖走面前兩個小孩。

「我該走了。」

一切發生太快了。

兩個孩子坐在田埂上，看水塘蝌蚪。他母親走向車，回頭看他一眼。那眼神滴答氾濫，晴朗天空沒哭，耳朵卻裝滿雨聲。

孩子們沒看過那樣的眼神。但他們懂，就是懂。他們知道，那是道別的眼神。母親撥掉臉上的淚，眼睛燒出斑斕的火流星。

車子發動，很快消失在產業道路的盡頭。

兩個孩子呆坐在田埂上，沒有追趕車子。一切轉速太快了，他們不知道怎麼反應。

導演等不到兩個小演員，登機飛往法國。兩個小演員在路邊等了好久，烈日驅趕，開始沿著產業道路慢慢走，不知道要去哪裡，就是一直往前走，累了渴了，路旁榕樹下一個被人遺棄的舊床墊，兩人躺上去。

農夫發現路邊舊床墊上躺著兩個小孩，趕緊騎單車回家報警。警察判斷兩個孩子似乎需要醫療，叫來救護車。烈日在孩子身上焚燒，嘴唇破裂，皮膚通紅，脫水呆滯。救護車的鳴笛聲終於吵醒了小男孩。他開始哭，說要找媽媽，拳腳揮動，拒絕上救護車。他不想離開這裡。媽媽只是走開一下，等一下就回來了。他不要走。離開這裡，媽媽就找不到他了。

醫護人員沒料到這小男孩力氣驚人，與警察農夫聯手，才把小男孩放上擔架。衝往醫院的路上，男孩的哭鬧比救護車的鳴笛大聲。

在醫院打完點滴，醫生說不用住院，回家休息便可。警察說，說不定媽媽開車迷路了，現在已經回到山上等他們回家。他知道警察說謊。他一直想到母親那最後一眼，耳邊不斷有雨聲。他好生氣，跟森林索討了一陣風。父親衝入森林裡拯救穿山甲鱗片，兩個小孩入屋，醫生剛剛交代，要多喝水，乖乖吃飯，好好睡覺。小女孩打電話回家，沒人接，媽媽不知道去哪裡了，實在是睡不著，打開小男孩母親的衣櫃，在衣櫃深處找到了幾件閃亮的衣服。

「阿姨跟我說過，以前去參加歌唱比賽，都會穿這個。」

小男孩依然憤怒。為什麼救護車強行帶走他們。說不定媽媽此刻正在那條路上找他們。媽媽只是忘了。忘了帶他走。他長大後常回到那一區的農地散步，多了很多新房子，怎麼走怎麼繞，就是找不到那條筆直的產業道路，路邊的床墊不見了。他找到那間廟，但酬神廟會只聘請脫衣舞團，不見國際巨星伊莉莎白甜不辣。他覺得被童年的記憶背叛，一定記錯地方了。

救護車衝過一個大圓環，他在手機上寫訊息給她的小兒子，前方一棟嶄新發亮的大型建築，在夜裡發出冰冷銀光，屋頂鮮紅招牌發亮，寫著NCT+。

救護車在急診室前停下，鳴笛終於閉嘴。救護車張開大嘴，把他吐出去。不行了，晚餐即將衝破喉嚨閘門，他快跑到醫院前方的花圃，張嘴尼加拉大瀑布。

救護車吐出擔架，她聞到醫院的消毒水味，也聞到某種霉味。驟雨迎接她的到來，瞬間抹除一切，除了暴雨，她什麼都看不到，救護車不見了，醫院不見了，醫護人員不見了，他不見了。

痛是擀麵棍，來回在她的身體滾動，她所有器官跟骨骼都被碾碎壓平，變成一塊軟爛的麵糰。大雨沖刷意識，她再度昏厥。大家都說昏迷就是眼前忽然一片黑，但她在昏倒之前的零點零幾秒，她清楚看到自己的香奈兒包包，裝滿石頭，朝她的臉揮過來。香奈兒陷入她的頭顱，她眼睛嘴巴鼻子都長翅逃亡。她聞到焦味，她覺得自己是遇高溫的奶油，立即焦化成一攤棕黃，肌膚油膩燥熱，滑入她回到童年夜宿曠野那晚。半夜驚醒，暴雨澆淋，鄉間產業道路淹水，車子被洪水抬起，在路面上緩緩漂移。身旁的小男孩不見了。前座的阿姨也不見了。她自己爬到前座，轉動車鑰匙，發動車子。

南特，她要去南特。

手機獨白五

「推入急診室了。」

「你媽。怎麼辦，她昏倒了。」

「不准。護士不准我進去。我只能在外面等。」

「我把醫院的位置傳給你。」

「你到底在哪裡？」

5.
船骸

這。這裡是。她不該問。但她想問。找不到人問。拍攝連續劇，在醫院病床上醒來，編劇編寫失憶，臺詞總是「我在哪裡？」但此刻不是在拍戲。這是夢境。不，不是夢。醒來就是絞碎夢。惡夢被絞碎，碎片殘留在皮膚上，趕緊衝進浴室，旋開蓮蓬頭，冷熱水交替，直到皮膚乾澀。沖掉夢的碎片，就忘了。就算根本沒忘，大可以騙自己，假裝忘了。但這不是夢。醫護人員把她從擔架上移至急診室病床，昏迷結束，夢的碎片刺痛皮膚，淹水，白色，南特，大雨。眼前白色好真實，不是可沖洗的碎片。這是重建她多年來的惡夢，一切都是實體的，白色的。白燈白簾白機器白枕白衣白床白天花板白地板白臉。連周遭聲音都是白色的，護士拉開簾子，對面病床上躺著雪髮老阿嬤，病痛呻吟如白色乳汁分泌，流啊流，流到她這床，流進她耳朵。味道也是白色的，消毒水，藥丸藥水藥粉，氯，所有味道雜成一大罐漂白水，灌滿她的鼻腔，其他顏色都褪去，只剩下白色。

拿掉孩子。生產。生病。都是白色的。每次進醫院，她都想關燈，拜託漆黑消滅白色。

聽說大醫院怕停電，都備有發電系統。她好痛，痛到無法移動，否則她一定會起身，走遍整個醫院建築，找到發電設備，切斷一切。為什麼醫院就一定是白色。

醫生與護士的語言也是白色的，全然陌生的發音系統，入耳蒼白，像是在白紙上印白字，腦子無法接收任何問句。至少她知道那些是問句，句尾語調微微上揚。她只能不斷搖頭。問句收不到回答，換護士搖頭。痛也在她身體裡用力搖頭。

剛剛她怎麼進來的？他跑哪去了？為什麼他不在床邊？

量血壓，測脈搏，心電圖，抽血，吊點滴。時間緩慢，好多人在呻吟。護士來到床邊，對手機說了幾句，給她看手機字幕。哎喲，我的媽，我不是韓國人，法文翻譯成韓文我能回答什麼？護士見她又搖頭，在手機上調整，這次翻譯出來的是日文。

他呢？還在醫院嗎？還是已經離開了？可以叫他進來嗎？

他在急診室外的等候室，看著外面的雨。剛剛等候室裡有一個老阿嬤，在椅子上睡著了。他想買杯咖啡，投入硬幣，販賣機按鈕亮紅燈，發出微弱的嗶聲，機器吃掉硬幣，吐不出咖啡。他拳頭撞上按鈕，機器抖動一下，一個紙杯降下，等了好久，只有紙杯，不見咖啡。老阿嬤被他的拳頭吵醒，皺眉抱怨，他趕緊道歉。

什麼都壞了。剛剛擔架推進來，櫃檯要求立即付三百歐元，沒時間追問費用明細，只要拿到收據，之後她可以去跟保險公司申請理賠。請問可以刷卡嗎？櫃檯後的女士皺眉，看一下手邊的刷卡機器，按幾個按鈕，聳肩，說壞了。那請問提款機？女士指路，那邊右轉再左轉。轉身之前，他就有預感，提款機一定壞掉，果然整臺機器入眠，或許明年春天才會醒來。他不得不打開她的香奈兒包包，在夾層裡找到歐元現金，跟他自己皮夾裡的現金湊一湊，三百歐元趕緊推給櫃檯。

他一直看著窗外花圃，他剛剛在那邊吐出晚餐，大雨有潔癖，把他的嘔物澈底洗掉。推進去多久了？兩小時？三小時？

急診室門打開，一位老先生頭上包紮繃帶走出來，老阿嬤呵欠起身，對著老先生嘀咕，像鴿叫。他們走進雨中的停車場，老阿嬤忽然想起什麼，回頭走進等候室，從手提包裡拿出一個保溫瓶給他。他想拒絕，但老阿嬤表情堅定，他道謝收下。大雨吃掉兩個老人家，他打開保溫瓶，香氣溫潤，某種花茶，用詐騙販賣機吐出的紙杯連喝兩杯，熱茶淋過身體裡的盤旋曲折，體內熱氣瀰漫，視線模糊，睡意洶湧。不行啊，要醒著，睡著了怎麼處理事情？

護士搖醒他，請他進入急診室。他看牆上的時鐘，半夜三點。

一看到他，她就哭了。

主治醫生過來，語速很快，他只聽懂一些。沒立即的生命危險，目前每兩小時會檢查一次，給些止痛藥，明天會做更多的檢測，請先回家，等待進一步通知。

「你不能留在這裡陪我嗎？」

他搖頭，急診室不能讓家屬朋友逗留，他必須先回飯店。

「我剛剛想打開手機，想說至少該傳個訊息回家，但好像沒電了，還是醫院裡沒收訊？想想算了，還是先不要讓我先生知道。」

他把背包放在她床邊，裡面有她的換洗衣物，出門前他應該有把手機充電器塞進包包吧？翻找一下，找到充電線與插頭。手機接上電源，螢幕下了一場雨，雜訊閃一下，接著被黑色占領。

「醫生說我不能留在這裡，我先回飯店，有事，他們會打電話。」

她怕。她要他留下來，病床旁邊有空間啊，沒床鋪，但他可以睡地上沒關係吧。護士過來交代，語氣些許催促，目前還看不出來到底狀況如何，應該是沒有生命危險，明天會做更多檢查，請等我們通知。

「我該走了。護士醫生都在這裡，妳不要怕。」

他走出急診室，等候室空無一人。該怎麼回飯店？他走到戶外，醫生跟護士在燈下抽菸，撥開裊裊白煙，他們背後的牆上貼了好幾張戒菸宣導海報。醫生遞菸，問要不要幫忙叫計程車？他接過菸，放進口袋，忘了自己不在巴黎，想留給樓下的阿嬤。他想走路，手機查一下地圖，醫院到飯店路程大約一小時。他耳朵眼睛鼻子塞滿剛剛在急診室所見所聞，截肢的病患，高分貝的叫喊，蒼老等死的眼神，她的眼淚。雨在地上爬在天上飛，像無邊際的海，他需要把自己拋進海裡。交給雨，交給海，洗掉一切。不遠處傳來救護車鳴笛，一輛救護車撥開大雨，高速朝急診室衝過來，這是尋常風景，生死肩並肩，醫生指間的熾熱香菸立即被判死刑，救護車上的病患或許即將跨越生死線。

救護車的鳴笛力道凶猛，推他入海，推她下床。

她想尿尿，不想按鈴麻煩護士，好像比較不痛了，可以試著下床找廁所。救護車的尖叫穿牆，撞擊她膀胱，不行，忍不住了，她找到施力點，把自己推下床。但一離開床鋪，痛取代尿意，她坐在冰涼的地板上，無聲喊叫，等護士來解救。救護車閉嘴了，擔架滑入急診室，她看到了，都是血，不見手臂，醫護人員衝過去急救。見血，她想吐，尿意回歸，膀胱裡尿踢踏舞，不行了，不忍了。

屁股浸在溫熱的湖裡，如同很多年前的那天。

救護車上，她跟醫護人員說尿急怎麼辦，可以停一下讓她去上廁所嗎？醫護人員面露難色，只說醫院快到了，請再忍一下。救護車溜下交流道，車速越快，她的尿意越凶猛。

她忍不住又問了一次：「對不起，真的沒辦法停車嗎？我真的忍不住了。」

「幹！你他媽要尿就給我尿下去！我都快死了，妳在那邊吵說要尿尿！幹！」

那是他父親死前最後一句話。

她記得那句話音量驚人，完全不像是重症病患，救護車鳴笛也被嚇到噤聲。

那天她在電視臺錄整人綜藝節目，解題失敗就得喝辣椒水，雙頰口紅塗鴉。她不斷答錯，喝了好幾公升的水，臉上蓋了一間小丑學校。錄影結束，她直衝廁所，想不到女廁大排長龍，實在是忍不住了，溜進無人男廁。解放後，她打開廁所間門，小便斗前一個高大背影。是他。

她一拳打上他的背。

「大明星，很厲害喔，很紅喔，影帝喔，不理我們這種紅不起來的喔。」

他拉上褲頭拉鏈，回頭看到她臉上縱橫的口紅塗鴨，忍不住笑了。

「笑屁啦。是啦，我沒有你厲害啦，你演歐洲電影，得大獎，我只能錄白痴節目。看什麼看，幫我卸妝啦，白痴。」

兩人坐在陰暗走廊的地板上，他拿化妝棉沾化妝水，驅趕她臉上小丑。

「我以為你回去了。」

「回……回去哪裡？」

「嗯，我的意思是，回去……你現在不是住，哎喲，我看報紙寫的啦，歐洲？你不要跟我說已經搬回臺灣了喔，搬回來還不來找我，真的很過分。」

「嗯。」

「有沒有回去山上？」

他搖頭，手心盛卸妝油，從背包拿出水壺，油加水乳化成泡沫，溫熱手掌覆上她的臉，頑固小丑終於溶解。

「你來電視臺錄節目啊？」

他搖頭說：「找朋友。」

她再度一拳撞上他的身體：「你王八蛋。找朋友？你什麼意思？我不是你朋友？」

「就……以前做布景的。」

「要是我沒跑進男廁所，我是不是這輩子再也沒機會見到你？啊？你說啊。」

兩人在臺北街頭散步，都是一起走過的路，一樣的樹，熟悉的大樓，常去的咖啡館不見了，巷弄依然可見橘貓晒太陽，老宅院子傳出爆炒蒜香。走進國父紀念館，廣場歡鬧，土風舞，直排輪，青少年街舞，孩子餵鴿，狗追鴿，走路，閒坐，雞蛋糕香氣，臺北尋常週日。

「謝謝你。還記得胖三。」

她去靈骨塔看胖三，有鮮花。一定是他。沒有其他人會來看胖三。整個家沒人記得胖三。兩個女兒沒聊過胖三，小兒子當時才幾歲，根本忘了胖三姊姊。胖三的房間早就重新裝潢成儲酒室。家裡沒一張胖三的照片。幾天前她去看胖三，靈位前多了幾朵鮮花，只有他，還記得胖三。

「有時候我會想，我到底有沒有一個女兒叫做胖三。好久好久好久以前的事了。每次想到，我就會去看看她，看到靈位上面一張小小的大頭照，好像是，怎麼說呢，確認我自己沒有胡思亂想。你知道我很難睡著，就算睡了也是一直亂做夢，現在年紀大了，更嚴重，煩死了。我夢裡一大堆亂七八糟的鬼東西，但就是沒有胖三。怎麼辦，我真的夢不到她。」

他們加入廣場上的人流，沒目的，不趕時間。能這樣走走路，說說話，真好。她好久沒走路了，好久沒說話了。說話，認真說話，真心。她每天都說話，但那是遮掩，話語匆忙空洞，滿嘴乾旱。他見過最不堪的她，最寂寞的她。只有在他面前，她能刪除客套禮節，直攻語言的核心，想什麼說什麼，他一定能識破她的迴避，不如過分真心。

「你電影宣傳，跑完了吧？還會待多久？」

他凝視著附近新蓋好的高樓，聳肩。她懂那聳肩，臺北的繁華好用力，刻意高聳，以新穎剛硬線條，認真抵抗荒蕪，不准蕭條，不要任何空白，集體朝下一個盛世奔去。但他不是用力的人。臺北適合她這樣用力的人。

「喂，我們去山上好不好？去看看你爸。好懷念山上的房子喔。」

他皺眉。

「去啦。我們搭計程車去。」

他停下腳步。

「我沒跟你說過吧，我媽的事。也沒機會跟你說啊。就，怎麼說呢，你知道我跟我媽，就，不太熟。忽然跟我說嫁給印尼華僑。然後跟我說要一百萬。然後說三百萬。然後說離婚了。然後又然後。去年過年回來臺北，叫我匯錢，說什麼整形失敗不想見到我，紅包有到就好。大樓管理員通知我去，說管理費沒繳，垃圾堆在陽臺沒處理，有味道，鄰居抗議。我找了很久才找到備份鑰匙，真的很久沒回去了。結果，我媽在裡面，也不知道，死多久了。」

她不知道怎麼用口語形容媽媽。整個公寓到處堆滿沒吃完的便當。蒼蠅。蟑螂。浴室地板。乾掉的糞便。地板上流出屍水的媽媽。那張臉凹陷。嘴巴張開。真的很臭。她坐下。腦子裡想，該叫救護車嗎？還是警察？還是管理員？暫時想不到答案，就先坐下。想陪媽媽坐一下。五分鐘。十分鐘。就一下下。問媽媽妳好嗎？妳沒問過我好不好。但我現在想問妳好不好？走的時候痛不痛？有想到我嗎？妳哪一天走的？時間對屍體有意義嗎？活著的人隨時都被時間牽拉，死了還需要算分秒嗎？母女一直不親暱，死亡並沒有拉近彼此的距離，她真的無法確認，這屍體是媽媽？還是別人？她伴屍多久？她不確定。她覺得睏，但睡不著，開始數，一隻穿山甲，五隻穿山甲，五十隻沒鱗片的穿山甲，三百隻全身是血的穿山甲，直到管理員來按門鈴。她起身抖落身上的穿山甲，冷靜對管理員說：「那個……我媽死了。請問，我是該叫救護車，還是警察？」

「難得回來臺灣，就去看一下嘛，我也這麼多年沒看到你爸了。我叫車？」

山產店不見了，蓋了一排山中別墅，一路上多了很多新建案，飯店，民宿，觀景平臺，以前上下山都沒什麼車，現在上山塞車。

不知道是因為颱風，還是地震，屋子的屋頂塌陷，他猜父親一定是沒錢找人來修，幾塊木板釘一釘，鋪上帆布。庭院裡堆滿雜物。不，不是雜物，是垃圾。狗籠。舊報紙。女體書刊。漫畫。壞掉的電視。廚餘。死掉的盆栽。剪碎的洋裝。卡拉OK機器。很多很多酒瓶。屋內沒人。她打開每間房間喊叫，只有灰塵迎接她。

兩人坐在庭院裡廢棄的大冰箱上，聽森林吹來的風。

「看起來，應該是搬走了？但我看桌上還有便當啊，應該沒有放很久。」油雞便當，飯粒油亮，還沒在時間裡風乾。

他翻找庭院裡的垃圾，有一整箱是他小時候的課本作業，掉進自己的孩時字跡，翻著一疊考卷，看到了母親的簽名。考卷帶回家，家長必須簽名，分數尷尬，母親揮筆簽名，還寫個「好」字。

她覺得這陣風有意也有異。她小時候常來這裡玩耍，這裡的風不一樣。市區裡的風穿梭大樓，繞來繞去，繞出市儈氣味，質地煙塵混濁。這裡的風來自屋後那片淺山森林，像個孩子，還沒學會說謊，有什麼說什麼，未經人工過濾，還有樹草泥土香，坦白直率，據實以報。這陣風專攻她的耳朵，髮絲沒飄揚，耳朵裡呼呼，塞滿語言。她當然聽不懂風的語言，她只知道風在跟她說。

她往屋後走去。彷彿昨日，吊車勾著床墊，導演大聲說頭痛，化妝小姊姊剛從山下買了便當回來，攝影師喊餓，一陣風吹跑了導演手上的劇本，床墊在樹梢上飛啊飛，像是魔毯。她和他猜，今天的便當是什麼口味呢？她猜雞腿，他猜排骨。結果兩人皆錯，那天化妝小姊去了一家素食自助餐，打開便當，一大塊油豆腐。那時候穿山甲還活著。他感覺等一下會下大雨，會有很多很多大水螞蟻飛出來，穿山甲就可以飽餐。他的父親母親在一旁觀看，發現拍電影原來這麼無聊，就是一直等待。她媽媽沒來，收到片酬支票就不見了，拍攝期間沒出現過。床墊完全不聽導演指示，在空中胡亂旋轉，吊車司機說：「沒辦法，風太大了，要等風回家。風玩累了，就會回家，我們先吃便當吧。」

當年劇本上的臺詞她都忘了，吊車司機這句話她牢牢記住。回家？風的家在哪裡？

她走進森林，過了這麼多年，不是應該更茂盛？但森林模樣丕變，砍伐，大型垃圾堆積。她爬上一臺生鏽的洗衣機，眼睛勾結記憶，喚回童年那幾棵大樹。風停了。說夠了，就看她有沒有聽進去。她聽到了。她看到稀疏森林裡，有一艘船骸。船身龐大，甲板朽桅杆斷船帆碎。山上森林怎麼會出現沉船呢？在天上航行，撞到雲擱淺，然後沉沒到森林深處？

她衝回庭院，一路喊叫：「快，快叫救護車！快！」

他父親，什麼時候變得如此龐大？一直都是高大的人，但躺在森林泥地上的那個身體，在漫長的時光中浸水膨脹，過度肥胖，比以前大了好幾倍，一艘巨大的船骸。她跳下洗衣機，搖晃船骸，確認還有心跳呼吸，但無意識。

救護車尖叫上山，擔架入林，兩位醫護人員加上他與她，用盡力氣，才把他父親抬上擔架。擔架無法森林裡滑動，只能用抬的，四人摔了好幾次，才把船骸打撈上岸，移入救護車。

救護車在山路呼嘯，船骸體積過大，車轉彎，船骸傾斜，擔架床顫巍巍，預告解體。她覺得自己眼睛真小，裝不下面前的船骸。擔架上是熟悉的臉，多了很多皺紋，身上有許多斑點。她發現他在哭，趕緊抓住他的手。

救護車離開山區，開上高速高路，鳴笛開紅海，車流讓出一條通道讓救護車往前衝。船骸忽然醒了，認出身旁的他和她，揮動桅杆，船殼撞擊。

他父親手掌重擊他的臉，開口髒汙，不似有病：「死變態！去你媽的王八蛋，我怎麼會生到你這個死變態！幹你娘，丟死人，難怪你媽會丟下你，你媽比我聰明，很久就發現這個兒子是變態，是我白痴，還傻傻把你養到大，我這麼多年來一直想不透，你媽到底是跑去哪裡，原來問題就是你！你給我下車！」

他父親轉向她，拉住她的手臂，甲板上的藏寶箱打開，裡面一本航海日記，對她說出那些她沒聽過的往事。他的事。他從來沒跟她說過。他怎麼可能說。他怎麼可以不對她說。她想打自己。為什麼一直都是自己在說。說說說。他就是聽。讓她說。但她有沒有讓他說。沒有。她有沒有聽他說。沒有。

「你們小時候，我還以為你們青梅竹馬，長大後會結婚，結果是我瞎了狗眼，我看妳也瞎了狗眼，根本不知道我兒子是變態！要不是警察朋友通知，我必須去警察局領人，我根本不知道，他晚上去新公園，公園半夜關門，還不回家，去隔壁的什麼街，什麼街？你做過的爛事自己說！」梔杆又撞上他的臉。「說！」

「常德街。」

「對！這個小王八蛋平常不說話喔，那晚在警局竟然大聲問警察：『為什麼要拍照？我們又沒犯法！』我一個巴掌呼下去，他才住嘴。人家局長是我老朋友，把一堆死變態帶回警局，看到一堆扣押的身分證裡有熟悉的名字，趕緊打電話給我。人家是要幫忙，這個死變態還在那邊叫什麼叫。我當時還搞不清楚狀況，以為我兒子在外面惹了什麼事，我看一下警察局裡面那些死變態，我才終於懂了。原來我兒子是死玻璃！被男人幹屁股的死玻璃！半夜去街上被抓進警察局的死玻璃！」

她聽過常德街事件。這幾年丈夫的政黨意識到同志選票的重要，開始參與同志運動場子，她在彩虹遊行活動上聽過臺上細數臺灣同志運動事件，夏夜常德街，警察濫權臨檢騷擾男同志，沒仔細聽，但有印象。

原來。那晚。他在那條街上。

「這麼多年沒回來，我就當他死了。死了！跟他媽一樣，都死光光。我一個人在山上逍遙自在，大吃大喝爽歪歪。結果最近新聞裡都是這個死變態，村長來恭喜，平常根本不理我的村長喔，每次跟我競選，都靠賄選贏我的那個村長喔，竟然跑來跟我恭喜，說什麼去看了我兒子演的電影，真厲害，在電影裡露大雞雞，很會生喔，雞雞很大喔，一定是遺傳喔，好厲害，在電影裡跟一大堆男人愛來愛去，親來親去，正面全裸好厲害，得了什麼大獎，真是光耀門楣。」

船骸伸出大槳，踢上他的身體。

「你給我下車！停車！司機停車！你們聽到了沒有！我沒有這個變態兒子！停車！啊啊啊啊！」

司機被突來的吼叫嚇到，方向盤沒抓穩，車身歪斜，差點擦撞閃避的車輛。

他起身，敲打窗戶，對前方的司機喊：「拜託你停車。我下車，我爸就不會叫了。」

隨行醫護人員一臉驚恐說：「先生，不行啊，我們不可以隨便停車，這是高速公路啊。」

船骸根本沒生病吧？力氣驚人，抓起氧氣瓶，摔向他兒子，接著扯下自動心臟按壓器，如猛獸嘶吼。

「前面。前面交流道，相信我，他是我爸。我跳下車，他就會停止。」

司機慌了，前方交流道鋪路封閉，路肩有個空間可以停車。

煞車，救護車門開，他快速跳下車，關門，拍拍車門，救護車繼續往前奔馳。太快了。一切都太快了。她當時腦子被吼叫轟炸，氧氣瓶打到她，正想握住他的手肘粗皮，正想跟他說話，正想看他的臉，正想，忽然救護車就停了，他就下車了。那個交流道正在修路，瀝青剛剛鋪上去，路面冒出白煙。救護車門關上，她臉貼上車窗，看著他走進冒煙的路面，腳步踉蹌，摔了一跤，爬起來，褲子沾了黑色瀝青，繼續走，煙集成濃霧，吞噬他的背影。

那次交流道告別，下次再見，就是巴黎小公寓了。

為什麼你都沒跟我說？

為什麼我從來不聽你說？

救護車抵達醫院急診室，擔架床推出去，她跌坐在座位上，不敢下車。她真的忍不住了。尿從座椅上滴到車地板。怎麼辦。她現在到底該怎麼辦？跟著衝進去急診室？還是跑回去那個交流道？

他父親進入急診室，幾個小時之後就走了。

為什麼她從來不聽別人說話？

為什麼她從來不聽小兒子說？

護士把她拉回床鋪，對她說了許多話。她這次認真聽，完全聽不懂法文，沒關係，她認真傾聽。

她好擔心，他剛剛走出急診室，會像上次走上交流道那樣，或者，貢丸湯那樣，或者，胖三喪禮之後。

「護士小姐，妳覺得他明天會回來嗎？」

護士當然聽不懂，但給了她一個微笑。

他才走了十幾分鐘，雨就停了。回頭看，看不到那家銀色的大型醫院。空氣潮溼，天色開始變換。比對手機導航地圖，這條路朝南直走，轉幾個彎，就會抵達飯店。周遭是尋常的法國郊區，房屋，前院，後院，小樹，小花，加油站，社區麵包店，小超市，工廠，大型賣場，萬物未醒，連雨都喊累，去睡覺了。小路上一隻黑貓竄出，對著他喵喵，雙眼在夜裡發光。不能停，繼續走，只有繼續往前走，他才能覺得自己還活著。還活著，就能解決事情。他打算回飯店睡幾個小時，明天早上回醫院。路邊一輛休旅車上有人影晃動，他快步經過，看到裡面有身體交疊，他看到了，是兩個男的。幹一下就好了。不可以。不要停。繼續走。不准停。不可以回頭。這是時間使出幻術，誘拐他停下，他絕對不上當。天色開始慢慢變亮，一個老阿公牽狗散步，媽媽推著嬰兒車慢跑，鳥鳴。轉個彎，一切又寂靜，無人無鳥無狗無貓無車無日無月，黑夜抵抗白晝，這十步天色暗，下十步天色明，明暗切換，周遭郊區景緻幾乎無變化，這棵樹跟上條街那棵樹長得一模一樣，又來一隻黑貓，他懷疑身體到底有沒有前進，時間詐騙，空間謀詭計。他到底在什麼地方？他為什麼在這裡？

回飯店快速洗了澡，逼自己睡覺。走路有用，身體疲憊，瞬速入眠。樓下的妓女入夢，他對著妓女說了好多話，說著說著，抬頭看，住處對街的陽臺閃閃發光，陽臺表演藝術家在小陽臺上騎單輪腳踏車。手機鬧鈴吵醒他。他起身開窗，怎麼窗外是一條河？請問河流，你是誰？巴黎呢？在窗邊呆坐了好久，時空才歸位。怎麼巴黎如此陰魂不散。

他打算走去醫院，今天一定有很多事要處理，需要體力，早餐多吃了幾個可頌，一大盤炒蛋。飯店原本只訂兩晚，他詢問櫃檯，是否可續訂兩晚？他心裡盤算，繼續住下來，南特？現在沒辦法想到南特，確認多訂兩晚。完成訂房手續，值班人員禮貌問候，您太太還好嗎？有什麼我們可以幫忙的嗎？

他開始朝北，腳步加速，跟自己說不可留戀路上風景。大好晴日，陽光酥炸黃葉，空氣爽脆。外套下的身體開始微雨。面前一個大圓環，好幾個分岔路，他正在分辨該走向哪個路口，圓環另一端，他看到了，是不是，沒看錯吧，收到訊息了，來了來了，收到手機訊息，終於來了。

小兒子。

忽然有大卡車切入圓環，遮擋視線。卡車離開圓環，小兒子不見了。他在圓環繞了好幾圈，每個路口都再三確認，頭暈迷眩，沒睡幾個小時，剛剛應該是看錯了。

他覺得自己罪孽深重。

他覺得小兒子是他搞丟的。

他讓小兒子來巴黎。

他搞丟了小兒子。

該不該跟她說。怎麼可能跟她說。不可能跟她說。

小兒子在巴黎自己出門走路那晚，他吃了小兒子的屁股。

小兒子回到小公寓，說著獨自在巴黎走路冒險，眼眶游出藍鯨。小兒子抓住他的絲瓜，藍鯨鳴唱懇求：「教我。沒有人教我。幹我。」

他被藍鯨說服了。

小兒子急促，嘴巴張開，舌頭侵略。

他用眼神在小兒子身上按下暫停鍵。他什麼都沒說，小兒子懂了。

慢，慢，來。

他褪去小兒子身上的衣物，慢，慢，脫。解開襯衫鈕釦，手指跳探戈，穿洞，出洞，打開，一顆一顆慢慢來。拉開袖子，歌劇院揭幕，樂團開始演奏輕柔序曲。整件襯衫離開小兒子，露出蒼白瘦弱的年輕男孩身，他的眼神開始加熱，燙上小兒子的臉，襯衫摺好，安穩放置桌面。對街小陽臺傳來小提琴，他不想回頭看今晚對面陽臺耍什麼把戲，但他感謝那緩慢的琴音，慢板，跟他的動作韻律一致。抽開牛仔褲皮帶，皮帶在手心纏繞，像弄蛇。牛仔褲褲頭鈕釦。牛仔褲拉鍊。拉拉鍊配合對街琴音，拉下，又拉上。窄管緊身牛仔褲黏在大腿上，一公分一公分，慢慢剝除，拉至腳踝。小兒子轉身，背對他，屁股頂過來。他手指伸入小兒子的內褲，忘路之遠近，忽逢桃花林，中無雜樹，芳草鮮美，落英繽紛，小兒子的屁股小小的，微微顫抖。對街琴音忽快，他手指拉住內褲縫線，如撕紙，棉布裂開，屁股掉出來，小兒子嘴巴也跟著裂開，舒服的聲響掉出來。

先洗。

調整蓮蓬頭熱水與水量，小兒子靠牆，屁股朝向他，熱水從下背部出發，往下來到肛門，熱水鬆弛肌肉，他的手指抹肥皂，溫柔撥開按摩搓揉。熱毛巾敷上去。

網球。

小兒子趴著躺在他床墊上，他雙手變成網球，小兒子的臀部是紅土，法國網球公開賽開打，找到了，側邊那兩個穴道，網球裹上按摩油，發球，小兒子發出更大的聲響。

「幹我。」

還沒。夜晚剛開始，對街的琴音只奏完第一樂章。

他的舌頭伸進小兒子的屁股。他好愛屁股的滋味。各式各樣的男人屁股。苦瓜。小黃瓜。甜椒。柳橙。沙土。豆腐。石頭。魷魚。地瓜。炸蟋蟀。礦泉水。樹皮。他知道很多人說屁股臭。他知道很多人懼怕屁股。恥感跟隨屁股。怎麼能公開說屁股。變態，怎麼能吃屁股。死變態，怎麼可以喜歡屁股。不是很臭嗎？人體氣息有百種樣貌。臭其實並非不堪。臭不羞恥。若真心喜歡，甚至愛上，可完全包容臭，甚至，臭會變形，香，芬芳，好香。

小兒子的屁股，嘗起來像夏天的雨，溫熱，在他舌上滴滴答答。當然有想到J。J的屁股像辣椒。他愛吃辣。想到J的辣椒，他下面更硬了。

「幹我。」

他知道小兒子準備好了。

巴黎月亮來到窗邊窺視。風來偷聽。小提琴暫歇。

慢。潤滑劑，指尖探入。他指尖裝有攝影機，慢慢前進，退出。戴上保險套。更多的潤滑。堅硬先進去一點點，就一點點，伸進去。讓小兒子身體習慣他的堅硬，慢慢退出來。反覆多次。以眼神跟小兒子確認，可以嗎？這樣可以嗎？要我繼續嗎？不行要說喔。再多一點點，開拓身體甬道。全部拉出來。小兒子點頭，眼神熱雨，再說一次：「幹我。」這次語氣命令，他臣服。回去甬道，這次全部探入。

那晚，小兒子說，為什麼沒人跟他說，屁股會高潮。

小公寓雖小，有桌子，有椅子，有爛床墊，有小冰箱，有窗臺，都是變換姿勢的道具。

他進出小兒子身體，沒觸碰小兒子的器官，小兒子自己噴射，胸膛肚子一幅抽象畫，嘴巴喊出滿足的愉悅。那晚他幹了小兒子三次。根本沒注意到，小提琴什麼時候停止演奏。

後來還有很多次。

直到他搞丟了小兒子。

怎麼跟她說。

我，幹了妳兒子。

我，搞丟了妳兒子。

抵達醫院，詢問櫃檯，剛從急診室轉到普通病房，請搭電梯上樓。

一聽到普通病房，他就安心許多。他早上驚醒，查看手機，都沒她的文字訊息。她這麼愛傳訊息，怎麼一夜安靜。

他安靜在病房裡等待，看她被推來推去，做各種檢驗。她說還是痛，但減輕了很多，照了超音波，等一下好像是那個什麼大機器，就是整個人躺下來，進入一個隧道那個機器，好可怕喔。

「我好怕他們查出什麼恐怖的東西。腫瘤？哎喲我不知道。」

在醫院的慘白照明下，她一夜無眠，手機好像壞了，沒辦法充電。等一整晚，她知道他會回來。她跟自己說，這次，她一定會好好聽他說話。一個字一個字聽他說。聽他呼吸。那些話裡，那些呼吸裡，一定有麵包屑。只要他回來，她一定好好聽。

今天早上她來到普通病房，翻找他留下來的背包，找到了胖三的蠟筆圖。她把胖三的畫放在床邊的桌子，就在小兒子的破碎眼鏡旁。

胖三急救無效之後，小兒子在病房外大哭，她拜託他，帶小兒子去外面走走。她問醫生：「可不可以給我幾分鐘？」一九三醫生點頭，所有醫護人員離開病房。

她坐在病床旁，跟胖三說對不起。

「對不起，媽媽沒有救妳。媽媽殺了妳。媽媽沒跟妳說過，妳不是第一個。對不起。我殺過好幾個小孩。沒想到，最後連妳都被我殺了。」

她親吻胖三的臉。那張臉腫脹，死掉的眼睛依然滲淚。她擦乾胖三臉上的淚。她抱了胖三。她想開窗。她想跳下去。她往下看，覺得下面的街道好香。濃郁的花香。不不不，花香不見了，是蚵仔煎的香。她覺得要親自去聞一聞。吃一吃。身體必須撞上去，才能聞到吃到。但窗戶打不開。她的頭用力撞窗戶。

她一定要找到小兒子。都是她。她是殺人凶手。不行，她這次一定會阻止自己殺人。會找到的。

一整天各種檢查，醫生來來去去，她和他睡睡醒醒。沒說什麼話。靜靜的。她知道他快說了。不逼問。耐心。等這麼久了，可以繼續等。她專長就是等。他快開口了。

晚間醫生來看診，她睡著了，身上躺滿穿山甲。醫生對著他說診斷情形，太多字彙他聽不懂，只知道醫療團隊考慮盡快動手術，所以先不能讓患者進食，也不能喝水。請先忍一下，不用緊張，您的太太沒有生命危險，不會今晚動手術，請您放心，先回去休息，明天會有詳細的醫療報告。

午夜，值班護士發現他還在病房，禮貌趕人，抱歉，本院不留宿家屬。

她醒了。或許點滴裡有止痛劑還是安眠成分，她睡得很好，看到他跟護士說話，心裡想，還在，他還在，還痛，表示還活著。

騷動。病房門被用力推開。

背心。

競選背心。

醜死人的競選背心。

印著大名的競選背心跑進病房。

江。

江海濤來了。

手機獨白六

「我知道，我答應。我點頭答應。」

「你要我答應你。」

「我什麼都不會跟你媽說。」

「我知道，你媽有話想跟我說。」

「我等她跟我說。」

「因為，我知道你沒說。」

「你沒說。」

「我也不會說。」

「我也有話。一定要說。一定要跟她說。但，不會說。」

6.
蟑螂

她的大女兒、二女兒不斷抱怨，醫院附近好荒涼，什麼鬼都沒有，對，連鬼都沒有，無聊死了，怎麼沒有ＬＶ旗艦店，沒有愛馬仕算什麼法國，怎麼沒有甜點咖啡館，剛剛出去繞了一圈，一張照片都沒拍喔，媽妳相信嗎？我們連一張照片都沒拍喔，完全沒有上傳到網路上，什麼鬼地方，無聊死了，算了算了，爸還一直警告我們不准上傳照片，如果真的上傳不可以標示地點，搞得神祕兮兮，神經病，以為自己是什麼國際巨星喔，幻想行蹤暴露，就會有一堆狗仔跑來這裡。拜託，我們剛剛出去，連一隻狗都沒看到！媽妳跟爸說啦，我們想去逛街買東西，拜託，都來法國了，不讓我們去逛街買東西，煩死了。好想睡覺喔，媽，我們先回飯店睡覺好不好？

丈夫電話一直響，董事會來催人，競選造勢晚會沒來怎麼辦，不是約好要一起去那個什麼宮什麼寺拜票？教會的票很穩啦，自己人一定會投給我們自己人，不然上帝會懲罰，晚餐不去吃了啦，不不不，就說我感冒，先不跟大家說我們在哪裡，剛剛那個誰誰誰幫我們聯絡當地的翻譯了，啊誰知道，一直還沒來，法國人動作真是慢，真是很奇怪，這裡一堆醫生跟護士都不講英文喔，你不覺得很奇怪嗎？我是覺得法國人真奇怪，英文比我還爛喔？哈哈哈，拜託，我高材生，走國際路線的啦，英文當然很好，要是聯合國找我去演講，我保證講到大家哭出來，為我們臺灣的民主哭到跪下來，搞清楚好不好，我們可是實力堅強，留學美國，不是開玩笑的好不好？好啦好啦，尊夫人想要什麼名牌包包，開名單過來，我老婆大人一出院，我們馬上衝去名牌店，沒事啦，我本來也很擔心，醫生講什麼我們都聽不懂啊，但我老婆看起來狀況不錯啦，大哥請放心。

在醫院住了兩晚，她腹部的痛楚減少許多。病房充滿女兒與丈夫的聲音，彷彿她已經回到臺北的家裡，只是窗外不是大安森林公園，是安靜的綠地，一位看護推輪椅到草地上晒太陽，從這個角度看不清楚輪椅上的人，只看到稀疏的白髮在風裡飄蕩。Tours市區，是這個方向嗎？他們住的飯店，離這裡多遠？外面的太陽看起來好舒服，她想出去走走。

「我是她先生。謝謝你，我們接手，你可以回家了。喔，對了，我會派人去飯店拿我老婆的行李，你什麼都不用做，謝謝你，我們全家跟你鞠躬，麻煩你這麼多。」

昨晚她丈夫看到他，以對著群眾演說的音量語氣，請他回家，客套裡藏刀，鞠躬意思是送客。到現在她依然不知道，丈夫怎麼得知她在法國入院。

「我一收到訊息，立刻衝到機場去，想說管他機票多貴，先飛再說。妳兩個女兒聽到我要去法國，立刻抓了護照說要跟。幸好我們巴黎有貴人，幫我們安排車子跟司機，我們一下飛機就直接往這裡衝。等一下，這裡到底是哪裡啊？手機收訊真差，看起來好荒涼。法國都這麼荒涼嗎？不知道醫院有沒有無線網路？我去跟護士要密碼。」

他回飯店了嗎？他今天會來醫院嗎？想傳訊息給他，但手機依然無法開機。

今天巡房的主治醫生很高大，像一棵樹，她目測，應該有一九三公分，心裡直接給醫生外號，法國一九三。法國一九三說英文，跟丈夫詳細解說檢測結果。丈夫從頭到尾回yes no yes yes oh my god yes yes good，一直打斷醫生，又說不出完整的句子。法國一九三很有耐心，來她床邊用手機把關鍵字翻譯成中文。

膽結石。

不是腫瘤。不是她腦中胡亂勾勒的其他。膽結石，聽起來沒有很恐怖。但為什麼會這麼痛？

她請法國一九三再說一次。法文，膽結石。

咻咻咻咻咻。

她覺得面前這棵大樹朝她吹出了一陣風，柔軟，甜甜的。

怎麼膽結石的法文，聽起來像是知名甜點？

法國一九三繼續慢慢吹風，拿出筆記本，語言加上手繪，耐心解釋。膽囊裡有很多結石，有一顆跑出來了，在身體裡，今天稍後會試著把那顆頑皮的結石撈出來。就是那顆，讓她痛到送醫。她猜法國一九三職業是醫生，真正的熱情應該是繪畫，她看著筆記本上的鋼筆描繪，膽囊好美，裡面的結石晶鑽，猛看真的很像某種好吃的法式甜點。法國一九三畫了一根管子，從嘴巴探入身體，在各個器官之間尋找那顆結石，深海捕撈。

聽著法國一九三吹出的風，兩個女兒在吵架，丈夫電話一直響。她想睡，昨晚一夜難眠，在床上像艘暴雨中的小船，直到清晨才睡著。醒來，丈夫盯著她看。

她好想叫丈夫不要再盯著她看了。

她好想叫丈夫脫掉那件背心。

為什麼來到法國，還要穿那件背心。

家裡的衣櫃裡，有好多好多這種印上江海濤三個字的背心，各種顏色都有，但一定必須避開敵對政黨的政治代表顏色，前面印上黨徽、職銜、大名，後面印標語加上大名，質料廉價，日日套上，遇到拍攝，一定要微笑握拳面對鏡頭，但要確認拳頭沒有遮住背心上的粗體大名。丈夫每天出門一定會穿上這背心，走路怎麼可以單純走路，出門怎麼可能單純出門，一定要有目的，走路就是介紹自己的大名，走路就是競選拜票，多讓一個人記住大名，就是下一次選舉的資本。就算遇到支持敵對陣營的選民，還是要讓對方記住自己的名字，當面謾罵指責都好，江海濤全部概括微笑承受，但請記住江海濤，被討厭其實是大流量，拜託來社群網路叫囂，江海濤最怕的是被遺忘，聲帶就是大聲公，背心就是盔甲，分秒備戰，隨時都可以上臺演說。開記者會，騎單車，打羽毛球，慢跑，爬玉山，浮潛，登漁船，搭捷運，上米其林星級餐廳，婚禮，喪禮，孩子的畢業典禮，學校的家長會，接待外賓，都一定要穿這背心，務求入鏡。不只江海濤穿，只要全家一起露面，每個人都得穿，對著鏡頭握拳頭，誰都知道笑容是假的，誰都知道喊出的口號是空的。為什麼不能是假的。為什麼不能是空的。她就很假。她一直都是空的。敲敲自己，空心的陶瓷娃娃。摔碎了好幾次。用膠硬黏回去。身上的蟹足腫皺紋橘皮組織妊娠紋就是那些裂痕。請勿敲打。保證虛有表面，空的。

為什麼。為什麼。她心裡喊幾百次為什麼。為什麼來法國，還穿這背心。為什麼為什麼，為，什，麼，想穿這件背心跟護士自拍。護士拒絕了，為什麼說人家難搞。

「翻譯打電話來了，說快到了，妳不用擔心，等一下我們就聽得懂這些醫生護士在講些什麼鬼了。要不要睡一下？」

不睡的話，就會看到這件背心。她猜剛換上的點滴應該有安眠成分？不用數穿山甲，頭顱在枕頭上找到適合摔落的地點，閉眼，想像墜崖，意識摔入睡眠。

他昨夜躺在飯店床上，床單驚濤，整晚暈船。被菸味吵醒，看牆上時鐘，半夜三點，一定是樓下的阿嬤。在地板上用力跺地三下，開窗，往下看，沒有手臂伸出，面前的梳子提醒他不在巴黎，根本沒有人抽菸，打自己的臉，逼自己回去床上，怎麼了，到底怎麼了，怎麼一直覺得自己在巴黎。床單漩渦，身體扭動掙扎，側身往左看到J，往右看到小兒子。四點又驚醒，床好擠，堆滿了好多男人，所有他幹過的男人都擠到床上來了，他被那些男人軀體往上推，身體頂上天花板。五點，有人尖叫，誰在尖叫，淒厲喊冤，他擊打自己的耳朵，把耳朵拉離巴黎，怎麼一直聽到巴黎。尖叫持續，不，這尖叫來源不是巴黎。用力推開床上那些蠕動的男體，他爬到窗邊，打耳朵，打臉，確定意識回流，此時此刻，在Tours。沒聽錯，沒看錯，河邊一個男人，狂髮襤褸，對著河流尖叫。還想睡，跟自己約好，要是河邊男人叫到六點，就出去跟他一起叫。約定提早半小時實現，五點半，他來到河邊，聽男人對河乾吼，一定跟河有仇，或者厭惡秋天。河不回應，繼續往海奔流。忽然想到南特。河奔向南特。原本今天出發去南特。他也對河吼了一聲。兩男吼醒大地，日出朝河面灑金光。他想跟尖叫男說謝謝，那不絕的尖叫陪他看日出，讓他覺得不孤單。他閉眼打坐，趕不走腦中的巴黎，還是想到J。張眼，尖叫男消失。河邊只剩他。問河，剛剛是否有狂髮男尖叫？河不語。他跟河坦承，他好怕孤單。他好怕一個人。他總是一個人。

上救護車前，他傳訊息給小兒子，依然已讀不回。也傳訊息給經紀人，請他轉告她的臺灣家人。他沒想到她丈夫會立刻飛來。這兩天經紀人傳了好多好多訊息來，他一直沒查看。算了。

清晨Tours，天空火紅，是遠方的森林著火，還是自己的眼睛著火。不敢回頭，他知道昨晚爬到飯店床上的那些男體一路跟著他。他身體發燙。他真的很像父親。滅掉身體深處的篝火，唯一的方法就是幹人。幹一幹就好了。

父親死前在救護車上說的話，都是對的。對。無誤。他就是死變態。新公園午夜關門，夜晚被截斷，但他不死心，往公園附近的街道走去。被截斷的夜晚如壁虎尾巴，在那條街上迅速長出粗壯勃勃的新生命，男人的眼神在安靜的午夜街道上開出豔紅的花，寂寞有罪，渴望無邊，這張臉上的花碰上那張臉上的花，花蕊交纏，去你家還是回我家？還是去附近的賓館開房間？街旁是臺大醫院舊館，文藝復興建築在夜裡靜靜發光，無白日求診人潮，此刻街上只剩男人。緊身牛仔褲，白色小背心，棉質短運動褲，百慕達褲，義大利西裝褲，皮靴，露趾涼鞋，小鬍子，俏酒窩，熊腳毛，他眼神在街道旁的花圃掃描，尋找陡峭的屁股。胸膛是有獠牙的怪獸，咬開襯衫的鈕釦。夏夜裝醉輕浮，撩撥行道樹，扯褲頭拉鏈。忽然警車來了，慾望果真有罪，警察包圍街上的男人，逼迫所有人交出身分證，帶回警局。

他被父親強拉出警局，推入車內。車在臺北街頭急駛，闖了幾個紅燈。父親忽然踩煞車，拳頭瞄準他的眼窩。一拳不夠。兩拳不夠。三拳打上癮。打到指關節痛了才收手。父親把他拖出車子，丟棄在人行道上：「難怪你媽不要你。你自己走回家。」

他覺得父親說對了。童年的謎，他想不透的，被父親解開了。原來是他。都是他。他乖乖聽父親的話。自己走路。但回不了家。

走路。只能靠走路，試圖滅火。在Tours市區裡亂走，把自己走丟。走丟了，說不定火就滅了。城市剛醒，街上人慢慢變多，市政廳，大劇院，百貨，服飾店，都還在睡覺，輕軌電車晨跑，不遠處有鐘響。隨機左右轉，經過那晚被搶的小巷，地上還有眼鏡碎片。走走走走到了大教堂，標示寫Cathédrale Saint-Gatien，應該早上有什麼活動，大門敞開，工作人員進出搬運。他想進去教堂坐坐，如果有人阻止再說，結果沒人有空理他。他找了位置坐下來，抬頭看彩繪玻璃。好擠。那些一路跟蹤他的男人都跟著進來教堂了，一起跟他擠在木質長椅上。

這些擠在他身邊的男人，他愛過幾個？

每次有人想愛他，想喜歡他，想要成為他生活風景的一部分，想接近他，想抱著他不放，想跟他一起住，想每天跟他吃早餐，想參與他的過去現在未來，想認識他的家人朋友，他就會跑掉。一直跑，不知道在跑什麼，不知道在躲什麼。他不知道怎麼拒絕別人的愛。他就是無聲跑掉，像鬼，穿牆，不說再見。

J是唯一他真正愛過的人。因為J不讓他跑。J緊緊跟隨。有一晚J說要過來小公寓過夜，家人在吵架，煩死了，十幾個非洲熱血男女擠在小空間裡，快打起來了，可不可以過來。他不接電話不回訊息不理電鈴，假裝不在家。J在樓下尖叫，上樓敲門撞門繼續尖叫。J就是知道他在公寓裡，在門外等了兩天，不走就是不走。他投降開門，把熟睡的J

抱到床上。J說，你逃不了，你是我的，我一定會等到你，我一定會找到你。

J幾乎侵略，熟知他散步路線，不斷出現在他眼前，說愛，說永遠都愛，說第一次在街上被床墊撞到就愛上了，說不准離開我，說跟我求婚快一點，現在就求婚。他發現自己放棄抵禦，逐漸接受J的侵犯，手掌抓著J的屁股入睡，J一夜噩夢尖叫，他緊緊抱住J，醒來堅硬，就是想進入J的身體。J不完全被動，不接受他的霸道主導，在他身體上游移尋找，尋寶探險，終於找到他的弱點。J教他很多字詞，J說，這個英文叫做Shrimp Job，有沒有看過John Waters的黑白電影Mondo Trasho？裡面就有Shrimp Job。J來歐洲之前，已經讀完大學，讀文學讀藝術，懂好多，哪像他高中都沒唸完。「蝦活」？他仔細想想，的確，像是吸吮蝦身。J吸吮他的腳趾，他全身地震，發出了自己從沒聽過的聲音。他不知道原來自己的弱點在腳趾。他不知道腳上養了十隻蝦子。J找到他的蝦子。J征服他。他不跑了，不想走路了。腳趾每天在外面走走走，最後只想回到J的口。他愛上J。

小兒子逼問他：「跟我說，他是誰？」

他搖頭。誰？

「我看不到他。但我知道，我感覺得到，這裡有另外一個人。你幹我的時候，想的不是我。他是誰？拜託，我不是在吃醋，我不是在跟你鬧，我只是想問你。我知道我就是問題很多。拜託你表情不要那麼苦好不好，我就愛問啊，讓我問一下是會死喔。反正你什麼都不會跟我說。」

他能說什麼。他其實很想說。什麼都說不出來。最後對著小兒子說：「對不起。」

大教堂的彩繪玻璃催眠，看著看著，他開始打盹。一位神職人員輕拍他的肩膀，說教堂今天有活動，大門要關上了。神職人員語氣和緩，說完就離開了。他揉眼，睜眼又閉眼，走出教堂前，回頭多看幾次，上看下看，那些男人，都消失了。他不信教，但此刻他感謝上帝，收留他打瞌睡，驅趕那些男人。他知道那些男人很快會回來，說不定今晚，但至少現在無人追趕，腳步可以放慢。

對小兒子說對不起。

卻沒對她說對不起。

對不起，我自己在高速高路上跳下救護車，沒帶妳走。我把妳留在救護車上，聽我爸繼續咆哮。我知道我爸的後事，都是妳處理的。我什麼都沒幫忙。

對不起，我甩掉妳的手。當時幾歲？我們在百貨公司做完床墊的特價活動，趁大人不注意溜去別樓層，說要去冒險，手牽手到處亂逛，遇到幾個妳學校的男生。那些同學笑我們，說男生幹女生，說妳穿寬鬆的公主洋裝，一定是因為懷孕了，根本是孕婦裝，說我們拍床墊廣告就是拍A片，說相親相愛會放屎，「愛」跟臺語的「屎」押韻，問我們手牽手逛百貨公司，那有沒有手牽手一起去放屎？妳把肚子挺出去，喊說懷孕又怎樣，對，我快生了，厲害吧？我甩開妳的手，對那些男生說我才沒有幹她。他們的笑鬧在百貨公司的男裝部蓋出了一間小學。他們說我幹了妳就甩了妳，爽過了就跑，真男人，好厲害，那是不是輪到他們了？他們可不可以幹妳。妳哭了。我記得妳羞愧的表情。我往後退，手放在背後，離妳越來越遠。後來，我都不肯牽妳的手。

對不起，我幹了妳的小兒子。我怎麼可以幹朋友的兒子。我根本沒想到妳的感受。我不知道妳跟小兒子之間發生了什麼事。妳兒子跟我說，巴黎救了他，巴黎小公寓讓他覺得自由，路邊撿來的爛床墊比臺北家裡專門訂製的瑞典床墊還好睡。他說我救了他，讓他知道原來身體可以這樣不羞不恥。他說我的鄰居好奇怪，要是腳步大聲一點就會抗議，但是跟我在小公寓裡變換各種姿勢，嘴巴喊出各種淫邪的叫喊，鄰居靜悄悄。

這些，能跟她說嗎？還有機會嗎？當面跟她說對不起。

口譯一直沒出現。法國一九三用了許多紙張，畫了很多圖，解釋他要執行的撈石任務。結石跑出來了，他會使用探測軟管從她的嘴巴進入她的身體，放心，會麻醉，她不會有痛覺，就當是睡覺。結石取出，再決定要不要割掉膽囊。這部分她真的沒聽懂，繪圖輔助也無用，割掉膽囊，聽起來是好大的手術啊。她丈夫在床邊一直點頭搖頭又點頭，看她好像聽懂了，要她翻譯給醫生聽：「老婆大人，妳跟醫生說，不用擔心醫藥費，我們有保險，錢不是問題，要用最貴的儀器，最好的設備，錢真的不是問題，我現在就可以去付錢。」接著轉頭跟法國一九三說：「Money, money, no problem, we have. Use expensive. Pay now. Ok?」

她才發現跟江海濤真是不熟。江海濤名片上印滿學歷，特別強調在洛杉磯就讀國小，他總是愛在公開演說重述小時候留美日子，家人為了栽培他，花大錢讓他去洛杉磯讀名校，十幾歲才回臺灣，當時住美國親戚家多苦啊，多寂寞啊，每天想媽媽哭，那時候又沒有網路可以跟家人每天連線，但沒辦法，知道父母的苦心，就忍下來了，小留學生的經歷讓他早熟，跟黑人白人同學打架，練就一身功夫。如果是在教會裡分享，故事情節會更動，不會提到打架，而是說每個禮拜天都會跟親戚去當地教會奉獻，雖然想臺灣媽媽，但有上帝陪伴，每天禱告，努力學英文，認真讀書，從此不再寂寞。但不管在什麼場合，都一定會提到她。說放暑假回臺灣看到床墊廣告，就愛上了廣告裡面那個小女孩，想不到長大後真的娶了她，人生大驚奇，所以各位年輕人要把夢做大，一定可以娶到夢中情人，一定可以實現人生夢想。她當然知道政治人物就是要提到老婆，因為選民需要一張美滿的家庭合照，有愛妻有兒女，幸福圓滿，才能創造選民福祉。她此時看著江海濤，這的確是第一次聽他說英文，以前跟團出國，有導遊處理一切，從未聽過他說英文。現在聽幾句就知道了。「知道」真不是一件好事，是看穿，戳破，婚姻大忌。不知道就沒事。最好不熟。她才發現自己多年來刻意不去「知道」，就是怕太熟。不熟就能以禮相待，客套拉開心裡距離。太熟惹摩擦，摩擦生嫌惡。拜託你江海濤可不可以稍微閉嘴一下，再講下去，我會說出官夫人不該說出的話，兩個女兒都沒聽我說過的話。江海濤就是跟她不熟，才會繼續看著她睡覺，要是「知道」她的過去，要是聽得到她從沒說出口的那些話。要是。

不知道醫生到底要怎麼執行撈石任務，所以她不太怕。推入手術房，手臂注射，接著她就毫無記憶了。醒來，她已經回到原來的病房。丈夫跟女兒都不在，病房只剩下她，看窗外草地，空無一人。天空無雲，不見太陽。沒有任何聲音。聞自己的手，沒有味道。她還活著嗎？這是否就是死亡？

江海濤推門進來，打斷了她的死亡。江海濤滔滔，握著手機說出許多空泛，週刊記者想套問政黨如何看待落後的民調數字，年底選舉當然有信心，施政成績有目共睹，從政唯一目的就是服務人民，首要是認真做事，詭譎的民調先放一旁，記者大人這麼晚還在加班啊？有沒有吃飽飯？秋天囉，記得要多加衣服。離題，廢話，無痛癢的關心。她好懷念剛剛的死亡。

江海濤掛斷電話，一樣，離題，廢話，無痛癢的關心，對家人與外人一致，所謂表裡合一：「記者大人也真是辛苦，現在臺灣幾點？這麼晚了還要發稿？悲慘喔。老婆大人感覺如何？妳兩個寶貝女兒回飯店睡覺了，時差沒辦法。醫生說剛剛很順利，雖然我根本聽不懂他的法文，我就已經跟他說I no French了，他還是一直說法文，喔，這些法國人真是，大家說的都是真的喔？法國人都不肯說英文喔？啊那個口譯也真的很誇張，說什麼要到了，結果根本沒出現，放心放心，我剛剛請林立委幫我另外找人了，林立委妳認識啊，常常來我們家吃飯啊，人家兒子在這附近讀音樂喔，高材生，優秀優秀，說可以幫忙找人來翻譯。」

她根本沒在聽丈夫說話，看著窗外天空慢慢暗下，幾滴雨撞上窗戶，樹搖動，不知道是風還是松鼠。腹腔還痛，但減輕很多了。結石在身體裡遊蕩，難怪會這麼痛。撈出來了吧？接下來呢？要割掉膽囊嗎？如果那晚沒送醫，他們現在應該剛剛抵達南特吧？第一晚的活動是拍照跟採訪。

江海濤知道她沒在聽，用力咳一聲，聲音的色調不變，跟窗外天色同步：「我知道妳兒子休學了。」

她聽到了。想假裝沒聽到。但她頭微微震動，江海濤一定看到了。

「現在是怎樣，你們母子是在演哪一齣？我都看不懂。你們真的以為我什麼都不知道啊？先是騙我，說什麼在學校附近找了房子，學習獨立。當我白痴，我是不會派人去查喔。是怎樣，到底發生了什麼事？拜託，要是幹了什麼好事，要先讓我知道啊，這樣才能處理，拜託拜託，老婆大人，休學是怎樣？妳不要跟我說妳也同意，大學都讀不完，以後是要幹嘛？去種田？去種樹？拜託，兒子我養的，我會不知道有多笨？什麼都不會，沒大學學歷，是要我們養一輩子喔？我們找助理，限大學畢業喔，連大學都沒讀完，是搞什麼鬼啦。男孩子做事畏畏縮縮，手機也不通，也該長大了吧，是個男人了吧？休學好啊，那來跟我說，休學要幹嘛啊？喂，妳說話啊。不要跟我說，他腦子又給我歪七扭八了，又要去哪裡參加遊行？喔拜託，去美國花了我多少錢，貴死了，人家也說很有效，只要誠心，都能救得回來，再去一次就好。喂，妳不要跟我裝傻喔，怎樣，現在妳跟那個巨人醫生一樣，都只會說法文啊？說話啊。」

麵包屑。

她看著江海濤，忽然懂了。謝謝江海濤。她怎麼沒想到。

小兒子房間牆上的時鐘，一點三十分。

她怎麼這麼笨。

那是美國時間，亞利桑那州時間，下午一點三十分。

週日開始，週日結束，整整六週，每天下午一點三十分開始。

日曆停在某個週日。

去年暑假，她和小兒子飛去美國，大女兒跟二女兒好羨慕，說大學生好幸福，可以去美國參加遊學團，媽媽竟然還跟著去，也太爽了吧。他們住進丈夫安排好的民宿，鳳凰城，典型的美國郊區建築，沙漠裡的社區，前院雙車庫，巨大仙人掌花圃，石頭造景，後院游泳池，五房四衛浴。屋內沒什麼傢俱，回音響亮，一切嶄新。房子大到令人心慌，母子倆趕緊驅車去大型超市採買，食物塞滿冰箱，電視機開最大聲，沒幾件髒衣服還是開洗衣機烘衣機，打開所有能發出聲音的電器，還是覺得房子好空好大。他們坐在泳池旁吃微波食品，不知道什麼好吃，全部亂買，實在都不太美味，最難下嚥的是幾個亞洲口味的冷凍食品，品牌就叫做Taipei，難吃到兩個人都笑出來，媽啊，怎麼臺北這麼難吃。

來美國度暑假不是遊學，是為了看醫生。

江海濤發現小兒子出現在臺北同志大遊行，背上掛著天使翅膀，兩道豔麗彩虹取代細眉。她當天去參加婚宴，一回到家就看到小兒子坐在地上，江海濤忙著講電話，婆婆在沙發上閉眼禱告。

婆婆一看到她就指責：「妳這個做媽的也太不負責任了吧？妳兒子出了什麼事妳知不知道？還穿這樣出去招搖，都幾歲的老太婆了，丟不丟人。要死了，我看一定是妳亂教，丟死人了，這樣傳出去真的很難聽。」

江海濤掛上電話：「媽，妳先冷靜，小心血壓。」

「奶奶妳不要亂講話好不好，這件事跟我媽無關，是我自己要去的。」

「你什麼口氣？剛剛跟我吵，吵不夠是不是？現在換跟奶奶吵？」

她完全不知道發生什麼事，跟著小兒子跪在地上，她知道婆婆脾氣：「不要這樣，跟奶奶道歉。媽，對不起，都是我沒教好。」

小兒子站起來，語氣平穩：「你們真的很虛偽。爸不是好幾次去參加同志的活動嗎？你們黨不是號稱同志友善政黨嗎？現在怎樣？我只是跟朋友去支持同性戀，上街走一下，這樣我就要下跪？那爸你之前去參加同志活動，回來怎麼沒對奶奶下跪？」

原來是教會兄弟通報，有人看到小兒子出現在遊行隊伍裡，拍了照片。

「你是在講什麼鬼？我那個是工作，我不去不行，身不由己，你是懂不懂啊？幸好，上帝保佑，目前為止是沒有記者發現我江海濤的兒子去參加同志遊行，不然我……。」

「怎樣？臺灣都婚姻平權了，啊你兒子去參加同志遊行，有很丟臉嗎？」

「我要瘋了，婚姻平權，有需要你去湊熱鬧嗎？通過法律，你一定要去用嗎？殺人不用判死刑了，你就要立刻出門去殺人嗎？你有沒有搞清楚狀況啊？」

父子每天吵，婆婆帶教會的長輩上門來，對這個從小看到大的男孩禱告講道。男孩有一天忽然不說話了，不吵鬧了，就是讓大人說。過了一段平靜的日子，似乎沒事了。但江海濤沒忘，說要澈底解決問題，美國親戚介紹，那邊有教會提供性傾向扭轉治療，這個在臺灣是違法的，但在美國很多州都還沒禁止，大家都說成效非常好，雖然很貴，已經付款了，就一個暑假，保證上帝的力量，會讓孩子回到正途。

教會外觀不像是個宗教建築，樸素沙色融入沙漠風景，沒對外窗戶，裡面設施簡樸，她覺得像是軍營，接待的人滿臉微笑，非常親切。星期日下午一點半，準時開始扭轉治療。她每天把好大罐的牛奶倒進好大的碗，加入好大包的早餐穀片，母子在好大的房子裡靜靜吃早餐，她問，但小兒子什麼都不說。兩人早上什麼都不做，外面沙漠氣候，躲在屋內吹冷氣，電視亂轉。中午隨便吃一下微波食品，去教堂的車程三十分鐘，她開車，他睡覺。抵達教堂之後，小兒子自己走進去，她開車回民宿，五點半來接他。

第一週似乎還算平靜，第二週以後，她注意到小兒子的眼神時常無焦距，沒食慾，在浴室裡嘔吐，晚上尖叫驚醒。江海濤電話上警告她，這些都是治療正常的副作用，不准干預，不准溺愛。婆婆搶過電話說：「喂，要不要我過去？反正我沒事啊，我實在是很不放心把孫子交給妳。」

她想到婆婆的聲音塞滿這間大房子，差點罵髒話。汙穢吞肚子，她說：「媽，您放心讓海濤一個人在臺北嗎？那他每天吃什麼？外面的便當喔？這樣對健康不太好吧？」

治療第三週，準備要出門了，她找不到小兒子。跳水聲。拉開窗簾，小兒子在跳水。屋後的游泳池有個跳板，小兒子在跳板上彈跳，身體以各種怪異的姿勢入水。她喊叫：「好了啦，我們快遲到了，你不要再跳了。」她這才想到，小兒子不會游泳啊，從小去參加過很多次的游泳班，怎麼樣都學不會，很怕水，怎麼現在敢跳水？小兒子不管，從水裡爬出來，跑上跳板，身體在空中扭曲，背部拍打水面入水，潑她一身溼。

她發現小兒子在哭。隔天早上，小兒子全身瘀青，昨日濺起的水花都留在他的皮膚上，大塊面積的紫斑。她哭說不要了不要了，我們不要去了，我們離開這裡，媽媽開車載你離開這裡，我去打包，我們去看醫生。

幾分鐘以後，江海濤來電：「幹嘛，妳想幹嘛？想去哪裡？派妳去是信任妳，妳不要給我亂來喔，行李放回去。」

她全身冰凍。原來，江海濤，一直看著他們。

「小孩子鬧一下脾氣，不要大驚小怪。真的嚴重再說，我找醫生來看診。」

她的視線越過江海濤，看著桌上的碎裂眼鏡。

是她。

不是別人。

也不是江海濤。

都是她。

是她摔碎小兒子。

沙漠裡的游泳池，有三公尺深。小兒子的身體迎撞水面，一直跳，一直跳，一直哭，一直哭。她旁觀。

但她現在想笑。江海濤，你以為你什麼都掌握在手裡。

笑會痛，但她看著江海濤笑：「蟑螂。」

「啊？蟑螂？哪裡？」

她知道江海濤怕蟑螂。

江海濤站起來，上看下看：「妳是麻醉藥發作是不是？我們在法國，這裡沒有蟑螂吧？德國才有吧？不要亂發神經喔。」

她以為是蟑螂。

小兒子在跳水的時候，她看到蟑螂。她喊蟑螂蟑螂有蟑螂。小兒子不理她，身體在空中扭轉，背部撞上水面，身體朝游泳池底部潛。怎麼辦？在閉氣嗎？是不是在水裡昏倒了？為什麼不動？怎麼辦？小兒子好怕蟑螂，一聽到蟑螂就會逃跑，一直跑，一直跑，跑很遠，有一次早餐在廚房看到蟑螂，直接跑出門，她往窗外看，看著他跑出這棟大樓，奔向對面的森林公園，消失在樹影裡。怎麼此刻聽到蟑螂，完全沒反應，躲在水裡，不肯浮上來。

你怎麼不跑。你怎麼沒逃。

她看著神情緊張的丈夫，心裡想，哈哈，小兒子終於跑了，我一直在找他，以為找到他就沒事了。但我現在懂了，是我鼓勵他跑的。我大聲喊說有蟑螂，就是希望他跑掉，拜託他跑掉，奔向沙漠。

沙漠裡的蟑螂。亞利桑那州蟑螂。

手機獨白七

「找到了。」

「我們找到了。」

7. 螺絲

他睡了多久？手機震動了多久？

手機充電，離床五步。五步，就五小步，怎麼他就爬不起來。床鋪還在螺旋，他身體還在往下。想起來了，昨晚真的睡不著，沿著梳子跑了幾公里，衝回來泡熱水澡，在浴室地板上做伸展瑜伽，怎麼樣都沒用，身體僵硬疲憊，就是睡不著。想到倒立瑜伽男教他的方法，貼著牆面倒立，感覺血液流向頭部，想像手掌頂著的那塊空間是螺旋，比如說螺旋形狀的樓梯，深呼吸，允許身體慢慢跟隨螺旋，慢慢往下走，繼續往下走，沒有起點，沒有盡頭，手臂沒力了，就放手，慢慢回到地板，來到攤屍式，把身體交給暈眩，無止盡迴旋，進入睡眠。螺旋想像奏效，他身體終於些許柔軟，腦子不斷旋轉，爬上床，終於睡著了。此刻看一下牆上時鐘，指甲刮眼皮，看錯了，還是時鐘壞掉了，怎麼可能，他真的睡了十小時嗎？

敲門聲。手機又震動。窗外有救護車鳴笛。螺旋樓梯消失，他的意識回到這張床墊。起身開門，向門外打掃阿姨說對不起，謝謝，房間不用整理，掛上「請勿打擾」，抓起手機，好燙。手機螢幕上顯示五十通未接電話，很多很多文字訊息。手機在手心又地震，陌生的號碼，臺灣國碼886，按下接聽。

「欸……那個，喂，請問，是，陳先生嗎？」

那聲「喂」就夠了，中氣過分飽足，彷彿拿著麥克風講電話，高分貝朝他耳朵砍殺。這只能是江海濤。

「對不起，打這麼多通，大哥可能不知道我是誰，先自我介紹，我是江海濤。」

自報家門，預告接下來將有冗長的致詞。他聽覺飄離手機，忽然想到巴黎地鐵。是哪一站？站名是？

「真是不好意思，我們一家人是真的需要您的幫忙。可不可以請陳先生，把我太太的行李，運送到醫院來？」

為什麼會突然想到巴黎地鐵。還是想不起來是哪一站。但，清楚記得是馬克白。馬克白夫人。為什麼江海濤讓他想到莎士比亞。

「是這樣，我拜託臺灣朋友，幫我在這附近找個翻譯，不然我們實在是聽不懂法文，一頭霧水，搞不清楚狀況，我到現在還是不太知道我太太到底生了什麼病。我今天早上透過您的經紀人，取得您下榻飯店的地址，用手機叫了計程車，想說直接去您飯店拿行李。」

是哪一站？地鐵站有男子咆哮，等車的乘客自動退散，給男子足夠的空間吼叫。他遠遠注視這位男子，衣著整齊樸素，鞋襪完整，髮型清爽，但，眼神裡無秩序無政府無焦距，嘶吼聲烈火。他忽然覺得，他知道男子在吼什麼。怎麼可能知道他在吼什麼。列車進站，他上車，男子留在月臺，繼續對列車咆哮。那咆哮聲響跟著他進入車廂，在他旁邊坐下。六站之後，咆哮敲開他腦中某個抽屜，他想起來了。男子吼叫的內容，是莎士比亞，馬克白夫人洗手的那段獨白。之前他去試鏡，導演要求背誦這段獨白，他背了中文，也背了法文，試鏡失敗，獨白被他嘴巴絞碎，吐出一地凌亂，試鏡導演皺眉搖頭。試鏡失敗，但那段獨白卻住進他身體。過了這麼久，在車廂上心裡默念，那一整段，竟然都沒忘。他猜想，那男子是劇場演員嗎？導演指派功課，今日任務是去地鐵站大聲嚷嚷，對列車與乘客喊出這段獨白。或者，跟他一樣，是落魄的演員，試鏡試鏡試鏡，失敗失敗失敗，最後落魄街頭，對世界喊出身體裡背誦多年的各種戲劇臺詞。

「結果，怎麼說呢，根本鬼打牆，那臺車子載著我，到處亂繞，繞超久，繞到一個超級無敵偏僻的地方，我傻傻下車了，想說那棟建築物就是飯店，結果我去按門鈴，有大狗跑出來要咬人，根本是個民宅。結果我趕快再用手機叫車，根本叫不到，等了很久很久才終於叫到車，竟然是那臺剛剛亂繞的車。我們語言實在是沒辦法溝通，我快瘋掉了，怎麼繞都繞不到飯店，我只好放棄，至少最後回到醫院。」

他沒在聽江海濤，喝一大口水，嘴巴開闔，開始說那段獨白，喉嚨沒震動，但他自己聽得到。馬克白夫人努力洗去手上的血跡。

「所以我只好透過您的經紀人，想說這樣一定可以聯絡上您。您的經紀人非常幫忙，把您的電話號碼傳給我，也說會想辦法幫我找一個當地口譯。再次跟您說對不起，都說不麻煩了，還是不得已請您幫最後一個忙，可否請您把行李，帶過來醫院這邊？我是說，我太太的行李，非常感謝。」

他的馬克白夫人詞句已經到盡頭，反覆到第一句，再說一次。再吼一次。沒人聽到。只有自己聽到。

「喂？抱歉，聽得到嗎？喂！」

他發現眼睛好溼。不可能是因為聽了江海濤致詞，太感動哭了。不知道自己為什麼哭了。一定是剛剛睡覺就在哭。哭到醒。醒了還在靜靜地哭。他好想巴黎。他好想那張路上撿來的床墊。他都已經來到Tours了，到處遊蕩，就是找不到J以前打工的車廠，也找不到J河邊拍照的地方。他好怕自己就要忘記J了。他想剪頭髮。去巴黎那家非洲髮廊剪頭髮。那間髮廊裡面的人，知道他與J。走出那間髮廊，這世界沒有人知道他與J。

「好，陳先生，我懂您的意思，我有在機場換了一筆現金，您別客氣，說個數字。我江海濤很大方，不囉唆，能解決事情就好。」

江海濤的致詞，從手機傳導，在這飯店房間裡迴盪，闖出窗戶，到梳子河裡滾動翻轉，最後搭乘風，入窗，回到他耳朵。

他終於回答了，點點頭。但江海濤一直喊「喂」，他才發現點頭沒用，必須出聲。

「好。」

說完好，他立即掛上電話。江海濤怎麼不是演員呢？這樣的音量氣魄去試鏡，甚至可以到歌劇院唱男高音吧？

他真心佩服江海濤，以在大廣場致詞的音量與氣魄，在電話上掩飾挫敗。這樣的人通常是倖存者，火場，空難，困境，不承認不接受失敗，死不了，敗選宣言嘹亮，身體姿態是精算過的舞蹈，為不久後的東山再起鋪路，口水攪風雨，的確什麼都能勝任吧。無法抵達這間飯店取得行李，靠不斷打電話，大聲說話，就能得到想要的。他看過江海濤致詞的影片，人如名，喊著吼著，眼眶海濤，那海那濤有脈絡有因果有血肉有頭尾，廣場萬千群眾眼眶也隨著海濤。他呢？他就是不會致詞，不會說話，張嘴乾旱，愛哭，眼淚成分不明成因艱澀，別人根本不知道他在哭什麼鬼。他什麼都不會。

J問他，要不要一起來外送？他什麼都不會，但會騎單車，熟稔巴黎大街小巷，身手還算敏捷，應該可以勝任這份工作吧？

得先買單車。去非洲髮廊，老闆娘髮型巴黎歌劇院，衣著輝煌誇飾，抱著J不放，不斷親吻J的臉。J說，他有兩個家庭，一個是跟他一起擠在小公寓裡的爸媽兄弟阿姨舅舅表親，另一個就是這間非洲髮廊。只有在這裡，J不用演戲，可以塗口紅，戴假髮，穿裙子，絕對不能讓爸媽看到他這個樣子啊，會被丟出窗外，從四樓摔出去，死狀一定很醜。所有髮型設計師肢體華麗，圍著他繞，說原來你就是J的亞洲新男友啊，聽說你很大，都快把我們的J給拆了，快坐下來，幫你剪頭髮，順便幫你下面也剪一剪。那不是開玩笑，髮廊價目表上沒有，但老顧客都知道，後面有一小室，客人入內脫褲，髮型師砍除下部茂密叢林。要買單車，走錯地方了吧，為何來髮廊？J說，在巴黎要買什麼，問他們就對了，價錢絕對美麗。老闆娘打量他身高，手指在他粗壯的大腿來回，挑眉微笑，對J點頭說OK OK沒問題。他坐下來剪頭髮，接著被拉到小室清除私密毛髮，走出來，嶄新的單車等著他。

後來他也變成常客。J那陣子老是抱怨床墊難睡，背好痛，他跟髮廊老闆娘訂了床墊。

事情發生那天，巴黎乾燥，晴朗無雲。他和J各自跑單，結束午餐忙碌時段，約好樹下見。樹位於觀光客洶湧的美食街道上，樹下有長椅，幾個外送員放下大保溫箱，聚集在這裡休息，等單。他總是在樹下跟J一起吃午餐，看街上潮人，聽其他外送員打屁，想親J，忍住，晚上回去小公寓再親。他什麼都不會，這份工作讓他在巴黎到處遊走，走進無數個住家公寓，每天都爬幾千個階梯，生活簡單，有穩定的小收入，他澈底放棄試鏡。

但那天他沒等到J。

他在樹下長椅打盹，外送員同事搖醒他，說J剛剛出事了，大卡車。那個方向，兩條街外，快。

他跳上單車，聽到救護車鳴笛。完了。怎麼辦。救護車從後方呼嘯，快速衝過他身邊，他手鬆開把手，摔到人行道上。他趕緊起身，完蛋，單車鍊條脫落，來不及了，把單車推給前來關心的路人，大步快跑，追逐救護車。兩條街，就兩條街，他不年輕了，但跑起來速度還算可以，一定可以追上。只是窄街行人絡繹，他必須不斷閃躲，跑不快。快到了，快追到了，救護車右轉，他知道穿過旁邊這家越南餐館，可以快速抵達另外一條街，趕緊跑進餐館，忽略老闆的日安問候，直接衝向後方的廚房，推開後門。

他先看到外送的大保溫箱，顏色鮮豔，目測離他應該不到幾百公尺，在陽光下閃閃，內裝食物潑灑出來，路面上有麵條與沙拉。他又摔了一跤，膝蓋撞上石板路。看到擔架了。忍痛，繼續跑。擔架上是J。不是不是，不是J，看錯了。怎麼可能是J。那是被血覆蓋的某個陌生人，他從沒見過。但那雙鞋是J的。這個全身是血的陌生人偷了J的鞋。小偷。怎麼可以偷J的鞋。是J沒錯，J最愛的豔紅唇膏。不是唇膏。那唇膏在高溫裡融化，到處流動，侵入齒縫，滲出嘴角。擔架快速上了救護車，關門，鳴笛，衝出這條街。他終於追上了。他沒追上。他彎腰大喘，J的單車在卡車輪下，警察大聲要求他離開車禍現場，退到封鎖線以外。

不行，他需要單車，沒單車怎麼追救護車。他跑回剛剛那條街，又摔了一跤，這次在人行道上滾了幾圈，爬起來繼續跑，單車靠在街邊牆上，鏈條頹喪。他趕緊把腳踏車翻過來，手抓鏈條，該死的鏈條，為什麼這麼頑固，拒絕卡回齒輪。看不清楚，為什麼看不清楚，該死，原來自己在大哭，眼淚築牆，看不到鏈條。用力打自己的臉，不准哭，手指戳眼拆牆，鏈條上的黑油在他臉上縱橫，怎麼辦，救護車的鳴笛聲越來越小聲。外送的同事跑過來，在他耳邊喊，那邊，救護車往那邊，單車推給他，快點，他大喊謝謝，不是Merci，是謝謝，他法文全忘光了，聽不懂，不會說，他現在只想聽懂救護車鳴笛的語言，告訴我，你要衝向哪一家醫院。

他那天跑了幾家醫院的急診室？事後回想，他搞不好有找到對的醫院，但他一句話都說不出口，法文忘光了，問不到，況且沒有任何急診室會讓他這個一臉黑油的人隨意進出。傍晚，他的手機出現好幾個訊息，都是外送的同事，都說，J，離開了。

反覆讀著那些文字訊息，整個下午他都是法文文盲，讀不懂，讀著讀著，他文字慢慢啟蒙，法文回來了，那些文字都讀懂了。法文回來了，但，J離開了。

那是他對J的最後印象。遠遠看。身體歪曲。血。嘴巴張好大。眼睛似乎微張。救護車尖叫，把J吃掉。怎麼又是救護車。他真的好怕救護車。救護車會吃人。救護車會把他吐出去。救護車害他等不到母親。

幾天後，他回到當天那條街道，J的單車不見了。走到他摔跤的街，髮廊買來的單車，竟然還在原地，鏈子卡回齒輪，沒人騎走。

J的家人不讓他參加喪禮。

誰？Monsieur，請問，您是誰？我們不認識您。

用vous。沒用tu。

他法文很爛。但他知道，小小一個字就能拉大距離。

沒見過面。他是誰。他要說什麼。他要怎麼證明。他拿出手機，跟J的親暱合照，臉貼臉。J的父親，他其實也不確定那位是否是父親，對他罵了幾個髒字，用力推他一把，門關上，那表情拓印他自己父親死前在救護車上的容顏。嫌惡。鄙視。那推力猛烈，他摔下樓梯，痛覺像電流，實在是爬不起來，在原地哭了好久，幾個住戶在樓梯上下，不看他一眼，不問他一句。他感激這些陌生人的冰冷，這樣的忽略，允許他盡情哭泣。

他抱著住處樓下的紅髮妓女哭。紅髮妓女說，聽說是火葬，骨灰要帶回非洲，但其實也只是聽說，哭吧，親愛的，哭，但你要知道一件事，J的家人一定很愛他，聽說一家哭得很大聲，吵到鄰居去報警。大家都很愛J，你要記住。J很愛你，你也要記住，不要忘記。

小公寓裡有J的襯衫，襪子，牙刷，這些是證據，還有樓下的抽菸阿嬤，街上的妓女，她們是證人，證明他生命裡曾有J。

他好幾次差點開窗跳下去。

對街的陽臺表演者，或許聽到街坊耳語，一身黑色喪服，在陽臺上布置了黑色布幔，點了一排蠟燭，整夜燃燒。巴黎天空無淚，送來了幾朵濃重的烏雲。

忽然想到她。

那個從小跟他一起睡覺的她。

他就是記得那句話。年輕的時候，她對他說過的那句話：「我都不知道你膽子這麼大。難道你不怕死啊？」她那麼愛說話，對他說過那麼多話，為什麼，這句話特別清晰。

怕。想跟已經失去聯絡的她說。說什麼？就說好怕。誠實說怕。怕。所以跳不出去。無法把身體交給巴黎的天空。無法想像把身體交給巴黎的街頭。

他把她的衣物全部摺好，塞進大行李箱裡，拉到樓下，搬到車上，決定提早退房，離開Tours。在飯店櫃檯辦理退房，櫃檯人員微笑詢問，住宿期間一切滿意？接下來要去哪裡？旅途愉快。

接下來要去哪裡？

他觸碰手機，終於打開經紀人的一大堆訊息與留言。那些訊息焦躁，一直問他什麼時候要來南特，已經取消了很多訪問，但如果今天成行，可以趕上今晚的首映，還有明天的電影論壇講座。

把行李交給江海濤之後，他要去哪裡？是否，該去南特？他不想去看修復的電影。但他還是好想去看看動物園裡那兩隻無法調時差的穿山甲。算一下時差，此刻，穿山甲應該醒著？

她也睡了十小時。

法國一九三跟她討論，身體發炎狀況有改善，就是接下來要服用抗生素，膽囊摘除手術可以回臺灣做，不急。她問，這樣真的可以搭飛機嗎？法國一九三點頭，情況不嚴重，應該比較不痛了吧？回臺灣之後要立刻去約診，真的是小手術，現在醫學進步，他在紙上畫了模擬，腹腔幾個小傷口，一下子就能出院，正常生活。割掉就好了。

她覺得法國一九三屁股真好看。學他。對，學他的。她此刻好喜歡看男人屁股。

她洗了澡，全身乾燥，問女兒身上有沒有乳液，大女兒手提包裡有護手乳，她拿來塗臉。

「媽，這，這擦手的，妳拿來擦臉，這樣好嗎？」

「哎喲，隨便。」

「隨便」兩字說出口，自己心裡再複誦一次，似乎真心話。以後不知道，但至少此刻真的這樣覺得。她以前怎麼可能拿護手霜拿來擦臉，一定是整套的昂貴保養品，化妝水眼霜精華液乳液罐罐講究。但現在真的隨便。護手霜是草莓口味，人工香氣濃郁，質地油膩，她覺得整張臉是塗油的炒鍋，幸好退燒了，不然眼睛鼻子一定會油爆。隨便啦。

江海濤走進病房，眼神衰頹。看到兩個女兒跟老婆，眼神瞬間振作。她看到了，藏得很快很好，但她的確看到了，江海濤的挫敗。她沒看過江海濤這樣的眼神，敗選，官司，醜聞，緋聞，江海濤眼睛裡的火依然熊熊。怎麼今天火滅了？

對江海濤來說，一切都可以安排，都可以計畫，都可以解決。求學，從政，娶妻，生子，競選，用餐，交友，走路，呼吸，睡覺，大事或瑣碎，每一件事都可控制，每一個難關都是企劃，運用人脈，加上自己努力，一定可以剁碎疑難。但這次忽然飛來法國，一切都無法照他計畫。女兒跟她說，到了巴黎戴高樂機場，約好的車根本沒出現，只好叫計程車，但人家一聽到要開去Tours，都立刻拒絕，問了很多很多輛計程車，最後江海濤亮出一疊現金，那個司機說不夠，一直追加，最後那價錢根本是勒索。到了醫院，櫃檯根本沒人，找很久才找到值班的人員，語言墜毀，一句都聽不懂，怎麼問都問不到病房。最後好像真的問到了，但好像根本不是探病時間，不准進去，江海濤不管，就是往上面衝，衝到那間病房，裡面竟然是一個老太婆，兩個女兒還以為幾天不見媽媽，竟然被病魔折磨成這樣。反正鬧半天，才找到對的病房。一進病房，江海濤先看到了他。她知道江海濤很驚訝，怎麼病房裡會出現這個人。江海濤怎麼可能不知道他是誰，眼神刀刃。接下來說口譯要來，結果從來沒來，透過不同朋友去找，口譯就是沒出現。江海濤很愛跟醫護人員說話，就算人家說了清晰的英文，江海濤還是得花很大的力氣，假裝自己聽懂。今天早上說要叫車去飯店拿她的行李，結果空手而歸。眼神裡的火爐被法國鄉間秋天淋溼了吧，努力生火，此刻還無法擦出任何火花。

她知道江海濤沒拿到行李，她就是想故意問：「拿到了嗎？」

江海濤眼神正在努力點火。

「那麻煩拿給我好嗎？我想要換一下衣服。」

爐火依然冰冷。

「你剛剛有沒有跟醫生聊？醫生有跟你說吧？」

放棄點火，以語言遮掩窘態：「欸，那個，有有有，剛剛在外面有遇到，跟我說。ＯＫＯＫ。」

「那你可以開始計畫了啊。我手機壞了，根本打不開。看可以訂到哪天的飛機，如果訂不到，就要先訂飯店，還有我們應該要租車吧，回去巴黎搭飛機，需要開車吧？你有沒有帶駕照？國際駕照？我想醫院應該有一些文件要簽名吧，該拿的文件要拿到，不然怎麼申請理賠，對了，還要去櫃檯結帳吧？」

太多資訊了，江海濤慌張結巴：「我……我去問，我去問醫生。」

「不用煩人家啦，剛剛醫生有來說清楚了。你不是剛剛在外面談好了？你就去安排，反正我這樣，你怎麼安排，我都好，隨便。但，這兩個女生，快煩死我了，一直說要去逛街，市區我是有稍微看過，有一條大街，有很多商店，你要不要滿足一下兩個女生的逛街心願啊？難得來一趟啊，結果因為我被卡在這裡，我真是不好意思，對不起大家啊。啊對了，我的機票收據，在我的行李箱裡，你就照上面的訂位號碼，可以改日期，改哪一天都好，我隨便，問題是，你們的航空公司，跟我有同一家嗎？我的行李呢？」

敲門聲解救了江海濤。江海濤趕緊開門。是他。拉著她的大行李。

江海濤走出去，準備要關門。

「江，海，濤。」

江海濤沒聽過她這樣呼喚。全名。發音冰冷清脆。字與字之間有清晰停頓。

「你請人家進來。不要這麼沒有禮貌。」

「妳拜託不要鬧，不要發神經好不好，放個行李就走。人家很忙。」

她提高音量，肚子還是有點痛：「江，海，濤。我的確是個神經病，但這個你早就知道了吧？我有什麼是你不知道的？我沒有跟你鬧，當天晚上是人家叫救護車，陪我來急診，還有，這個背包我要還人家。」

門半掩，江海濤還沒放棄：「背包？哪個背包？我來……。」

「你聽我說，你陪女兒去逛街。」

江海濤手抓著門把，努力在腦中尋找字詞。

「你擔心什麼？我會跟人家私奔？你真的完全搞不清楚狀況。江海濤先生，你就陪兩個女生去逛街吧，然後我辦理出院，我們一起回臺灣。說真的，你就打開手機，隨時都可以看到我在這裡幹什麼吧？」

江海濤的手從門把上滑落。

「你應該有裝吧？我都懶得查，但你一定有趁我睡覺的時候，裝了吧？」

臺北家裡四處一直都有攝影機，說是為了防盜。她只是沒想到，除了看得到的攝影機，還有看不到的。有一次她要找一件襯衫，在房間裡到處翻攪，意外在更衣室找到隱藏攝影機。她假裝沒看到。後來找到更多。臥室牆上的畫。浴室的鏡子。煙霧偵測器。更衣室不只一個。前兩年江海濤送她一個名牌包，她剪開內裡縫線，沒猜錯，有個圓形的追蹤器。她只好演戲，趕通告，包包忘在計程車上了。

「你隨時都看得到我，也都知道我去哪裡，那我怎麼可能背著你亂搞呢？我一次跟你說清楚，我從來沒有跟任何人亂搞。我不是你。你在外面怎樣，我都沒意見，我都沒問題，這些年我有跟你鬧過嗎？我跟你說，我很懶，我沒那麼勤勞，我不可能跟你鬧，我這輩子就這樣了，沒有人要跟我亂搞。」

大行李推進來。天空轉晴，陽光灑在病床上，雨滴還留戀窗玻璃，外面草地有孩子跟狗丟飛盤。草地上落葉掃成一堆，孩子和狗快跑衝進落葉堆，太遠了，聽不到他們的笑聲。耳朵聽不到，身體卻聽得到。她也好想出去跑步，把自己甩進落葉堆。

兩人沒說話。他坐在椅子上，她坐在病床上，各自一杯熱茶。護士加了幾湯匙的糖？好甜。

「我現在是不是很醜啊？」

他剛剛進門，看到她全身皮膚蠟黃，就跟當年胖三在醫院那樣。眼神沒藏，她一定看見了。

「我好幾天沒照鏡子了。很奇怪喔，浴室裡竟然沒鏡子。不過，不照也好。跟你說，我病成這樣，躺在這裡，我知道一定很醜很醜，但，很奇怪，我心裡，怎麼說呢，哎喲，我也不知道怎麼說。就是，我昨天晚上睡得很好喔，睡好久，早上醒來，有那麼幾分鐘，我忘記我在什麼地方，不知道我是誰，腦子空轉了好久，一直到我看到胖三的畫，我才想起來，喔，我姓賴，我的名字是什麼，我此刻人在法國的醫院。想起來了。但是腦子空白的那幾分鐘，我覺得好放鬆。好像，什麼事都沒了。算了。隨便。」

「我昨天晚上，也睡了很久。」

兩個人盯著胖三的蠟筆畫，繼續喝茶。茶盡，好像有很多該說的，又好像，都不用說。

「醫生說我可以回臺灣做手術。小手術，不用擔心。」

「還……痛嗎？」

她搖頭，閉眼感受一下腹腔，還是有細微的刺痛。細細的，像剛剛窗外的雨。掀開被子，邀請陽光躺在肚子上，貼在窗玻璃上的雨都蒸發了，可不可以也把肚子裡的小雨帶走？

「謝謝你。謝謝你送我來醫院。謝謝你拿我的行李來。謝謝你留下胖三的畫，還裱框。留給我好不好？胖三的東西都丟掉了，那個時候，什麼風水大師來家裡看，看來看去，說要重新裝潢，說一定都要丟掉，不然全家倒霉，結果，我什麼都沒留住。」

「不是我。」

「啊？什麼不是你。」

「胖三的畫，不是我……。」

她踢開被子，站起來。

當然。她怎麼沒想到。她真的是個大白痴。失敗的母親。怎麼會沒猜到。

她拿起蠟筆畫，框背面幾個螺絲。

「你，快點，去幫我問護士還是醫生，看誰有那個？那個啦！哎喲，我想不起來那個怎麼說，那個一根什麼的，螺絲什麼鬼的，快！小的，要小的喔。」

螺絲旋開，打開畫框背蓋，兩塊小木板，裡面夾了一張紙。紙厚，某個盒子撕下來的，印刷字體殘缺，但可以辨認出是FISH。

麥香魚。裝麥香魚的盒子。

她哭出聲。找到了，她找到了下一個麵包屑。

我找到你了。

麥香魚，好，我們去吃麥香魚。

亞利桑那州蟑螂，根本不是蟑螂。

小兒子一身瘀青，繼續每天準時下午一點半，走進沙漠裡的宗教建築。一晚，兩人在民宿吃微波比薩，小兒子咬了一口，慢慢嚼，慢慢嚼，就是不吞下去，吐出來，再咬一口比薩，無止盡咀嚼，再吐出來，再咬一口。屋外有騷動，走到門口，撥開窗簾往外看，對面那一戶全家都在前院，手上有照明設備，搬動石頭，潑水，尖叫，隔街看，像是某種深夜的神祕儀式。她實在是太好奇，開門出去探看。

美式睦鄰，大聲熱情招呼，問好，哪裡來？喔，待多久？喜不喜歡沙漠生活？哈哈哈，沒辦法，沙漠，真的很熱啊，要是有任何問題，都歡迎來按門鈴，歡迎來這個社區。

她忍不住問，你們在做什麼？媽媽手抓水桶，男孩拿照明設備，爸爸翻動花園裡的造景石頭。

你們不知道嗎？那看我們怎麼做，你們可以跟我們借設備，不然可能很危險。

危險？

歡迎來到亞利桑那州，沙漠裡有很多有毒的動物，白天太陽很強，蠍子怕熱，都會躲到石頭底下，晚上翻開石頭，用紫外線燈一照，他們也不懂，蠍子身上有什麼東西，一遇到紫外線，就會發出青綠色的光，一看到，立刻熱水潑下去。不這樣做，毒蠍子會跑到家裡去，上次我兒子洗完澡被咬，蠍子就在毛巾上，在醫院住了幾天。

小兒子也走出來，就在她身後，嘴巴還在咀嚼。月光銀亮，沙漠暖風徐徐。月光下，她看不到小兒子臉上的瘀青。那張臉好瘦。不吃東西，怎麼辦？

爸爸問他們，準備好了嗎？請他們退後幾步。

小兒子來到她身邊，抓住她手臂，彷彿眼前即將上演美國西部恐怖片。吞下去了，她心裡燃放鞭炮，那一口披薩，終於吞下去了。

爸爸用力翻動石頭，男孩手中的紫外線燈晃動，好幾隻蠍子從石頭底下竄出來。蠍子在紫外線燈的照射下，身體發出奇異的青綠螢光。青綠蠍子在前院亂竄，媽媽對準蠍子潑熱水，熱水在地面上熱氣蒸騰，那裡！這裡！那裡！還有一隻！用掉好幾個水桶，前院熱氣蒸騰，螢光蠍子煮熟，停止跑動。

真的是一部美國恐怖片啊。

原來，那天她在游泳池看到的，不是蟑螂。是蠍子。

隔天他們真的跟對面住戶借來了水桶與紫外線照明設備，那位媽媽還給了他們一大盆千層麵。說「盆」，真的是好大一盆，母子倆可以吃一個月吧？

他們拿湯匙挖千層麵，熱烈討論殺蠍大計。

「媽，這好恐怖，對面那個爸爸還說，有一次石頭下面不是蠍子，是蛇！要是蛇怎麼辦？熱水夠嗎？」

她想打噴嚏。假的。瞇眼，嘴巴大洞，跑進浴室裡，關門，用力打了一聲假的噴嚏。其實她是差點哭出來，但不能讓小兒子看到。小兒子終於進食了，已經好幾天都沒吃一口東西。來美國這麼久了，今天晚上小兒子終於說了好多話，吃了好多千層麵。對著她說話，在便條紙上畫蠍子，眼神不閃避，笑了，身上的瘀青稍微淡了一些。她實在是忍不住了，打開浴室裡所有的水龍頭，沖馬桶，坐在地板上大哭。用力把眼淚吸回去，怎麼辦，到底要怎麼辦？我要怎麼救我的兒子？丈夫說來美國就是救兒子，但根本不是啊。我這麼笨。我什麼都不會。

其實小兒子給過她很多暗示，很多麵包屑，書架上的小說，床下的雜誌，鞋上的彩虹，她刻意不接收那些暗示，跟自己說那就是一個成長階段，過去就好了。過去個什麼鬼。她真的是個大白痴。

「我來煮熱水，我看我們需要很多桶，拜託，要是，要是，哎喲，好恐怖，我不敢講那個字，想到就全身發麻，要是那個長長的東西，我跟你講喔，我會丟下一切，先跑進房子裡再說。」

「媽，妳這樣很蠢！啊蛇是不會跟妳跑進來嗎？」

「我不管！不要說那個字！」

五個裝滿滾燙熱水的水桶擺在前院，母子皆長袖長褲，戴手套戴帽子穿鞋襪，熱死了，但好怕被蠍子咬。或者，長長的東西。

「媽，我們只有兩個人，我翻石頭，妳拿那個紫外線燈，啊，等一下，那誰，誰負責潑水啊？」

「哎喲，到時候看誰沒昏倒，就拿起水桶啦！我哪知道！不要問這麼多！要死了，萬一是那個長長的東西怎麼辦！」

兒子看她驚慌模樣，忍不住大笑。

「笑屁！我要拿熱水潑你！」

「媽，準備好了喔，我要先翻這個石頭囉。」

第一塊大石頭，毫無動靜，無蛇無蠍。第二塊也沒有。他們鬆懈，想說可能蠍子比較喜歡對面鄰居。結果第三塊石頭一移位，立刻有好幾隻蠍子竄出來。她太緊張了，尖叫揮舞手中的紫外線燈，蠍子遇燈閃出青綠螢光，快速逃脫。

母子倆冰凍，誰都沒去拿水桶，眼睜睜看著螢光蠍子爬上仙人掌，爬上街道，跑進隔壁的花園，逃到對面的人家。

小兒子揮揮手說：「Bye，蠍子。」

好美。她覺得螢光蠍子好美。像是什麼外星生物，在沙漠夜裡快速爬動。

兩人席地坐下，等桶子裡的熱水變涼。等到餓了，入屋拿出那一盆千層麵，坐在地上吃，看天上月亮，沙漠社區好靜，毫無人聲，彷彿全世界人類都死光了，只剩下他們兩個，還有那些螢光蠍子。

熱水終於涼了。

她腦中有個想法。

幾天後，她在廚房又看到了蟑螂。正準備要出門，再不出門，就趕不上下午一點半的療程。再拖一下，江海濤就會從臺灣打電話過來，問你們怎麼還不出門。

鄰居說的沒錯，果然進門了。

她這次沒叫蟑螂蟑螂。

她伸出手，蠍子先生，拜託你了。

她知道要誇飾。她演過很多連續劇，她當然知道怎麼誇飾。她深呼吸，放聲大叫。那聲尖叫似乎嚇到了蠍子，蠍子在流理臺上定格。其實那聲尖叫是感謝。謝謝你，蠍子先生，我那天沒潑你熱水是正確的選擇，謝謝你，進門來，螫了我。快逃吧，放心，我不會潑你熱水。沙漠是你的，我只是來住一下下的過客。快逃。

小兒子跑到對街按門鈴，鄰居媽媽叫了救護車。

醫生說，應該沒生命危險，留院一晚觀察。

丈夫在電話上說，助理已經去買了機票，這幾天的會議真的推不掉，一結束馬上立刻趕過來美國。她說不用不用，快去退機票，我住院幾天就好了。

其實隔天就出院了，沒死。她想過，如果螢光蠍子殺了她，也好。死前，她會跟小兒子說，快逃。她手機關機，跟小兒子去住飯店。

「媽，這樣，好嗎？」

「不好，當然不好。就幾天，你爸他啊，根本不知道我被送去哪家醫院。等他打聽到，都好幾天了，管他，交給我。你不要以為他真的那麼神通廣大。真的要罵人，放心，他們會罵我，哪捨得罵你這個金孫。」

他們在飯店住下，每天出門觀光，晚上去看電影。跟小兒子看電影真好玩，走進電影院，亂選電影，買一大桶爆米花，在暗暗的空間裡笑啊哭啊。他們幾乎每天都去吃麥當勞，鳳凰城每一家分店都去吃，每次都點麥香魚。奶奶跟爸爸不可能允許這個金孫吃垃圾食物，她真是糟糕的媽媽，每天陪小兒子吃，有時候午餐晚餐都吃麥香魚，吃不膩，越吃越餓，晚上回到飯店，怎麼辦，睡前又想吃，麥當勞有沒有外送服務？

暑假快結束了，他們從沒回去沙漠下午一點半的療程。該搭飛機回臺灣那天，他們回到那間有蠍子的沙漠民宿，前院多了一臺車子。江海濤在客廳的沙發上打呼。她看著江海濤睡著的容顏，身上是螢光色競選背心。她覺得自己真是嫁了一個好人。江海濤不是壞人，從來不想傷害任何人，只希望大家都依循他的規矩。照著他規矩就你我安好。她才是壞人。

「噓，讓他睡。打包小聲一點。」

畫框夾層裡的麥香魚盒子紙片，背面寫著一串數字：47.21388036198538,-1.5581944595118227。

她看不懂這串數字。是電話號碼嗎？

他拿起手機，慢慢輸入這串號碼。果然沒錯，是座標。在地圖裡輸入號碼，手指放大地圖，位於南特的街道，街上一家麥當勞。

看著地圖，她深呼吸，立刻做了決定，在他耳邊小聲說：「我們動作要快。我不知道江海濤是不是真的有帶她們去逛街，搞不好根本還在醫院。我就只需要幾件衣服跟鞋子，證件都在包包裡，行李裡面有一件大衣，我披上去，戴個大帽子。」

她不哭了，哭什麼，用力拔下手臂上的點滴針頭。

到底她之前在慌張什麼。小兒子不見了，不是應該要開心嗎？是她要小兒子快逃的。她真的是個大白痴。

蟑螂。不。蠍子，快逃吧。

「走，我們去南特。」

第三部

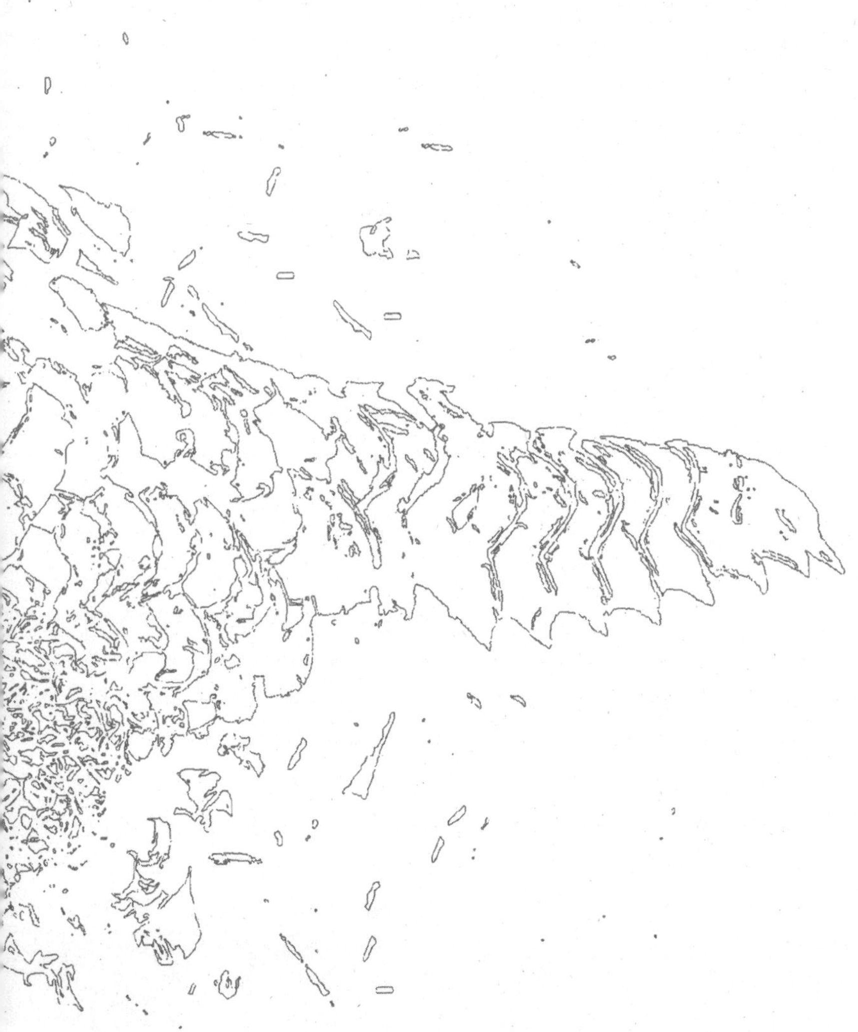

南特

1. 工地

藍色雪鐵龍跟隨導航，開上公路，往西，目的地：南特那家麥當勞。

她開車。車子一離開Tours，她轉頭對他說：「你放心，我沒事，我開就好。你睡，你看起來好累。」

他頭歪斜，很快就睡著了。

剛剛兩人快步到停車場，遇到了一對老夫婦，從急診室走出來。他趕緊打開後車箱，拿出保溫瓶交給白髮老阿嬤。他向老阿嬤道謝，想不到還能遇見，不然不知道怎麼歸還。老阿嬤一臉冷靜，收下保溫瓶，說再見。老阿公頭上的繃帶未拆，這次拄拐杖，左腳纏了許多新繃帶。老阿嬤負責開車，搖下車窗，點了一根菸，踩油門，車速驚人，衝出停車場，高速彎入前方的圓環。

她說：「鑰匙給我。我開。快。」

車開上筆直的公路，她轉動頸肩，打開廣播，聽法文芭樂歌，忍不住一直看後視鏡，後無來車，沒追上來，沒事沒事。後視鏡裡的那個老女人，一臉蠟黃，亂髮枯藤，乾脣磚牆，手臂上還有醫用膠布。她忽然笑了，想到小時候睡在路邊的床墊，錯過飛機，哎喲我的老天，結果現在，我們終於要去南特了。

「喂，你不覺得人生很奇怪嗎？」

他沒回答，臉色潮紅。她伸手摸他的手臂，再摸額頭，發燒了。是不是這幾天太累了？應該沒什麼大礙吧？

她想說話。

對他說

對自己說。

說出口。

真心話。

「喂，不管你是真睡，還是假睡，反正我都想跟你說。我今天一定，全部都跟你說。」

前方起霧了。

「你知不知道我是，怎麼說，連續殺人魔？是不是這樣說？」

前方的霧並不友善，像是天空灑了一大把太白粉，秋天水氣攪動，勾芡成濃稠的白霧，占據前方的公路。她不怕。怕什麼？霧燈打開，踩油門，衝進濃霧。

「我有沒有記錯？你當年那臺破車，是紅色的？你開車載我去南部找醫生。紅色的對不對？」

濃霧牽纏，她不得不放慢速度。霧啊霧啊，你省點力氣吧。這一次，我們一定要去南特，你擋不了的。

「你一定記得吧？怎麼可能不記得。我從小人緣差，只有你這個朋友。我大女兒這幾天教我一個新詞喔，我之前都沒聽過，哪裡冒出來的。她說她有一個Gay蜜在法國讀書，我聽不懂，她說就是女生要好的Gay朋友啦。我就想，想跟你說，哈囉哈囉，陳同學，你是我的Gay蜜。」

前方兩輛車擦撞。幸好她車速不快，否則也會追撞上去。她大力轉動方向盤，從路肩繞過去。哼。別想擋路。撞車你們自己去撞，我們不奉陪，我們要去南特。我們演的電影，修復成高畫質，今晚在南特首映。

「要跟你說的是，為了生兒子，我，後來殺……我……。」

怎麼辦，究竟說不出口。

連續生了三個女兒，江海濤跟公婆都給她很大的壓力，下一胎，一定要是男生，江家怎麼可以沒有男生傳承。醫生確定胎兒性別，江海濤問：「要不要拿掉？」江海濤說，醫生是他的好朋友，會盡量配合他們的需求。

後來，她總共，殺了幾個女生？

總是那白色的病房。夢裡不斷出現的場景。

「我好不容易懷到了男生。你知不知道，我好不容易生下了兒子。我不知道我在氣什麼，我真的不知道，你知道，我就是腦子很差。我氣，為什麼我拼了這麼多次，終於生下兒子，結果，哈哈哈，這不是很奇妙嗎？怎麼說呢？明明我有兩個女兒，但這個小兒子，卻很像是，我最貼心的女兒。所以我氣你。你怎麼可以。拜託，他是我兒子，你怎麼可以。」

她想到自己參加的婦女組織，請江海濤來演講，題目是兩性平等。哈哈哈，法律增修了，性別平等了，新時代，女人男人平等，同性戀可以結婚了，世界從此太平，哈哈哈，再也沒有性別失衡性向歧視，手牽手邁向美好的燦爛明天。

霧開始淡去。

大雨擊打車身。

她眼睛跟著下雨。

「我氣什麼。我白痴啊。我現在只是想問你，你要老實跟我說，你，那個，你，你有沒有，你有沒有讓他，我的意思是，你有沒有讓我兒子開心？」

他身體稍微動一下。沒醒。眼睛閉著。沒有回答。

「因為，我這輩子沒機會開心了。我從來沒有開心過，但是，我希望，我是說，我現在最大的願望就是，我的孩子，要開心。」

有吧？她知道一定有。她笑出聲，開心？什麼爛問題。但總不能說，你有沒有讓我兒子爽？有沒有讓他高潮？我這輩子從來沒有爽過，算了算了算了啦。哈哈哈。哪裡來的神經病老女人，在法國鄉間開車，問Gay蜜有沒有讓我兒子爽，又笑又哭，超級大白痴。

他眼睛出水。她不確定，是因為聽她說話而出水，還是在夢裡見了誰而出水。沒關係，她說出口了。很久以前，她靠近他的身體，釋放訊息，希望他讓她開心。當時真是白痴，什麼都不懂。現在不見得懂得比較多。但是，她知道，她就是知道，Gay蜜一定有讓兒子開心，謝謝Gay蜜。

南特不遠了。天色快速暗下。她一直用力緊緊抓著方向盤，看到公路指標寫著Nantes，手一鬆，才發現自己尿急，體力透支，不行了。

前方有交流道，她趕緊打方向燈，反正南特到了，先離開公路，找個地方吃一點東西，再盤算下一步。

車停在路邊一家小餐館，她搖醒他：「嘿，我不行了。我好餓。」

點了熱湯，喝幾口，身體暖一些。

「我不行了，我想躺下來，我好想睡覺。你用手機找附近的飯店，隨便，不要太遠。我看你也好累。」

他查看手機地圖，幾百公尺外就有一家飯店，似乎是新開的，看一下官方網站，強調離機場很近，方便旅客前往搭機。機場？查一下地圖，南特機場就在不遠處。他們小時候錯過的班機，是不是就在這裡降落？好荒謬的繞路，繞了這麼多年，遲到了這麼多年，他們終於來到了南特。

看一下手錶，穿山甲電影修復版，兩個小時之後首映。

入住飯店，打開窗簾，窗外是一大片工地。可能是新開發的地區？飯店嶄新，正前方的工地剛挖好地基，月光照射下，銀色鷹架發亮，磚瓦水泥閒置，空無一人，像是電影搭建的工業末世場景。

終於來到南特。卻，來到一片工地。

「如果我們趕快的話，說不定，還可以趕上電影首映。哈，你不覺得，我這樣全身黃黃的，重症病人的樣子，去跟觀眾致意，媽啊，不是很酷嗎？」她這樣說，身體卻交給床墊，完全沒有起身之意。

關燈。

南特第一晚，完全不用數穿山甲，她和他，都好累好累。頭碰到枕頭，立即摔入睡眠。

2.

海報

他們睡了多久？

無法用分秒小時計算。這一覺，他們睡回了童年的森林。他先醒，看著身旁的她，覺得好困惑，怎麼她變得這麼老？不是剛拍完廣告？電影剛殺青？怎麼身旁的小女孩變成了一個老女人？他起身照鏡，小男孩也變成了一個老男人。

意識回到此時此刻。一整晚，她都抓著他的右手肘粗皮。他摸摸自己的手肘，還留有她手指搓揉的觸感。真是母子，都喜歡吃麥香魚，說話的語氣很像，笑聲頻率一樣。小兒子跟他一起睡，手指往下伸，抓住他的陰囊，輕輕搓揉，揉著揉著，才能入睡。他自己用手指捏捏手肘粗皮，再伸進褲子捏捏陰囊，啊，觸感真的很像。

小兒子說他的獨門技藝是「鳥卦」。他當時笑了。J被救護車吃掉之後，他第一次笑出聲。停不下來，一直笑。

她也醒了。

兩人坐在床上，看窗外大雨。他們的人生真是一部發霉的老電影，膠卷雜訊太多，播放出來，整個畫面在下雨。就下吧。沒有任何科技，可以修復他們這部爛電影。

她洗了個熱水澡，換上了簡單的衣服，昨天太匆忙，隨便亂抓，沒想到搭配，此刻照鏡，上衣和褲子真不搭。隨便啦。有香奈兒包包就好。

他也洗了澡，摸摸額頭，燒退了，飢餓在肚子裡摔碗盤。

她想散步。

「雨停了，我們出去走一走好不好？」

戶外陽光普照，路面積水反射陽光，這個光燦的角落，就是他們一直抵達不了的南特嗎？他們沒走太遠，在附近的社區繞幾圈，找到一家小麵包店，外帶咖啡可頌，走回飯店前的工地，在人行道的長椅坐下吃早餐。

一坐下，兩人一起看到。

小女孩，小男孩，床，穿山甲。

工地搭建的臨時圍牆上，貼了好幾張海報，演唱會，影展，音樂會，美術展。其中有一張，是他們電影海報。

海報上方，寫著他們的名字拼音，Lai Pin Yen，Chen Da Wei。

心裡唸著那兩個名字，覺得好陌生。誰啊？

Chen Da Wei想給Lai Pin Yen看一些東西。

他手伸入背包深處，最裡面，最下面，翻出一塊布，拉開拉鍊，裡面有一些東西。他不論去哪裡，都一直帶在身邊的東西。

一個一個，掏出來給她看。

教師證。他十六歲那年，教他網球技巧的老師。他當年偷了那張教師證，一直留著。

她看著教師證，沒問，繼續喝咖啡。

J的牙刷。

跟母親的合照。

父親母親的合照。

穿山甲鱗片。

她心裡想，陳同學，不是只有你會留這些奇怪的東西。其實啊，我也留了一件有血跡的內褲。我不會跟你說。但我一直留著，就在臺北更衣間的抽屜深處，一直沒丟。年輕時，他陪她去藥局買藥，每天幫她洗沾血的衣服，有一件沒洗乾淨，她捨不得丟。看到那件破內褲，就會想到當年有一個人，那麼溫柔。她去電影院看《斷背山》，結局是男主角留著帶血的襯衫，她心裡大喊：「李安你怎麼可以學我！」

J的襪子。

一本相簿。

她打開相簿。

看了第一張照片，她雙手地震，相簿掉到地上。

看錯了吧？

她撿起相簿，翻頁，再翻頁。沒看錯。

你怎麼會有。這些照片是什麼。什麼。什麼。

為什麼會有張翊帆的照片？

他要怎麼說呢？算了，不說，就讓她自己看照片。

當年，他們在藥局買藥之後，她住進他那個破爛的小房間。一個禮拜後，張翊帆在電臺外面等他，問人呢？他不理會，想趕快開車甩掉這個討厭鬼。張翊帆拿出一疊相片，說要是不把人交出來，這些相片會出現在哪個雜誌社，不敢保證喔。他看著那些相片，她躺在草地上，身體袒露，面目清楚，還有張翊帆的器官，在她身體裡。他冷靜說：「上車。」張翊帆一路抱怨車爛，到底要開去什麼鬼地方。車開上山，他知道當晚父親不在家。張翊帆根本沒什麼力氣，他輕易箝制，繩索綁住，膠帶黏嘴巴，丟進廢棄穿山甲的大籠子裡。他開車下山買了拍立得相機，張翊帆怎麼拍她，他就怎麼拍張翊帆。他脫掉張翊帆的衣服，對比一下那疊照片，掏出自己的器官，進入張翊帆的屁股，這樣拍，那樣拍，前拍，後拍。底片拍完了，他對張翊帆說，你的臉拍得很清楚，要是你再出現，再去煩她，只要接近，這些照片，會出現在哪些地方，他不敢保證。

他把呆滯的張翊帆丟回市區，開車回住處。

那晚，她對他說：「難道你不怕死啊？得病了會死。沒有藥可以救你。」她離開他住處，再也沒回來。

他把東西塞回背包，相簿留給她：「一直想交給妳。妳看要不要丟掉。」咖啡喝完了，可頌吃光了。

她知道。

她可以感覺得到。

他什麼都不用說。

她聽到了。

他要走了。

他站起來，想去動物園。想走路。必須走。一直走。不知道什麼時候會停下來。現在不走的話，他就要瓦解了。東西交給她了。話，想說的話，沒說出口。但，好像，說出口了。

他不知道要走去哪裡。昨晚睡前，他收到巴黎試鏡錄取通知，那位導演想跟他合作。走回巴黎？走去動物園？不知道。他只知道他沒力氣了，走不下去了，但他必須要走。

她點點頭，給他一個微笑。道別的微笑。感激的微笑。謝謝。她一點都不怕，都已經來到南特，有什麼好怕的。

不說再見。下次再見。她閉上眼睛，她沒辦法目送他離去。她捏他的手肘粗皮，立刻放開。別離時刻，別人揮手，她捏手肘粗皮。又要下雨了，鼻腔塞滿霉味。她感覺到他身體移動了。他嘴巴反覆說著一個字，她聽不懂，她不知道，他說，Pétrichor，Pétrichor，Pétrichor。

她眼睛也陰天。眼睛緊緊閉著，還是能看到前面牆上的那張海報。來不及問他，知不知道，有沒有算過，海報上有幾隻穿山甲？

一隻。兩隻。五十隻。六十五隻。

數到第六十七隻，張開眼，眼睛裡的雨滴滾出來。身上好多穿山甲鑽出的洞。南特下雨。這雨，好幾天都不會停。

她這次不回頭。不回去山上。不回去那個交流道。不回去找貢丸湯。她終於準備好了。不等了。大步往前走。

後記

常有讀者問我，遇到寫作障礙，怎麼辦？

我答，散步。

文思枯竭，紙筆電腦大旱，我不會逼迫自己，丟筆，關機，不管屋外晴雨，出門去。

在柏林，我有固定的散步路線，街道輪廓已是老友，餐館書店車站橋梁，散步就是與這些街道聊天，銀杏你為什麼這麼臭？公園長椅你好嗎？牆面上的大型塗鴉壁畫今天看起來生悶氣，超市臭臉收銀阿姨竟然對我微笑，河水憂傷，老橋打鼾，路上好多人在談戀愛。

時間充裕的話，我就搭地鐵，亂轉車，無目的，手機設定三十六分鐘計時器，倒數終結，列車抵達的那一站，我就下車。不要問我為什麼是三十六分鐘，我沒有答案。數字隨意，散步的行程隨機。有時設三十七分鐘。總是沒去過的車站，街景陌生，不怕迷路，渴望迷路，就是走，感官打開，深呼吸，眼睛福爾摩斯，耳朵小飛象。

走著走著，採集聲響顏色氣味，腦中的頑固積滯慢慢鬆動，撞牆感消失，繼續走，皮膚微雨，新的氣味，新的顏色，新的故事能量。可以了，我可以回家，坐下，小說啟動新段落，新章節。

這本小說，就是散步散出來的。

跟好友在臺北郊區的淺山地帶散步，走著走著，遇見了穿山甲。那隻穿山甲姿態羞赧，看到兩個人類，腳步倉皇，迅速消失在草叢裡。朋友問我：「剛剛那是什麼鬼東西？」我一時無法召喚「穿山甲」這動物名，說：「一朵銀色的雲。」

朋友弓背怒視，穿山甲就穿山甲，何來詩興大發，想把我這個噁心的作家推入山谷。當天陽光金燦，穿山甲的鱗片銀亮，在我眼中一團銀雲，無聲在林間快速飄移。我對朋友說，饒了我，我們還要繼續散步，先不要推我入山谷，因為，我決定了，要寫一本小說，就寫給剛剛那朵雲。

柏林好友跟我說，知不知萊比錫動物園有臺灣來的穿山甲？牠們搭機從臺灣抵達萊比錫，跟人類不同，終生無法調時差，所以，在萊比錫動物園裡，永遠過著臺灣的時間。

我搭火車，散步，去萊比錫動物園看牠們。

哈囉，無法調時差的穿山甲，你們好嗎？我也來自臺灣喔。

打完招呼，我注意到一對男女，不似情侶，身體互動的力場有隱形的張力。我聆聽他們的對話，幻象自己就是穿山甲，爪子挖啊挖，掘出男女的身世。他是男同志，她困在一段不快樂的異性戀婚姻裡，從小一起長大，依偎並不單純。他們之間，有祕密，還沒說出口。我必須用小說，想像，建構那些祕密。

我當時才剛從北京朋友學到一個新的網路詞彙：Gay蜜。北京朋友說，Kevin啊，你知不知道，你是女生的Gay蜜，她們跟你相親相愛，什麼祕密都跟你說。

想起大學去外系修課，有數學系的男生對我表達羨慕，問為什麼有這麼多的女生圍繞著我？

他沒察覺我的性向，「圍繞」這動詞倒是下得很精準。女生們一眼看穿我的性向與不安，圍繞著我，安撫我的孤單。有幾個女生，或許近視，或許一時不察，向我告白，表達了青春戀慕。後來，這些女生都跟我變成了畢生好友，想到當年竟然瞎眼說喜歡，都想推我入山谷，消滅人生汙點。

是，我是好多女生的Gay蜜。

男同志與異性戀女生之間，有太多細微的拉扯與看顧。

她們識破我的孤寂。她們把身為女生的孤寂與艱困，說給我聽。

這本小說，透過兩個主角，她，他，探測孤寂的各種樣貌。

她跟他，都無名。我只給他們代名詞。直到小說結尾，兩人在工地的牆面，巧遇自己的名字。

故事從巴黎寫起。

我每次去巴黎，主要移動方式就是散步。巴黎輝煌，無須我多言。在巴黎亂走，我收到許多雜訊，大雨前的霉味，狹窄的居住空間，陽臺上的表演者，凡仙森林裡的堆疊男體。

雜訊都以小說的語言寫下。

故事的公路旅行從巴黎出發，在南特結束。

我兩年前的法國之行，巴黎啟程，快要到南特了，在Loire河畔，發生了緊急醫療事件，上了救護車，進了急診室。

我筆下的她與他，從小就約好要去南特，長大，變老，一起上路，還是無法抵達南特。

我們要珍惜，人生的「到不了」。

遺憾是很強大的力量，推我們前進。明明走不下去了，用盡全身力氣，孤單腐蝕，但還找不到，還沒親眼看到，還沒說出那句真心，還沒喝到那一碗湯，只好起身，繼續。

我寫不下去了。我不行了。我沒有故事了。

帶著遺憾與孤單，出門去，走到出汗，回家洗個澡，躺下，開始數穿山甲，好好睡個覺。一，二，三，四，五。

醒來，我們全身都是穿山甲鑽出的洞。
千瘡百孔。我們散步去。

鏡小說
073

第六十七隻穿山甲

作　　者：陳思宏
責任編輯：孫中文、張瑜
責任企劃：藍偉貞
整合行銷：何文君

副總編輯：陳信宏
執行總編輯：張惠菁
總　編　輯：董成瑜
發　行　人：裴偉

封面美術：顏一立
內頁排版：宸遠彩藝工作室

出　　版：鏡文學股份有限公司
114066 臺北市內湖區堤頂大道一段 365 號 7 樓
電　　話：02-6633-3500
傳　　真：02-6633-3544
讀者服務信箱：MF.Publication@mirrorfiction.com

總 經 銷：大和書報圖書股份有限公司
248020 新北市新莊區五工五路 2 號
電　　話：02-8990-2588
傳　　真：02-2299-7900

印　　刷：漾格科技股份有限公司
出版日期：2023 年 12 月 初版一刷
2024 年 01 月 初版二刷
I S B N：9786267229873
定　　價：450 元

國家圖書館出版品預行編目 (CIP) 資料

第六十七隻穿山甲/陳思宏著. -- 初版. --
臺北市 : 鏡文學股份有限公司, 2023.12
面 ; 14.8×21 公分 . -- (鏡小說 ; 73)
ISBN 978-626-7229-87-3(平裝)

863.57　　112019074